« L'étranger, assis.
Il étend son regard interdit sur le Golfe,
et les colonnes de lumière chancellent
sous le sanglot qui monte. »

Badr Chaker AL-SAYYAB

Aux trois princesses : Yasmine, Dahlia, Nour

PREMIÈRE PARTIE

I

QUELQUES ANNÉES plus tôt, un incident minuscule avait brièvement traversé le cours de son existence.
Au lieu de prêter attention à ce qui aurait pourtant dû retentir comme un signal d'alarme, au lieu de s'arrêter pour en peser les significations, il avait préféré l'occulter, n'en parler à personne. Après tout, ce n'était qu'un tout petit accroc à la surface du tissu : au début, on ne voit que lui, mais bientôt il semble s'estomper et on en vient à croire que le lisser plusieurs fois de la main suffira à le faire disparaître.

Avant de relater cet incident, il convient d'expliquer qu'à une époque de sa vie où, condamné à une oisiveté presque complète, il était astreint à de longues heures d'attente, il avait pris l'habitude de mémoriser des passages de poésie. Ainsi, il aurait par la suite le loisir de se les repasser intérieurement, et les gemmes des mots lui tiendraient lieu de compagnes dans ses moments de solitude. Quand certains se rejouent en sourdine un morceau de musique, quand d'autres rêvent de mers turquoise ou de pics enneigés, lui se récitait des poèmes. Fort d'une mémoire visuelle affûtée par des années de lecture, il avait l'impression, en récitant, de restituer les vers disposés devant lui sur la page, quand bien même il n'avait plus ouvert le recueil depuis des années.

C'est lors d'un de ces soliloques que l'incident se produisit. Ce jour-là, au départ d'un long parcours en train pour lequel il avait inexplicablement omis d'emporter de la lecture, il décida de passer le temps en se récitant un poème.

Au commencement, rien ne laissait prévoir ce qui allait advenir. Au contraire, les premiers vers coulèrent avec encore plus de fluidité qu'à l'accoutumée. Il faut dire qu'il adorait cette première strophe, qui installait d'emblée un ton d'interpellation à la fois affectueuse et solennelle :

mes amis, les survivants d'entre vous me suffisent
pour que je vive encore une année

il me suffit d'une année
rien qu'une autre année
pour que j'aime vingt femmes
et trente villes
une année suffit pour que l'idée se pare
des plus beaux atours du lis
pour qu'une terre inconnue hante quelque fille
avec laquelle je partirai vers quelque mer
où elle me livrera sur ses genoux
la clef de tous les champs.

Arrivé là, il marqua une courte pause. Pour lui, il ne s'agissait que de reprendre son souffle pour mieux attaquer la suite, de sorte que, même durant le bref laps de cette respiration, aucun doute ne s'insinua dans son esprit. C'est seulement au moment de poursuivre que la réalité lui apparut avec la brutalité de l'évidence : il ne se souvenait plus des vers suivants.

Il revoyait pourtant parfaitement le poème, il pouvait lire à même la page les premiers vers qui en occupaient la moitié supérieure, mais la suite était irradiée par une lumière intense qui l'aveuglait. Seuls les deux derniers vers de la strophe, qui dans la disposition du recueil, étaient relégués en page suivante, redevenaient visibles :

mes amis, ne mourez pas
comme vous avez pris l'habitude de mourir
je vous en conjure, ne mourez pas.

Mais entre le début du poème, qu'il avait récité d'une traite, et ces deux derniers vers, où l'interpellation des amis survivants se muait en supplication, la feuille était irrémédiablement blanche. Il eut beau presser ses tempes entre ses mains, creuser au fond de sa mémoire, rien ne remontait. Le temps passant, il fallut bien admettre que ce qu'il avait d'abord pris pour une hésitation passagère était en réalité un blocage durable, insurmontable.

Le fait était d'autant plus surprenant que, chez lui, ce genre de défaillance était rarissime, et qu'en l'occurrence elle le frappait dans un poème qu'il adulait. Un poème qu'il connaissait sur le bout des ongles à force de l'avoir lu et relu. Un poème qu'il avait eu le privilège d'entendre de la bouche même du poète, au cours d'un de ces récitals mythiques où des foules se laissent griser par la magie des mots scandés dans l'épais silence de la nuit. C'est dire que ce texte-là aurait dû, plus que tout autre, être chevillé dans sa mémoire.

Bien sûr, il aurait pu facilement se reporter à la source, consulter l'original arabe du poème ou une traduction – il en possédait plusieurs éditions dans différentes langues. Il se promit de le faire, d'ailleurs, mais ne cessa de remettre l'affaire à plus tard. Et puis il finit par oublier purement et simplement cet accroc passager, l'évacuant de son esprit comme un mauvais rêve dont, le matin venu, on chasse à la hâte les dernières traces en se préparant un café brûlant.

Que, de surcroît, l'incident se fût produit à une époque où il ne s'était jamais senti en pareille possession de ses moyens avait sans doute contribué à en masquer la gravité. Depuis quelques années, son cerveau en ébullition constante faisait feu de tout bois, brassait une myriade de thèmes, cumulait avec délectation sujets de réflexion et objets d'étude. Aucun domaine de la pensée ne lui semblait étranger, aucune forme d'art ne le laissait insensible, aucun champ de la culture ne lui était indifférent. Il s'engageait dans toutes ces voies simultanément, passant sans transition de l'astronomie à la poésie, du cinéma à la peinture, de la musique à la littérature, tout cela parallèlement à une vie professionnelle intense. Rapportée à la norme, son activité personnelle aurait pu sans peine être qualifiée de *frénétique*.

Si les preuves manquent pour affirmer que cet incident n'était qu'un prélude à ce qui s'ensuivrait des années plus tard, il reste qu'il a coïncidé chez lui avec le début d'une phase de questionnement : c'est peu après qu'il a commencé à réfléchir à la tournure prise par son existence.

Fort de sa maîtrise de la langue et d'un parcours d'études tenu pour voie royale, il disposait de tous les codes nécessaires pour s'insérer dans la société, et il en tirait le sentiment puissant d'être partie prenante à la vie de son pays de résidence. Dans le même temps, il avait veillé à cultiver des différences qu'il percevait comme autant d'atouts – une sorte de supplément d'âme conféré par son imprégnation dans une autre langue et une autre culture.

Bien sûr, une certaine gymnastique intellectuelle était requise, mais il s'en acquittait sans même y penser. Tout à sa frénésie, il ne s'était pas rendu compte que cette adaptation n'était pas sans prix, que les compromis incessants – menus ajustements, légères corrections de cap, brusques redressements de gouvernail – sur lesquels s'était bâtie son identité lui avaient inconsciemment coûté. Ce prix lui apparaissait désormais d'autant plus élevé que, depuis quelque temps, la machine parfaitement huilée avait commencé à se gripper et que les contradictions qu'il avait réussi jusque-là à surmonter le menaçaient soudain comme des lames tranchantes.

De ce côté-ci de la Méditerranée, le règne de la communication avait définitivement balayé ces débats de fond qu'il avait tant appréciés naguère, et toutes les discussions lui semblaient piégées. Plus grave, la vision, certes idéalisée par des années d'éloignement, qu'il avait conservée de l'Égypte était désormais mise à mal par l'image brouillée, inquiétante, chargée de préjugés et d'amalgames, qu'on lui en renvoyait à présent.

Il fallait qu'il retourne voir par lui-même ce qu'il en était, qu'il confronte cette image dérangeante à la réalité sur place. Il rechargerait son réservoir de souvenirs, qu'il avait longtemps cru inépuisable mais qui, il devait bien l'admettre, commençait à se tarir. Surtout, il pourrait reprendre le pouls du pays, se constituer des amitiés neuves et, pourquoi pas, frayer de nouvelles amours.

C'était décidé : il effectuerait enfin ce voyage en Égypte, qu'il avait si longtemps repoussé.

II

Une vague de chaleur devait traverser le pays, car il n'était pas midi et l'atmosphère était déjà étouffante. Son avion avait déjà atterri au Caire depuis plus de deux heures lorsqu'il parvint enfin à s'extraire de l'aéroport. De part et d'autre du couloir de sortie, on avait dressé des barricades pour empêcher les familles de fondre sur les voyageurs qu'ils venaient accueillir et de bloquer ainsi irrémédiablement le passage. Tandis qu'il avançait lentement, comme hébété, on le sollicitait de toutes parts. « Dis-moi, mon bey, c'est bien le vol de Zurich ? » ou bien « Y a encore des passagers en provenance de Londres à l'intérieur ? » Il scrutait machinalement les visages, plus par habitude – lors de ses retours précédents, il y avait toujours eu quelqu'un pour l'accueillir – que dans l'espoir de reconnaître quelqu'un. Cette fois-ci, il n'avait prévenu personne.

Un peu plus loin, les chauffeurs de taxi commençaient à héler les voyageurs. « Une voiture, mon pacha ? » Il secouait la tête, jouant jusqu'au bout le jeu du voyageur certain de rentrer avec ses proches venus l'attendre.

Il avait dépassé les barricades et avançait sur l'esplanade, où la foule s'était disséminée. Il avait écarté d'un geste les propositions insistantes des chauffeurs qui guettaient leur proie tout près de l'aérogare, répliquant qu'il avait sa voiture.

Bientôt il aperçut un jeune homme au visage souriant, à la peau très noire, qui se tenait coi, comme s'il l'attendait depuis des jours. C'est à peine s'il avait esquissé un discret mouvement, voire lancé un rapide regard pour le sonder, avant de déclarer de sa voix douce : « Sayyed, à votre service. Je vous emmène. » Ce n'était pas une question, et pourtant il n'y avait là nulle arrogance, juste une évidence : puisqu'il l'attendait spécialement, lui, c'est dans sa voiture qu'il devait repartir. Il ne l'avait jamais vu, et pourtant, de manière inexplicable, il n'eut pas envie de le décevoir. Il hocha lentement la tête.

Le jeune homme s'apprêtait à lui porter sa valise mais il insista pour la garder. « Il est loin, ton carrosse ? — Juste là », fit l'autre d'un geste du menton. Ils marchèrent ainsi interminablement. De temps à autre, il s'impatientait : « Alors, on y est, ou quoi ?! » Mais la voix douce venait aussitôt désamorcer son irritation, murmurant qu'on y était presque, avant de proposer de nouveau de le soulager de sa valise. Comme il exigeait des explications, le jeune homme lui souffla qu'il ne pouvait se garer plus près car les chauffeurs, organisés en syndicat sauvage pour réguler à leur profit la distribution des courses, avaient verrouillé les abords immédiats de l'aérogare. Enfin ils s'arrêtèrent devant une improbable guimbarde encore chargée des sables du désert, dont le jeune homme lui ouvrit la portière dans un geste cérémonieux qui contrastait avec la vétusté du véhicule.

Après avoir placé la valise de son client dans le coffre, le chauffeur s'installa au volant avant de se tourner vers lui : « On va où ? »

Il se racla la gorge avant de répliquer : « Bon, écoute, je ne vais pas te mentir, j'avais prévu d'aller dans un grand hôtel, mais je n'en ai plus du tout envie... Il me faut une chambre quelque part dans le centre-ville mais attention, hein, pas un de ces palaces cinq étoiles ! En fait je déteste ces endroits, je ne suis pas venu au Caire pour avoir la même chambre qu'on me donnerait à Londres ou à Tokyo ; en plus, comme je ne sais pas encore combien de temps je vais y rester, je risquerais d'y laisser toute ma maigre fortune. Non, non, ce que je cherche, c'est un petit hôtel familial, propre et pas trop cher. Ça fait des années que je ne suis pas rentré, et sais-tu ce qui m'a le plus manqué ? Ce sont les braves gens de ce pays... » Il avait à peine achevé sa réplique que l'autre démarrait en trombe, lançant d'un air confiant : « *Mâchi*... ça roule ! »

Sortant de la zone de l'aéroport, la guimbarde s'engagea en cahotant sur la voie rapide Salah Salem qui reliait d'un seul trait la périphérie aux abords du Nil. Il abaissa la vitre pour faire rentrer un peu d'air et aussi parce qu'il ne voulait aucun obstacle entre lui et le spectacle de la cité, qu'il absorbait comme un noyé absorbe l'oxygène après un naufrage. L'oxygène ? La formule pouvait sembler paradoxale compte tenu de la pollution ambiante, mais il n'en trouvait pas de meilleure pour décrire son état. Il était toujours impatient de renouer avec ces sensations oubliées, malgré l'épreuve qu'il avait subie peu avant aux contrôles. Tandis que le paysage défilait sous ses yeux, des images des deux heures précédentes lui revinrent...

Encore cinq à six personnes devant lui… Dans cette file d'attente, on a l'impression de n'avancer que par à-coups. Il arrive que plusieurs cas soient expédiés rapidement : un touriste venu se remplir les yeux de fresques pharaoniques, un homme d'affaires en quête de nouveaux marchés pour ses produits, un travailleur exilé effectuant son retour annuel au pays pour maintenir le lien ombilical. Dans ces cas-là, on avance brusquement d'un mètre ou deux, et l'espérance se rallume dans les yeux de ceux qui attendent leur tour. Mais bientôt survient un cas problématique, provoquant d'interminables palabres et bloquant durablement toute progression. D'ailleurs, parler de « progression » serait exagéré, car pour défendre la position chèrement acquise contre les tentatives de débordement d'autres passagers soucieux de gagner quelques places dans la file, il faut parfois consentir à ne se déplacer que latéralement, voire concéder un recul tactique.

Le voilà enfin devant la ligne jaune fatidique : lorsque la grosse bonne femme qui se tient devant le policier en aura terminé, ce sera à lui de se mettre en mouvement vers la guérite… Il ne peut s'empêcher de penser aux diverses tracasseries qui risquent de s'abattre sur lui pour peu que l'officier de police chargé de filtrer les entrées ait passé une mauvaise journée. Qui sait ? Peut-être sa femme lui a-t-elle encore reproché ce matin-là la modicité de son salaire, qu'il n'est même pas fichu de compenser par des « avantages en nature » comme ses collègues douaniers ? Tout ce qu'il rapporte à la maison, lui, c'est son « humeur noire comme le goudron ». Peut-être un des passagers précédents, sans savoir qu'il était le dixième de la journée à user de ce dérisoire recours, l'a-t-il supplié « sur la tête de sa mère » de fermer les yeux sur une irrégularité ou sur un document manquant ? D'une seconde à l'autre, ce point de passage symbolique peut ainsi se transformer en une zone à haut risque.

Derrière la verrière de son bureau qui donnait sur le hall du contrôle des passeports, le capitaine Mounir dévisageait méticuleusement les passagers. Avec les années, il avait gagné une acuité du regard qui impressionnait même ses amis et ses proches, sans parler de la terreur qu'elle inspirait aux suspects qui lui étaient déférés pour interrogatoire.

La matinée n'avait pas été très bonne ; on était au plus haut de la saison touristique et les hordes de voyageurs ne cessaient d'affluer depuis l'aube. Cette déferlante de bermudas, de tongs, d'espadrilles à lanières montantes et de lunettes de soleil haut perchées sur la chevelure l'agaçait prodigieusement, d'autant plus qu'il ne comprenait guère ce qui poussait tous ces gens à se ruer ainsi sur ce pays malade, dont les enfants eux-mêmes ne rêvaient que d'une seule chose : s'en échapper. Mais bon, si ça leur chantait, ils pouvaient bien venir se rouler dans la poussière de la Haute-Égypte ou se faire dévorer par les requins de la mer Rouge, il n'en avait cure.

Certes, il était possible que parmi eux se fussent glissés quelques espions déguisés en touristes pour tromper leur monde, mais ceux-là ne relevaient pas de sa compétence. Ceux qui l'intéressaient, c'étaient les expatriés en mal d'agitation, qui revenaient de leur exil doré bardés d'idées nouvelles sur la démocratie, les droits de l'homme, la solidarité internationale et toutes ces fadaises. Comme si la démocratie pouvait fonctionner dans ce pays de rustres, qui ne comprenaient que le langage de la force ! Donnez des droits à ces moins-que-rien et, le lendemain, ils reviennent avec une liste de nouvelles revendications.

Le capitaine Mounir sortit de son soliloque pour détailler à nouveau les files de passagers alignées devant les guichets. Soudain, le sourire lui revint. Un nouveau vol en provenance d'Europe venait d'atterrir et amenait avec lui son contingent de suspects potentiels. Après tout, peut-être cette matinée ne serait-elle pas complètement gâchée !

III

Il sentit une légère pression exercée dans son dos. Levant la tête – il s'était laissé absorber par ses pensées –, il vit que le guichet était libre et que le policier assis dans la guérite lui adressait un léger signe de tête. Il s'avança, essayant de maîtriser le rythme de son déplacement. Ni trop vite – un pas conquérant pouvait être perçu comme une provocation –, ni trop lentement – une démarche hésitante risquait d'être interprétée comme l'indice d'une probable culpabilité. Il essaya de se donner une contenance décontractée.

Arrivé à la hauteur du policier, il glissa ses documents de voyage à travers l'ouverture du guichet et le salua respectueusement – mieux valait se montrer courtois. Après lui avoir rendu son salut, l'homme entreprit de feuilleter le passeport et de parcourir la fiche de débarquement, tout en levant périodiquement les yeux, comme pour vérifier que les indications figurant sur le passeport étaient compatibles avec la physionomie du passager qui se tenait devant lui. Il avait posé son képi à ses côtés, dévoilant une large calvitie, et ne cessait de lancer des regards à la ronde, comme s'il cherchait quelqu'un à héler ou surveillait l'activité générale régnant dans l'aéroport, à l'affût du moindre événement susceptible de mettre un peu d'animation dans cette sempiternelle routine. Tout en lui trahissait la lassitude que lui inspirait cette tâche répétitive, comme s'il se demandait à chaque instant s'il était vraiment nécessaire d'avoir fait l'école de police, d'avoir subi tous ces entraînements, toutes ces opérations sur le terrain, d'avoir escaladé tous ces échelons dans la hiérarchie pour en arriver là.

Pour se forcer à détacher les yeux du policier, il affecta de chercher quelque chose dans sa poche, puis se ravisa : mieux valait tout de même ne pas donner l'impression qu'il prenait cette vérification à la légère.

— Égyptien ? lui demanda le policier.

Comment, ne venait-il pas de le saluer quelques instants plus tôt dans un arabe digne du « prince des poètes » Ahmad Chawqi ?!

— Quoi, répliqua-t-il, ça ne se voit pas ?

À vrai dire, il n'était pas complètement surpris. Le phénomène était bien connu : les exilés qui ne pratiquaient pas l'arabe quotidiennement développaient progressivement un défaut d'élocution – pas véritablement un accent, mais une certaine incapacité à articuler avec fluidité. Quelque chose dans leur intonation trahissait immédiatement leur qualité d'expatrié, au point qu'une oreille exercée pouvait presque, rien qu'en les écoutant parler, évaluer le nombre d'années qu'ils avaient passées à l'étranger. Il avait beau le savoir, il ne pouvait s'empêcher de se sentir vexé chaque fois qu'on le lui faisait remarquer.

L'autre lui jeta un petit regard moqueur, l'air de dire : « Hé, pas de quoi monter sur tes ergots ! » Là-dessus, il expédia d'une pichenette le passeport par une petite ouverture ménagée dans la fine cloison qui le séparait d'une petite cabine attenante, puis lui demanda de patienter sur le côté le temps de la vérification. Il retint son souffle, pensant à toutes les fois précédentes où, caprice de l'informatique ou mise à jour intempestive du fichier, le passeport avait été signalé comme « suspect ». Le logiciel répertoriait aussi bien les citoyens qui s'étaient soustraits par inadvertance au paiement de quelque taxe que de dangereux activistes soupçonnés d'avoir fomenté contre la sûreté de l'État. Compte tenu du mode de formation des noms – accolant le prénom de l'individu, le prénom de son père et un « nom de famille » qui était souvent lui-même un prénom –, la probabilité qu'un homonyme figure dans le fichier était assez grande pour que personne ne fût jamais parfaitement serein au moment de passer la barrière.

En se penchant un peu, il apercevait l'intérieur de la cabine. Une jeune femme en *higab* pianotait à toute vitesse sur le vieil ordinateur, puis bavardait avec sa collègue assise dans la cabine d'à côté, le temps que la machine mouline, avant de revenir à l'écran pour consulter le résultat de la recherche. Cette fois-ci, il n'eut pas à attendre très longtemps ; remontant le passeport en même temps que deux ou trois autres le long de la glissière, la jeune femme s'écria :

— Ceux-là sont impeccables, monsieur l'officier, aussi propres que s'ils sortaient du lavage !

Le policier s'apprêtait à lui rendre son passeport quand une jeune femme en uniforme, qui venait de parcourir le hall d'un pas rapide, s'approcha de lui. La trentaine, elle avait des traits un peu lourds, mais les boucles qui dépassaient de son béret et sa démarche étudiée lui donnaient une certaine allure malgré l'uniforme. Elle appréciait ces petits intermèdes qui lui permettaient d'échapper à la pesante atmosphère du bureau aux glaces sans tain du capitaine Mounir. Le policier l'accueillit d'un large sourire, reposant machinalement le passeport devant lui.

— Comment va notre grand officier ? lui demanda-t-elle, sourire narquois aux lèvres.

— T'as vu cette chaleur, Layla ? J'ai dû retirer mon képi, j'en pouvais plus, répondit-il en se passant la main sur le sommet de sa calvitie.

— Oui, si ça continue, on va enfanter des poussins !

— Parle pas de malheur, lui souffla-t-il, t'as pas entendu parler de la grippe aviaire ?

— Oh, vous en faites pas pour ça, lança-t-elle en riant. La vache folle nous aura déjà réglé notre compte avant qu'on fasse des petits !

— À quelle heure tu finis ?

— Quatorze heures, si le patron ne me retient pas au-delà : il adore tomber sur l'ennemi public n° 1 cinq minutes avant la fin de mon service...

— Bon, on se voit tout à l'heure alors ?

— À vos ordres, monsieur l'officier ! Ah oui ! Avant que j'oublie... monsieur le capitaine m'a donné ça pour votre Honneur.

Elle lui remit un petit papier avant de s'éloigner. Le policier déplia le papier et jeta un regard à la fiche passager sous ses yeux, avant de se tourner vers lui et de l'interpeller :

— Tu t'appelles bien, euh, attends voir...

Il avait articulé son nom lentement, avec une sorte d'ironie dans la voix, comme on parlerait à un grand délinquant assez stupide pour se jeter de lui-même entre les griffes de la police.

— Oui, c'est bien moi, acquiesça-t-il.

— Tiens, reprends ton passeport, tu vas faire demi-tour et t'installer sur le banc là-bas. Quelqu'un viendra te chercher.

Accablé, il s'exécuta, marchant d'un pas lourd en direction de ce qui pour lui évoquait désormais un « banc des accusés ». Le plus éprouvant fut peut-être le regard des autres passagers quand il dut remonter la file entière. Même ceux avec qui il avait bavardé un peu durant le voyage détournaient la tête, faisant mine de ne plus le connaître. Certains le toisaient d'un air condescendant qui semblait dire : « Pas fichu d'avoir des papiers en ordre ! » D'autres encore reconnaissaient soudain en lui un dangereux criminel : « Moi, je dis qu'il n'y a pas de fumée sans feu », semblaient-ils penser. D'autres enfin lui jetaient des regards furibonds qu'il ne s'expliquait pas vraiment ; peut-être lui en voulaient-ils simplement d'avoir allongé leur temps d'attente et d'avoir mis l'officier en mauvaise disposition pour quand viendrait leur tour ? Seuls deux ou trois passagers, qui avaient dû eux aussi être confrontés à cette épreuve, lui adressèrent un petit sourire compatissant.

Assis sur le banc, il ruminait des idées noires depuis dix bonnes minutes quand un petit soldat basané se présenta devant lui, l'invitant à le suivre. « Qu'est-ce qu'ils me reprochent ? », lui demanda-t-il tandis qu'il marchait à ses côtés. Le soldat lui sourit avec un petit haussement d'épaules, l'air de dire qu'il n'en avait pas la moindre idée et que, de toute façon, il préférait ne pas le savoir. Comme ils arrivaient au fond du hall, le soldat ouvrit la porte aménagée dans le mur recouvert de hautes glaces, et effectua un salut militaire avant de lancer d'une voix forte :

— Ce que vous avez demandé, mon capitaine !

— C'est bon, fais-le entrer, fit une voix rauque.

Le soldat s'écarta pour le laisser passer et referma la porte derrière lui. C'était une pièce assez vaste, avec très peu de mobilier. Derrière un grand bureau, un homme assez corpulent, au teint bistre, les yeux dissimulés derrière de larges lunettes noires, lisait ostensiblement un dossier étalé devant lui. À son entrée, il avait levé fugacement la tête avant de se replonger aussitôt dans sa lecture.

Ne sachant trop quoi faire, il resta debout près de la porte, laissant son regard dériver autour de lui. Installé à une petite table à l'autre bout de la pièce, un homme au physique de catcheur était penché sur une petite machine à écrire. Ses mains étaient énormes et il avait visiblement du mal à appliquer ses gros doigts sur les petites touches de la machine. Ce devait être une sorte d'homme à tout faire qui officiait aussi bien comme cerbère que comme greffier. Son visage était face au mur et il ne s'était même pas retourné.

Au bout d'un temps qui lui parut interminable, l'homme assis derrière le bureau leva enfin les yeux et esquissa un grand sourire, comme s'il venait de détecter sa présence.

— Eh bien, ne reste pas là comme ça ! Assieds-toi, je t'en prie, dit-il en désignant les chaises destinées aux « invités », je suis le capitaine Mounir. Je peux voir tes papiers ?

Il posa son passeport sur le bureau et prit place sur l'une des deux chaises, essayant d'anticiper mentalement les questions auxquelles on allait le soumettre.

— Alors, raconte-moi un peu…, dit l'homme en feuilletant les pages couvertes de visas et de tampons, qu'est-ce qui t'amène ?

Le capitaine l'avait appelé par son prénom, ce qui le mit tout de suite de mauvaise humeur.

— Où ça, en Égypte ou bien dans votre bureau ?

Il regretta aussitôt cette sortie, il y avait peu de chances que ledit Mounir fût sensible à l'humour.

— Ne t'inquiète pas. Ce pour quoi tu es dans mon bureau, je le sais parfaitement. Ce que je veux savoir, c'est ce qui nous vaut l'honneur de ta visite dans notre beau pays, qui est aussi le tien. Ton passeport dit que tu n'es pas rentré depuis sept ans, c'est louche. Moi je connais que deux catégories de revenants : ceux qui font le pèlerinage au pays tous les ans pour voir la famille et vérifier qu'ils sont toujours capables de respirer notre air, et puis ceux qui s'oublient là-bas pour revenir ensuite avec des idées malsaines plein la tête. Alors, fais pas le malin et dis-moi plutôt quelles sont tes intentions, qui tu viens voir, comment tu vois les choses. Ce qui me ferait plaisir, c'est que tu te confies à moi comme on se confie à son meilleur ami.

— Mais vous n'êtes pas mon ami, monsieur le capitaine, il y a une minute on ne se connaissait même pas.

— Allons, allons, tout doux, c'est comme ça qu'on parle à quelqu'un qui vous propose son amitié ? De toute façon, crois-moi, il vaut mieux être l'ami du capitaine Mounir que son ennemi.

— Que voulez-vous savoir exactement ?

— Je te l'ai dit : pourquoi tu es revenu, ce que tu comptes faire, bref, tout ce qui est de nature à nous intéresser… Tu comprends ?

Oui, il ne comprenait que trop. Ce qu'ils voulaient, c'était s'assurer qu'il ne s'était pas laissé contaminer par les idéaux démocratiques que l'Occident aime à brandir sans se les appliquer à lui-même, qu'il n'avait retenu de ses années d'exil que la seule leçon qui vaille : occupe-toi seulement de gagner ta croûte, même d'amasser des millions si tu en es capable, mais surtout, laisse la politique aux dirigeants de ce pays et ne te mêle pas de donner ton opinion sur ce qui ne te regarde pas.

— Pourquoi je suis revenu ? Mais pour les mêmes raisons qui font revenir tous ceux qui quittent notre cher pays. Vous connaissez le dicton : « Celui qui a goûté une fois l'eau du Nil est voué à y revenir. » Bien sûr, c'est un proverbe qui ne s'applique qu'à nous autres : faites boire cette eau à un étranger et il se retrouve illico à l'hôpital. Mais avec nous, allez savoir pourquoi, ça nous requinque, les couleurs nous reviennent aux joues et un petit éclair s'allume dans nos yeux.

— Écoute, mon ami, c'est pas un récital de poésie que j'attends de toi. Je t'ai demandé pourquoi tu n'étais pas rentré depuis sept ans. Tu as donc pu résister à l'attrait du Nil tout ce temps-là ?

— C'est juste que j'ai changé de travail plusieurs fois, et je n'avais pas de vacances suffisamment longues.

— Sais-tu qui vient t'attendre à l'aéroport ?

— Je n'ai pas prévenu de mon retour...

— Quand je te disais que t'étais un drôle de loustic...

— Ces années d'exil ont été éprouvantes, j'ai un peu coupé les ponts avec le pays, et puis j'ai eu peur d'annoncer de but en blanc mon retour à la famille. Tous se sentiraient obligés de venir m'accueillir, voire de convoquer une procession avec flûtes et tambours, et franchement, je suis trop las pour supporter tout ça.

— Mais alors, comment tu comptes t'y prendre ?

— Pour commencer, je vais passer quelques jours à l'hôtel...

— Oui, je vois que tu as indiqué comme adresse en Égypte le Sémiramis Intercontinental ?

— ... Et puis d'ici quelques jours, je m'arrangerai pour les prévenir de mon arrivée, mais en douceur.

— Bon, écoute, je te laisse passer pour cette fois, mais je garde l'œil sur toi, surtout, t'avise pas de faire le malin avec nous. Rappelle-toi : mieux vaut être l'ami du capitaine Mounir que son ennemi. Allez, tu peux disposer. Hé, Gomaa ! Mais où donc est passé cet animal ? Gomaa !!!

Le soldat qui attendait derrière la porte se présenta.

— Gomaa, raccompagne donc l'effendi jusqu'à la barrière, il peut passer directement aux bagages.

Il sortit à la suite du troufion. Il était quelque peu soulagé, mais l'incident lui avait retourné le ventre, il y voyait un mauvais présage pour le reste de son séjour…

IV

Le chauffeur roulait maintenant à vive allure, poussant le moteur dans ses derniers retranchements. Le coude calé contre la portière dont il avait baissé la vitre, il tenait son volant de la main gauche tout en agitant sa main droite restée libre pour accompagner ses propos. Contrairement aux habitudes de la profession, il s'abstenait de marmonner entre ses dents des imprécations contre les autres conducteurs, même quand ceux-ci lui faisaient des queues-de-poisson ou pilaient brusquement devant lui. Il venait de se saisir d'un paquet de cigarettes, qu'il tapota contre le levier de vitesses pour en faire émerger une avant de le lui tendre derrière son dos, sans se retourner.

Il déclina poliment, ce n'est pas l'envie qui lui en manquait – il avait arrêté juste avant de partir –, mais il avait besoin de toute sa concentration pour se délecter du spectacle de la ville où il n'était pas revenu depuis tant d'années.

En quelques années, l'urbanisme avait étendu ses tentacules à tous les espaces de la capitale. Autrefois, cette route qui séparait l'aéroport du centre-ville était presque déserte, les voitures roulaient au milieu d'un *no man's land* de sable et de végétation, interrompu seulement par quelques villas cossues et une poignée d'immeubles de trois ou quatre étages. Désormais, d'innombrables constructions, hôtels de luxe, tours vertigineuses, mosquées au design d'avant-garde, salles des fêtes, avaient essaimé de chaque côté de la voie. Celle-ci forçait son chemin à coups de ponts surélevés et de tunnels inondés de lumière artificielle, de sorte qu'on pouvait parcourir la distance sans jamais s'arrêter à un feu. De temps à autre, on donnait un petit coup de frein pour éviter une paysanne en *melaya* qui avait négligé la passerelle pour piétons ou un vieillard boitillant qui claudiquait sur sa canne, mais dans l'ensemble on allait tout de même bon train.

Ce n'est qu'aux abords de Fom el-Khalig, là où se trouvaient les vestiges de la millénaire muraille du vieux Caire, que le trafic se fit plus dense. Toutes sortes de véhicules luttaient désormais pour se positionner le plus favorablement possible dans les files. Il y avait là des autobus, des camionnettes, des charrettes tirées par des mules, des taxis cairotes reconnaissables à leur carrosserie bicolore noir et blanc, des minibus qui avaient graduellement supplanté les transports publics défaillants, sans parler des motocyclettes Jawa de fabrication indienne qui parfois transportaient une famille entière : le mari devant avec son garçon entre les genoux, la femme assise derrière lui en travers de la selle et serrant contre elle la petite dernière.

— On voit bien que le pacha n'est pas venu depuis longtemps...

C'était le chauffeur qui, après être longtemps resté coi, avait soudain rompu le silence.

— Qu'est-ce qui te fait dire ça, l'ami ?

— Ça fait un moment que je ramène des gens de l'aéroport et j'ai remarqué que ceux qui reviennent régulièrement n'ont même pas un regard pour nos rues poussiéreuses – ils n'ont pas encore eu le temps de les oublier. Alors que le pacha, lui, on dirait qu'il est en excursion à Disneyland ! (Il avait prononcé ça *Deznilaned*.)

Pour la première fois depuis son arrivée, il rit de bon cœur. Disneyland ? Le Caire, cette ville de chair et de sang, parcourue par un trafic émotionnel intense, avec ses odeurs et ses relents, ses bruits et ses silences, ses ruelles où chaque jour des gens s'aimaient ou se déchiraient, étalaient un luxe tapageur ou au contraire luttaient pour leur survie, était tout le contraire de l'idéalisme aseptisé et asexué du monde de Mickey.

Il revint à l'observation du monde extérieur. Comme à chacun de ses retours, il était frappé par la vitalité de ces gens qui frayaient leur chemin dans l'existence en trouvant encore le moyen de se plier à tout un ensemble de valeurs. Finalement, c'est un peu pour ça qu'il avait décidé ce voyage, et ce qu'il voyait défiler à travers la fenêtre le confortait dans la justesse de son choix. La vie en Europe l'avait épuisé, il en avait assez de voir ces vies réglées au millimètre, ces agendas planifiés pour les vingt-quatre mois à venir, les plaintes continuelles des nantis qui criaient misère à la moindre remise en cause d'un de leurs privilèges. Il avait éprouvé un besoin impérieux de revenir à la simplicité, aux verres de thé sirotés entre amis, aux promenades sur la corniche du Nil, à l'imprévoyance et au fatalisme.

À mesure qu'ils roulaient, cependant, il sentait son pouls s'accélérer. Au début, il mit cela sur le compte du changement brusque de décor et de rythme – les derniers jours qu'il avait passés en Europe s'étaient écoulés dans une morne lenteur –, mais loin de refluer, le phénomène s'aggravait à chaque minute. À présent, son cœur faisait des bonds dans sa poitrine.

Peut-être était-ce la chaleur? Déjà tout à l'heure, au moment d'enjamber l'étroite faille séparant l'avion de la passerelle de débarquement, il avait senti une chape d'air brûlant s'abattre sur lui. Il avait instantanément reconnu cette odeur unique qui l'avait accueilli à chacun de ses retours au pays. Une odeur un peu âcre qui pouvait provenir aussi bien du tarmac chauffé à blanc par le souffle des réacteurs que du kérosène qui flottait dans l'atmosphère.

Peut-être était-ce, plus qu'une odeur, une certaine consistance de l'air imprégné de la poussière du Muqattam, cette colline sablonneuse qui, chaque jour, saupoudrait Le Caire d'infimes particules, tapissant d'une couche d'ocre les façades des maisons avant de se glisser sous les portes ou de pénétrer, après s'être facilement jouées des persiennes ajourées, par le chambranle des fenêtres.

L'odeur ne suffisait pas à expliquer l'émotion qui, plus encore que les fois précédentes, s'était emparée de lui. Cette émotion, il le sentait confusément, n'était pas circonscrite à lui-même, ni même à ceux qui venaient d'arriver en même temps que lui, elle remontait bien au-delà… Comme si l'atmosphère était imprégnée du souffle de tous ceux qui avaient atterri là avant lui et qui, après avoir retenu leur respiration dans les derniers instants précédant leur sortie au grand jour, avaient enfin écarquillé narines et lèvres pour humer les effluves si longtemps convoités.

Certes, la chaleur était intense, mais la vitre était ouverte et de l'air frais s'engouffrait dans le véhicule lancé à vive allure… Il décida néanmoins d'ôter sa veste et de l'étaler à côté de lui sur la banquette, s'obligeant à discipliner sa respiration. Malgré cela, le malaise ne semblait pas vouloir se dissiper. Il était maintenant pris de vertiges, le décor dansait autour de lui comme si le taxi s'était lancé dans une sarabande infernale. Il essaya de dire quelque chose au conducteur mais sa langue était pâteuse et il ne put articuler un seul mot. Pour finir, un voile noir lui recouvrit les yeux et puis… plus rien.

Le cerveau enfiévré de Sayyed tournait à toute vitesse. En voyant dans le rétroviseur que son client dodelinait bizarrement du chef, il ne s'était pas tout de suite inquiété. Mais subitement, la tête avait basculé vers l'avant, entraînant de son poids le reste du corps avant de heurter dans un bruit mat la caisse à outils métallique placée entre les deux sièges avant. Il avait bien essayé de le secouer, mais l'homme restait désespérément inerte. Allons bon, il fallait que ça lui arrive à lui !

Son séjour au Caire n'avait été, depuis son arrivée, qu'une longue suite de déboires. Il avait connu la faim, le froid, la chambre qu'il avait dû partager avec quatre autres jeunes, montés comme lui de leur province, les querelles sur le partage des tâches domestiques, la difficulté de rester sain de corps et d'esprit quand tous s'abandonnaient d'une façon ou d'une autre au charme délétère de la drogue, de la délinquance ou du sexe clandestin.

Sa vie commençait tout juste à se stabiliser depuis qu'il avait pris le taxi, il y a de cela quelques mois. Pour la première fois, il avait pu avoir sa chambre à lui, un endroit dont il pouvait refermer la porte le soir venu. Son patron lui avait bien fait comprendre qu'il ne voulait pas d'ennuis : « Si tu as le moindre problème, tu le règles avant de venir m'en parler… », lui avait-il déclaré, accompagnant son propos d'un regard lourd. À présent, il ne s'imaginait pas aller expliquer aux policiers que son client avait eu un malaise et qu'il n'avait pas la moindre idée de la façon dont c'était arrivé. L'homme était-il seulement vivant ? Il n'en savait fichtre rien ! La vie de cocagne qu'il menait en exil avait dû le rendre fragile, incapable de supporter la pression terrible qui s'exerçait quotidiennement sur les habitants de ce pays.

Il convenait d'agir, et vite. Sayyed ne voulait à aucun prix être vu aux côtés de cet encombrant client, on le soupçonnerait immédiatement d'avoir voulu l'endormir pour le dévaliser, voire pour le trucider. Mais l'homme avait besoin de secours, et Sayyed n'avait aucune envie d'avoir sa mort sur la conscience ; le mieux était de le déposer dans un endroit où il serait rapidement retrouvé. Mentalement, il passa en revue les options possibles… Les urgences de l'hôpital ? Trop dangereux : le temps qu'on s'occupe de lui, l'homme avait plusieurs fois le temps de trépasser. La terrasse d'un café ? Trop risqué : il y aurait quarante témoins pour le décrire dans ses moindres détails. Certes, on pouvait miser sur l'imagination débridée des riverains pour que les quarante descriptions soient différentes, mais cela risquait tout de même de l'identifier…

Il parcourait des yeux les alentours à la recherche d'une solution quand soudain son visage s'éclaira. Il venait d'apercevoir une pancarte ornant la façade d'une bâtisse ancienne. Son cœur battait à cent à l'heure. Il sortit précautionneusement du véhicule, ouvrit la portière arrière et, saisissant le bras inerte de son client, l'enroula derrière sa nuque avant de se redresser. Ainsi flanqué de son chargement humain, il parcourut les quelques mètres qui le séparaient de la porte de l'établissement et le fit asseoir sur le banc qui trônait à l'extérieur. Un coup d'œil circulaire le rassura, c'était l'heure où les gens sont affairés chez eux à la préparation du déjeuner, il n'y avait que de rares passants dans la rue et personne sur les balcons environnants. Pour finir, il frappa deux fois dans ses mains à l'adresse du réceptionniste, avant de retourner prestement à son taxi et de démarrer en trombe…

Ce n'est qu'après avoir parcouru plusieurs centaines de mètres qu'il aperçut dans le rétroviseur la veste de son client, qui était restée sur la banquette arrière. Et sa valise, qu'il avait oublié de sortir du coffre! Il marmonna un juron, ça n'était pas son style de conserver les effets de ses clients, mais les rapporter maintenant aurait été bien trop dangereux et risquait de compromettre tout le mal qu'il s'était donné. Il s'arrangerait pour les faire disparaître à la première occasion.

V

Ibrahim avait entendu le claquement de mains au-dehors, mais il attendit un peu avant d'aller voir de quoi il retournait. Il lui était arrivé de répondre précipitamment à de tels appels pour finalement se trouver face à un quidam cherchant son chemin, ou bien un importun voulant juste lui signaler que la gargouille d'eau charitablement placée au-dehors à l'intention des passants assoiffés était vide. Il finit lentement de ranger son comptoir avant de s'ébranler d'une démarche nonchalante pour franchir le portail de la pension. Une fois à l'extérieur, il cligna des yeux sous les rayons encore puissants du soleil de ce milieu d'après-midi, puis jeta un regard circulaire et finit par découvrir le gaillard qui semblait somnoler sur son banc, bouche ouverte. Était-ce lui qui avait frappé dans ses mains avant de s'assoupir ? En tout cas, si c'était un nouveau client, il appartenait visiblement à la sous-espèce des « sans-bagages ». S'approchant prudemment, il lui tapota l'épaule. Voyant que l'homme ne réagissait pas, il lui prit le bras et le secoua. Toujours aucune réaction ; allons bon, pour un cadeau !

Depuis le temps qu'il officiait comme réceptionniste à la pension, Ibrahim en avait vu passer, des clients, depuis les touristes étrangers aisés qui se targueraient à leur retour d'avoir fui le luxe des grands hôtels pour la tranquille familiarité du séjour chez l'habitant, jusqu'aux provinciaux qui, montés de leur campagne et désarçonnés par le terrifiant gigantisme de la capitale, trouvaient dans la tenancière une seconde mère. Mais il ne se souvenait pas d'arrivée aussi mystérieuse. Il songea à interroger les serveurs du café établi de l'autre côté de la rue, mais se dit qu'à cette heure de maigre affluence, il y avait peu de chance pour que la scène ait eu des témoins. Pour finir, il rentra précipitamment à l'intérieur et monta frapper à la porte de la patronne pour lui soumettre le problème.

Sett Baheyya accourut pour ouvrir :

— Eh bien, Ibrahim, que t'arrive-t-il ? On dirait que tu viens de voir un cadavre ?!

— Hum… c'est un peu ça ; vous avez un nouveau client, patronne, apparemment, c'est un type très calme, du moins pour l'instant…

— Mais qu'est-ce que tu racontes ? Veux-tu parler autrement que par énigmes ?

— Il y a un type, dehors, assis sur le banc. Je ne sais pas s'il dort ou si – à Dieu ne plaise – il a trépassé pour de bon. Quelqu'un a dû nous le livrer avant de frapper dans ses mains et de disparaître…

— Et tu l'as laissé agoniser dehors en plein soleil ?! Appelle Faouzi et portez-le dans le salon. Bon c'est vrai, Faouzi n'est qu'étudiant en médecine, mais il saura tout de même faire la différence entre une sieste et un coup de soleil. *Ya Rabb* – Dieu Tout-Puissant, épargne-nous ! Allez, et priez seulement pour que ce ne soit pas plus grave !

Ibrahim ne se le fit pas dire deux fois : la patronne était originaire du Saïd – la Haute-Égypte – et quand elle avait une idée en tête, mieux valait ne pas discuter. D'ailleurs, bien qu'elle lui eût demandé à plusieurs reprises de l'appeler « Baheyya » tout court, il était trop intimidé et continuait à lui donner du « Sett » – « madame ». Quant à lui, il était plutôt content que tout le monde l'appelle « 'Amm » – ce « l'oncle » lui donnait l'impression de faire partie de la famille.

Moins de deux minutes plus tard, il était de nouveau dehors, mais cette fois flanqué de Faouzi ; tous deux scrutaient l'inconnu.

— Dis-moi, 'Amm Ibrahim, lâcha Faouzi en détaillant la mise de l'homme étendu, c'est pas ta clientèle habituelle, ça. Il a vraiment pas l'air d'un crève-la-faim comme nous.

— Au lieu de jouer les philosophes, rétorqua Ibrahim, c'est le moment de nous faire profiter de vos études de médecine – ce sera bien la première fois qu'elles nous servent à quelque chose.

Faouzi rougit ; ce que le réceptionniste ne savait pas – même s'il s'en doutait –, c'est que l'étudiant redoublait une année sur deux et qu'il n'était donc pas très avancé dans son cursus. À supposer même qu'il eût été un élève assidu, ses connaissances en anatomie ne l'auraient guère conduit au-delà de la dissection de la grenouille. Il n'allait tout de même pas arracher les pattes de ce spécimen en costume pour livrer à Ibrahim un diagnostic éclairé !

Pour donner tout de même le change, il adopta un air pénétré et s'approcha du visage de l'inconnu, mobilisant tout le savoir qu'il avait pu glaner dans les séries B américaines qu'il allait quelquefois voir, avec sa bande, dans des cinémas à ciel ouvert.

Il commença par lui tapoter doucement l'épaule, en secouant de plus en plus fort. Aucune réaction. Retirant ses lunettes de soleil, il approcha un des verres réfléchissants de la bouche du gisant et l'y laissa quelques secondes, avant de le retirer pour y jeter un coup d'œil : s'il y avait de la buée, celle-ci était vraiment imperceptible au milieu des ruisseaux de sueur qui envahissaient tout – il faut dire que, dans les séries B, cette méthode était généralement utilisée sur un quai glacial de New York ou dans une cabane enneigée du Montana. Changeant de stratégie, il entreprit de procéder à une palpation du corps. Il posa sa main au jugé là où il imaginait que le cœur devait se trouver, manqua évidemment son but – s'il y avait encore quelque battement à entendre, il n'avait aucune chance de le détecter de cette façon. Son visage s'assombrit. Se tournant vers Ibrahim, il s'apprêtait à lui annoncer la triste nouvelle quand un râle sortit de la gorge de l'inconnu. L'étudiant ne put retenir un sursaut, mais se reprit bien vite.

— T'as entendu ça ! C'est bien ce que je pensais, il est vivant ! Aide-moi, on va le transporter à l'intérieur.

Ils ne savaient trop comment s'y prendre ; l'homme était assez grand, et ses membres ballants ne leur facilitaient guère la tâche.

— Tu le prends par les pieds, lança Faouzi d'une voix impérieuse, espérant dissimuler ses graves lacunes médicales derrière un sens pratique hors du commun.

Ce disant, il passa ses mains sous les aisselles de l'homme, et ils le portèrent ainsi tant bien que mal à l'intérieur de la pension, où ils l'étendirent sur le grand canapé du salon.

Sett Baheyya accourut aussitôt, avec à la main le verre de citronnade qu'elle venait de préparer.

— Alors, rassurez-moi, il n'a rien de grave ?

— Le docteur Faouzi l'a ausculté, répliqua Ibrahim en lançant à l'étudiant un coup d'œil malicieux, il lui a trouvé une forme de cheval...

— Une forme de cheval ? Vraiment, vous n'avez pas de cœur tous les deux.

— En tout cas, répliqua Faouzi, votre nouveau pensionnaire en a un, et en parfait état de marche – j'ai vérifié. Attendez, voyons voir s'il a au moins de quoi payer son séjour.

Il glissa précautionneusement les mains dans les poches du pantalon, dont il ressortit quelques billets.

— Aucun papier d'identité, et à peine une vingtaine de livres en petites coupures. Eh bien, on va pas aller loin avec ça ! L'âme charitable qui nous l'a livré a dû prélever les frais de livraison. On le remet dehors, patronne ?

— Faouzi, tu devrais avoir honte ! Tu n'as donc jamais entendu parler des lois de l'hospitalité ? Chez nous, au Saïd, quand un inconnu se présente, on lui offre le gîte et le couvert trois jours durant, ce n'est qu'au matin du quatrième jour qu'on commence à lui demander ce qui l'amène.

— Sett Baheyya, votre générosité vous ruinera, intervint Ibrahim. Pendant ce temps, les grands hôtels exigent deux cartes de crédit plutôt qu'une avant de laisser monter qui que ce soit. Si ça se trouve, l'homme a entendu parler de vos coutumes ancestrales, et il joue au mort pour mieux…

Sa tirade fut interrompue par le second râle qui venait de s'échapper de la gorge de l'inconnu. Sett Baheyya écarta Faouzi sans ménagement pour se porter près de l'homme étendu, qui commençait à cligner des yeux.

— *Hamdillah 'as-salama…* Soyez le bienvenu ! lui lança-t-elle sans attendre, votre présence a illuminé la pension…

Faouzi et Ibrahim, d'humeur taquine, échangèrent un clin d'œil complice : le salon de réception était plongé dans une dense pénombre en ce milieu d'après-midi.

Comme l'inconnu se redressait un peu pour s'appuyer sur un coude, elle lui tendit la citronnade.

— Tenez, mon prince, buvez donc le breuvage de Sett Baheyya et vous serez sur pied avant même d'avoir terminé votre verre.

Tendant une main tremblante, l'homme prit la citronnade des mains de la tenancière et la porta à ses lèvres. À peine en avait-il avalé une gorgée que sa tête retomba lourdement sur l'accoudoir du canapé, Ibrahim rattrapa le verre au vol au moment où il allait lui échapper des mains. Là-dessus, il se tourna vers la tenancière.

— Bon, patronne, qu'est-ce qu'on en fait? À raison d'une gorgée toutes les vingt-quatre heures, le temps qu'il finisse son verre, il sera juste temps de lui demander ce qui l'amène.

— Vous n'avez pas un peu fini, tous les deux?! Transportez-le donc dans la chambre de Faouzi, c'est la plus calme, on va le laisser se reposer quelque temps.

— Mais pourquoi ma chambre? s'étrangla Faouzi, je ne suis pas Saïdi, moi!

— Eh bien, tu ne connais pas le verset : « Si vous souffrez de quelque mal, dissimulez-vous! »? répliqua Baheyya en riant. Console-toi, tu n'auras qu'à prendre la chambre de Sélim en attendant. De toute façon, il est toujours par monts et par vaux en ce moment; le temps qu'il revienne, notre effendi sera sans doute remis et tu pourras récupérer ta chambre.

— Au pire, je pourrais bien partager la chambre de 'Azza, mais ce sera vraiment pour vous rendre service.

— Alors là, mon garçon, je ne te le conseille pas, la tigresse risquerait fort de te griffer...

— Bon, bon, aide-moi, 'Amm Ibrahim, on transporte le « colis » là-haut. Hé, Chaker, lança-t-il au serveur du café voisin qui passait par là, viens donc nous donner un coup de main! On ne sera pas trop de trois pour hisser cette carcasse.

Les trois hommes empoignèrent le corps de l'inconnu et entreprirent de grimper l'escalier pour le déposer dans la chambre située au deuxième étage.

VI

Il eut l'impression d'émerger d'un puits insondable où il n'avait cessé de chuter des siècles durant. Au sommet du puits, un soleil éclatant se déployait haut dans le ciel. Gardant les yeux braqués vers le fond du puits, il continuait à progresser vers le sommet, sans oser lever les yeux de peur d'être irrémédiablement aveuglé. Il entendait tout de même certains bruits familiers : le battant d'une fenêtre qui claquait au vent, des objets qu'on déplaçait ou qu'on soulevait avant de les reposer, de l'eau qu'on déversait à grands jets sur une surface carrelée ou qui s'écoulait au goutte-à-goutte.

Il commença à cligner des yeux et à les ouvrir progressivement pour les habituer à la lumière qui inondait la pièce. Il était étendu sur un lit au milieu d'une chambre meublée simplement mais avec goût. Près de la fenêtre dont on avait ouvert grand les battants – seules des persiennes peintes de vert empêchaient les rayons du soleil de l'éblouir –, une jeune fille en robe paysanne était accroupie sur le sol, une serpillière à la main, et chantonnait doucement. Des mèches châtaines s'échappaient du foulard jaune lesté de sequins qu'elle s'était négligemment noué sur la tête, et un lourd bracelet de pied ornait l'une de ses chevilles. Les grandes dalles du carrelage luisaient d'humidité, lui renvoyant des flaques de lumière dans les yeux, à tel point qu'il dut mettre la main en visière sur son front tandis qu'il se redressait dans le lit.

Le grincement du sommier la fit sursauter et se retourner ; aussitôt son visage s'éclaira :

— *Sabah el-foll wel-yasmine*… Matin de muguet et de jasmin ! Notre effendi a fini par se réveiller…

— Bonjour, tu es qui ? Et où est-ce que je suis ?

— La patronne m'avait bien dit que vous n'alliez pas très fort ; moi je suis Khadra, pour vous servir… Et ici, vous nagez dans le bonheur… Je veux dire, vous êtes à la pension du Bonheur, mais c'est tout comme.

— Écoute, Khadra, je ne sais pas qui tu es, mais…

— Ici tout le monde sait qui je suis, une brave fille de rien qui est bonne à tout ! On peut l'user au travail, et elle, elle est tellement gentille qu'elle se contente d'un sourire pour tout remerciement !

— Non, non, j'ai compris, répliqua-t-il en se redressant encore un peu plus, je voulais dire… J'ai la tête vide, comment suis-je arrivé ici et combien de temps j'ai dormi ?

— Quelqu'un a dû vous déposer sur le banc à l'extérieur, tel que vous êtes : pas de bagages, pas de papiers, rien dans les poches à part quelques malheureux billets – c'est pas moi qui ai vérifié, c'est Faouzi, et en présence de la patronne. Quant au nombre d'heures que vous avez dormi, attendez voir… Faut m'excuser, mon doctorat (elle avait prononcé ça *douktourrah*) n'est plus de première fraîcheur…

Là-dessus, elle entreprit de compter sur ses doigts, qu'elle dépliait au fur et à mesure ; arrivée au dixième doigt, elle continua sur la même main, cette fois en repliant les phalanges.

— Quinze heures, votre Excellence ! Vous avez dû en faire, de beaux rêves !

— Mon Dieu, quinze heures ?! Dans ma vie, je n'ai pas dû dormir une seule fois plus de cinq heures d'affilée. Quant aux rêves, je n'en sais rien, ma tête est complètement vide, je ne sais même pas ce que je fais là. Et d'ailleurs, « là », je ne sais même pas où ça se trouve. Elle se situe où, ta pension de la Joie ?

— Du Bonheur ! rectifia-t-elle en s'esclaffant, mais la joie, c'est pas ce qui manque non plus ! Dieu vous aide… Vous me rappelez quand j'ai débarqué pour la première fois de mon petit village près de Tanta. Cheikh Fahmi, mon père, m'a amenée ici, dans la Mère du Monde, et moi j'avais la tête qui tournait de tous ces bruits et de toutes ces lumières. Vous pensez, c'était la première fois que je prenais le train, que je voyais autant de voitures, autant d'hommes qui me reluquaient sans la moindre honte, autant de…

— Dis donc, tu ne serais pas un peu bavarde, toi ? Si tu continues, tu vas me remplir ma tête vide rien qu'avec ton bavardage. Tu as bien dit « la Mère du Monde »… Alors, je serais au Caire ?

— Et pourquoi vous dites ça comme si vous étiez le premier à y mettre le pied ? On est juste une vingtaine de millions dans ce cas, vous savez, sans parler des nouveaux arrivages… – une naissance toutes les trois secondes, qu'ils ont dit à la télé…

Il se recula, amusé. Toute cette légèreté, cette joie de vivre malgré les fatigues et les frustrations, c'est ce qu'il aimait. Il espérait que le temps n'aurait pas raison de cette fraîcheur, qu'elle échapperait à cet inexorable flétrissement qu'un délicat poète – comment s'appelait-il déjà ? – avait décrit en ces termes :

Le corps des servantes recèle d'ordinaire
Une section morte, un fossile mouvant,
Qui permet d'estimer l'âge de leur fatigue
Au nombre de stries qui le parcourent,
Au nombre de bas qui se sont effilochés
Sous la pression de ce talon mort.
C'est sur cette section morte,
Que le corps tout entier repose,
C'est elle qui paie le plus lourd tribut
Aux rudes tâches domestiques.

S'il lui était donné de la revoir dans quelques décennies, éprouverait-il, à l'instar du poète, ce trouble sentiment de dualité ?

Quand elle marchait dans la rue,
Sa chevelure teinte voletait
Au vent de ses vingt ans,
Tandis que son pied, lui,
Se mouvait dans un tout autre temps.

— … Quoi qu'il en soit, poursuivait-elle, notre effendi est le bienvenu ! Je referme la fenêtre ou je vous laisse vous aérer un peu ? Le petit-déjeuner sera servi en bas dans dix minutes, et la patronne n'aime pas trop qu'on soit en retard !

— Bon, bon, laisse ouvert, il faut que je reprenne mes esprits et que je me rende un peu présentable.

— Au fait, lui lança Khadra en sortant, l'effendi a un joli sourire !

Aussitôt qu'elle eut refermé la porte, il sauta sur ses pieds et se dirigea vers la fenêtre ; là, il défit le crochet qui maintenait les persiennes entrebâillées et en écarta les battants. Le soleil était déjà assez haut au-dessus de l'horizon, il s'abandonna à sa caresse bienfaisante et observa un instant le manège de la rue en contrebas : le laitier à bicyclette avec ses bidons répartis de chaque côté du porte-bagages, le café d'en face dont le serveur avait entrepris de disposer les chaises, tous les bruits de la ville.

À grand-peine, il se détacha de cette perspective pour revenir à l'intérieur de la chambre, dont il ressortit bientôt en vue d'effectuer un brin de toilette. Le couloir était vide, il avança sur la pointe des pieds pour ne pas trop faire grincer les lattes du vieux parquet. La porte de la salle de bains était entrouverte, il y pénétra et referma le verrou derrière lui. C'était une salle d'eau ancienne et rudimentaire, mais propre ; le lavabo était surmonté d'un grand miroir cabossé et fêlé, dans lequel il contempla un instant son image déformée. Son visage était fatigué, de larges taches noires lui cernaient les yeux malgré son sentiment d'avoir dormi des siècles.

Tout à l'heure, quand Khadra lui avait parlé, il avait senti un vague malaise, malgré le tour plaisant de leur conversation. C'était quelque chose d'indéfinissable, il n'arrivait pas à mettre le doigt dessus.

Ce vide dans sa tête ne ressemblait à rien de ce qu'il avait connu auparavant. Il lui était arrivé d'avoir la gueule de bois après une soirée trop arrosée, mais dans ces cas-là, c'était plutôt d'un afflux d'impressions contradictoires qu'il souffrait, non de cette inquiétante vacuité. En même temps, il avait l'intuition qu'il se sentirait bien ici, dans cette vieille bâtisse, au milieu de ces gens – la servante, sa patronne, les autres pensionnaires dont il allait bientôt faire la connaissance.

Enfant, il avait souvent fait ce rêve d'un retour au pays qui ne se passait pas comme prévu, soit que les gens censés l'attendre à l'aéroport n'étaient pas là, soit qu'il n'arrivait plus à retrouver la maison de ses grands-parents. Rapidement, cela tournait au cauchemar : on l'emmenait dans un sordide hôtel du centre-ville où le portier attendait qu'il eût le dos tourné pour rameuter ses acolytes véreux et le leur désigner comme une proie facile – il se réveillait en sueur, le souffle court, soulagé que ce ne soit qu'un rêve mais néanmoins éprouvé par l'angoisse qui l'avait agité dans ses visions.

Coupant court à ses réflexions, il se passa de l'eau glacée sur le visage puis s'engagea dans l'escalier pour gagner le rez-de-chaussée. C'est seulement alors, tandis qu'il en descendait précautionneusement les premières marches, que l'inquiétude qui le taraudait depuis qu'il avait repris connaissance se cristallisa soudainement en une certitude terrifiante : s'il avait une conscience aiguë du moindre de ses mouvements, de la moindre de ses sensations, il était tout à fait incapable de dire qui il était et quelles circonstances l'avaient conduit ici.

VII

Cette révélation l'avait entièrement déboussolé. Il avait regagné précipitamment sa chambre où il avait perdu du temps à tourner en rond, sondant désespérément sa mémoire à la recherche d'un indice quelconque. Complètement affolé, il regardait autour de lui, jetait des coups d'œil dans la rue. À plusieurs reprises, il avait fouillé dans les poches de son pantalon, cherchant avec fébrilité le moindre papier qui pourrait lui servir d'indice, mais il n'y avait rien d'autre que les quelques billets froissés. Sa tête était entièrement vide, à l'exception d'une migraine qui s'aggravait de minute en minute. Il s'imaginait chutant de nouveau dans le puits, son crâne percutant de loin en loin les parois rugueuses dans un effroyable froissement de cartilages. Il se résolut finalement à ressortir : il aurait déjà bien du mal à répondre aux questions qu'on ne manquerait pas de lui poser, inutile de les agacer encore plus en se présentant en retard.

Tandis qu'il descendait l'escalier, des odeurs de bonne cuisine vinrent lui chatouiller les narines. Il reconnaissait les effluves caractéristiques du *foul*, qui le replongèrent instantanément dans les délices d'antan, l'arôme du thé à la menthe, le fumet des œufs sur le plat frits dans l'écume de beurre. Il respira un grand coup pour mieux savourer l'instant. Malgré toute son horreur, cette amnésie provisoire avait tout de même du bon : elle lui permettait de renouer directement avec son enfance en passant outre les idées noires, les angoisses et les appréhensions qui encombraient ordinairement son esprit.

Comme il approchait de la salle à manger, il entendit une conversation animée ; il se figea un instant derrière la porte entrebâillée pour écouter. De là où il était, il distinguait deux jeunes gens attablés, une jeune fille de dos, dont on ne voyait que la longue chevelure noire nouée en queue-de-cheval, et face à elle, un jeune homme au visage souriant, qui écoutait les remontrances de son interlocutrice :

— Écoute, Faouzi, disait celle-ci, si tu n'arrêtes pas tout de suite avec ça, je vais faire de ta vie un enfer. Sett Baheyya va rameuter tous les fiers-à-bras du quartier, et ils se feront un plaisir de te corriger.

— Eh bien, 'Azza, pas la peine de monter sur tes grands chevaux ! Ce que j'en disais, c'était pour ton avenir.

— Mon avenir, je m'en occupe très bien toute seule – d'ailleurs, depuis quand les hommes voient-ils plus loin que le bout de leur nez ?

Là-dessus tous deux partirent d'un grand éclat de rire ; il se dit que cette accalmie était probablement le meilleur moment pour faire son entrée

— *Sabah el-kheir*, les salua-t-il en poussant la porte qui émit un grincement assourdissant, je suis le nouveau pensionnaire.

La pièce était meublée avec simplicité, mais il s'en dégageait beaucoup de chaleur. Un peu partout, des bibelots, des cartes postales, des souvenirs divers témoignaient des nombreux visiteurs qui s'étaient succédé là.

— On se disait justement que la pension était plus lumineuse que d'habitude, lui lança le jeune homme dans un grand sourire, tout en le scrutant d'un air pénétré. Bienvenue à vous, pacha. Moi c'est Faouzi, et la tigresse, là…

— Faouzi ! gronda la jeune fille.

— Euh… mille excuses, je voulais dire « la grande dame, là »… c'est mademoiselle (il avait prononcé ça *mazmazeil*) 'Azza.

Celle-ci se retourna pour voir qui était ce nouveau venu et il put admirer la beauté de ses yeux en amande, couleur de miel.

— Excusez-le, lui lança-t-elle, il ne sait pas ce qu'il dit. Je poursuis un troisième cycle d'économie politique à l'université de 'Aïn Chams.

La voix, chaude et profonde, l'avait troublé, mais il essaya de n'en rien laisser paraître.

— Enchanté… Savez-vous où est la patronne ?

— Sett Baheyya ? Vous la trouverez juste à côté, à la cuisine ; pour elle, pas question de ne pas superviser en personne la préparation du petit-déjeuner ! Ah, vous avez de la chance, la voilà…

Il se retourna pour voir entrer une femme assez grande et plantureuse qui portait un plateau de thé. D'abondantes mèches de cheveux châtains grisonnants dépassaient d'un foulard aux couleurs vives, encadrant un visage qui avait dû être très beau et qui respirait la bonté par tous les pores. En le voyant, elle posa le plateau pour se diriger vers lui.

— Avant tout, rassurez-moi, comment va votre santé à présent ? Vous avez fait trembler notre cœur. Khadra jetait un coup d'œil sur vous de temps à autre, elle m'a dit qu'elle n'avait jamais vu quelqu'un dormir aussi longtemps !

— Je ne sais pas ce qui m'est arrivé, Sett Baheyya, moi qui habituellement dors si peu, j'étais comme ivre de sommeil. En tout cas, ça prouve que je me sens bien chez vous...

— L'important, c'est que vous vous remettiez sur pied rapidement. Khadra, viens donc verser le thé à notre effendi. Et vous, ajouta-t-elle à son intention, goûtez-moi ce *foul*, vous m'en direz des nouvelles.

Jamais il n'avait eu aussi faim. Si ça n'avait tenu qu'à lui, il se serait jeté sur la nourriture, mais il avait conscience d'être la cible de tous les regards. Se forçant à maîtriser ses gestes, il saisit une galette de pain *baladi* dans laquelle il se découpa un morceau, puis entreprit de déguster lentement les magnifiques fèves ambrées.

Les autres avaient repris leurs occupations : 'Azza s'entretenait avec Sett Baheyya au sujet d'une amie étudiante qui songeait à venir s'installer à la pension. Khadra ne cessait d'aller et venir entre la cuisine et la salle à manger ; quant à Ibrahim, il passait la tête de temps à autre pour s'assurer que tout allait bien – en le voyant tout à l'heure, le vieil homme n'avait pu retenir une exclamation : « Ma foi, on dirait que notre cadavre a ressuscité ! » Seul Faouzi continuait de le fixer attentivement, visiblement intrigué.

— Alors, racontez-nous un peu tout ça, d'où vous venez, qui vous êtes, enfin, un rapport complet, quoi !

— Faouzi, l'admonesta Sett Baheyya, c'est des façons, ça ? Tu ne vas pas le laisser tranquille ? Notre invité vient à peine de se réveiller du sommeil du juste, on aura bien le temps pour les présentations !

— Non, non, Sett Baheyya, Faouzi a bien raison, je sais que... hum... je vous dois...

— Écoutez, mon garçon, trêve de sornettes, vous ne nous devez rien du tout. Tout ce que je sais, c'est que vous êtes notre invité. Vous nous direz tout ça quand vous vous sentirez prêt, et surtout quand vous aurez entièrement récupéré de vos émotions. Tenez, dites-moi plutôt ce que vous pensez de ces œufs au plat, on n'en fait pas de pareils dans tout le pays.

Il la regarda avec gratitude ; il avait oublié à quel point c'était bon d'être au milieu des siens, des gens qu'il ne connaissait pas deux jours plus tôt et qui pourtant paraissaient se soucier de son sort plus que lui-même.

— Tout de même, je dois vous dire...

Elle allait l'interrompre mais il leva la main pour lui signifier qu'il tenait à poursuivre.

— Je vous en prie, laissez-moi finir. Ça me gêne d'autant plus que vous m'avez accueilli si généreusement, mais je préfère vous l'avouer tout de suite : je ne suis pas sûr de pouvoir vous en dire beaucoup sur mon compte.

— Et pour quel type de crime notre invité est-il poursuivi ? lâcha Faouzi.

— Faouzi ! le sermonna de nouveau Sett Baheyya.

— Bon, bon, ça va, concéda Faouzi, je n'ouvre plus la bouche...

Joignant le geste à la parole, il s'appliqua la main à plat sur les lèvres, mais l'en retira quelques secondes plus tard pour poursuivre :

— ... Mais enfin je ne connais que deux catégories de gens qui ne peuvent pas en dire trop sur eux-mêmes : les criminels et... les fous.

— Et les fous, enchaîna 'Azza, tu es bien placé pour en parler, n'est-ce pas ?

— Cessez donc vos enfantillages, dit Sett Baheyya en réprimant un rire. J'ai dit que notre invité nous parlerait quand il se sentirait prêt.

— Sett Baheyya, poursuivit-il, votre patience est tout à votre honneur, mais ce n'est pas ça... La vérité, c'est que je n'ai pas la moindre idée sur qui je suis, ni sur la façon dont je suis arrivé ici.

Un long silence s'abattit. Même Khadra, qui revenait de la cuisine avec de bonnes olives marinées, s'était immobilisée en l'entendant faire cet étrange aveu.

— Et qu'est-ce que ça fait ? lança Faouzi pour détendre l'atmosphère. Vous croyez qu'on sait qui on est, nous ? Tenez, moi par exemple, quand j'étais petit, j'étais : « Hé, espèce de morveux, va donc nous acheter du fromage chez l'épicier ! » Ensuite, j'ai grandi, j'ai rempli mes parents de fierté en décrochant mon bac avec les honneurs, mais là, ç'a été au tour des profs de la fac de me prendre en grippe : « Hé, bougre d'ignorant, viens donc nous expliquer la structure de l'appareil digestif ! » Et maintenant, c'est Sett Baheyya qui me persécute : « Hé toi, incurable bavard, ne vas-tu donc jamais te taire ?! »

La tenancière rit de bon cœur, mais elle paraissait tout de même soucieuse. Elle lui jetait des regards à la dérobée pour ne pas l'embarrasser, et ses yeux trahissaient son inquiétude.

— C'est comme un trou noir… reprit-il. J'ai certaines images de ma vie d'avant, jusqu'au moment où j'ai pris la décision de venir en Égypte, mais où j'étais, comment je suis venu, que s'est-il passé depuis mon arrivée, comment je m'appelle… de tout ça je n'ai pas la moindre idée.

— Vous avez bien dit « venir en Égypte » ? Mais où viviez-vous donc avant ? hasarda 'Azza.

Il marqua un long temps d'arrêt, avant de répondre :

— C'est bien le problème, 'Azza. Tout ce que je sais, c'est que j'étais dans un pays d'Europe, mais j'en ai fait tellement ! Mon père travaillait dans une organisation internationale et nous avons pas mal roulé notre bosse…

— Bon, écoutez, les enfants, trancha Sett Baheyya, notre invité est un peu fatigué, il ne s'est pas encore accoutumé à notre air, et puis n'oubliez pas qu'il est arrivé assez mal en point. Dans quelques jours, quand il aura repris des forces, on y verra plus clair. Allez, terminez bien vos assiettes et on en reparle ce soir.

'Azza et Faouzi finirent tranquillement leur petit-déjeuner avant de remonter dans leur chambre pour préparer leur journée de cours.

Il était resté seul avec Sett Baheyya, qui faisait mine de s'affairer dans la pièce, tout en l'enveloppant de temps à autre d'un regard affectueux.

— Tu sais, mon fils, je m'en vais te dire quelque chose : la mémoire est un bienfait de Dieu – ou une calamité, comme on voudra – mais ce qui est sûr, c'est que nous, pauvres humains, nous n'avons pas la main dessus.

Là-dessus, elle se mit à lui parler longuement de ce qu'avait été sa vie, sa jeunesse en Haute-Égypte, son mariage avec un vague cousin du Caire, un homme aisé qui l'avait emmenée vivre avec lui dans la grande capitale. Elle évoqua leur fils unique, atteint à vingt ans d'une tumeur qui l'avait emporté. Celui-ci avait toujours sa chambre, ils n'y avaient pas touché – impossible de retrouver la paix de l'esprit après le choc. Son mari avait lentement dépéri, jusqu'au jour où la mort l'avait emporté à son tour… comme s'il n'avait désormais plus de raison de vivre. Elle s'était retrouvée seule dans cette grande demeure, sans aucun moyen de subsistance. C'est là qu'elle avait eu l'idée de la convertir en pension pour subvenir à ses besoins.

Elle marqua une pause avant de poursuivre :

— Mon fils aurait eu à peu près ton âge, tu sais ? Je ne te connais pas encore bien, mais j'ai l'impression que tu as des points communs avec lui. Lui aussi, quand nous lui posions une question, il ne répondait pas tout de suite. Il prenait d'abord le temps de nous observer, comme s'il voulait vérifier à notre tête quel type de réponse on attendait de lui. Seulement alors, il commençait à répondre… et souvent, sa réponse était inattendue.

Elle poussa un soupir et lui sourit :

— Allez, c'est le destin… Raconte-moi plutôt, comment vas-tu te débrouiller ? L'important, c'est que tu profites de ce repos forcé pour fouiller ta mémoire, avec un peu de chance, tu retrouveras bien vite tes esprits. Ce que tu décris me rappelle une de mes cousines qui s'était évanouie à la suite d'une mauvaise chute ; à son réveil, tout un pan de son cerveau s'était effacé. Curieusement, elle a peu à peu retrouvé le souvenir de tout, sauf de son mari : pour elle, il était devenu du jour au lendemain un parfait inconnu !

— Tout de même, ça n'a pas dû être facile à vivre pour lui…

— C'est sûr, il était bien à plaindre, mais tu sais quoi ? J'ai toujours pensé que cet oubli avait un sens, que ce n'est pas un hasard s'il a touché cet endroit précis. Ils s'entendaient bien, en apparence, mais comme on dit, « les maisons sont refermées sur leurs secrets ». Moi je trouvais leur relation un peu artificielle, comme s'ils étaient étrangers l'un à l'autre. Au fond, peut-être que cet accident n'a fait que remettre les pendules à l'heure. En plus, comme une chose pareille n'était jamais arrivée, tout le monde était persuadé qu'elle jouait la comédie et qu'elle n'avait imaginé tout ça que pour se séparer de lui. Il en était furieux : « Alors comme ça, femme, tu te souviens du dernier de tes arrière-cousins, et le seul être au monde dont tu ne te souviennes pas, c'est moi ?! »

— En tout cas, Sett Baheyya, de ce point de vue-là, je suis tranquille : je ne me suis jamais marié.

À peine avait-il formulé la remarque qu'il en perçut toute l'absurdité.

— Du moins autant que je m'en souvienne! ajouta-t-il précipitamment.

— Sur ce point au moins, je veux bien te croire... Un homme marié qui oublierait – même provisoirement – les supplices du mariage, c'est tout bonnement impensable!

Ils éclatèrent de rire tous les deux, après quoi elle lui tendit une liasse de journaux.

— Tiens, prends ça, lui dit-elle, ce sont ceux des deux derniers jours. Peut-être qu'en les lisant tu auras un déclic sur ce qui s'est passé. Au fait, aujourd'hui, je sors toute la journée, je vais me rendre sur la tombe de notre fils. Si tu veux te faire servir quelque chose pour le déjeuner, n'hésite pas à demander.

Après l'avoir remerciée, il prit congé d'elle et remonta dans sa chambre. La lecture des journaux était une bonne idée à tous points de vue. Il ne croyait guère à un miracle mais, au moins, ce serait l'occasion de reprendre le pouls du pays, ce pays qu'il avait quitté depuis une éternité.

Bien sûr, depuis son lointain exil, il s'était tenu au courant de ce qui se passait ici, mais la vision qui lui parvenait ainsi était déformée, tantôt enjolivée par la passion de l'Occident pour l'Égypte ancienne – au point que les Européens, et tout particulièrement les Français, donnaient parfois l'impression de regretter le jour funeste où l'Égypte était sortie de l'Antiquité –, tantôt enlaidie par le regard souvent condescendant, voire franchement hostile qu'on portait là-bas sur les pays du Sud.

Avec la presse locale, au moins, il aurait une vision de l'intérieur...

VIII

En ouvrant la porte de la chambre, il poussa un soupir de contentement : celle-ci avait été dûment époussetée et aérée, et le lit était impeccablement fait. La rieuse Khadra n'était pas si désinvolte, ou peut-être était-elle guidée par la main de fer – fût-elle enveloppée de velours – de Sett Baheyya. Les draps sentaient bon et une douce lumière filtrait à travers les persiennes entrouvertes. Les bruits de la rue qui lui parvenaient étaient étouffés, on était à une heure relativement calme de la matinée.

Il s'empara du premier journal sur la pile et commença sa lecture. Comme toujours, la première page d'*al-Ahram* était consacrée aux informations sur le chef de l'État, ses déplacements à l'intérieur ou à l'extérieur du pays, les télégrammes de félicitations ou de remerciements qu'il avait reçus d'éminentes personnalités internationales. Il se hâta de tourner la page pour voir l'intérieur du journal. Ah ! En page deux, il y avait toujours la fameuse caricature – les mauvaises langues disaient qu'une grosse partie du lectorat n'achetait le quotidien que pour elle. Même au plus fort des crises, les Égyptiens n'avaient jamais perdu leur sens de la dérision. La *nokta* – la fameuse plaisanterie égyptienne qui mêlait humour ravageur et autodérision – constituait une soupape de sécurité indispensable pour aider les masses à surmonter un destin qui, sans cela, leur aurait sûrement explosé plusieurs fois à la figure. Tout y passait : la politique internationale, la hausse des prix, la douleur du petit peuple, les histoires de belle-mère…

La caricature du jour montrait un fonctionnaire chauve et bedonnant qui, se voyant offrir un pot-de-vin par un usager, lui répondait d'un air dégoûté : « Moi, accepter de l'argent malhonnête, Dieu m'en préserve ! Jetez donc moi ça, là, dans le deuxième tiroir en partant du haut… »

Il s'attarda un peu sur la page des faits divers ; il n'espérait pas y trouver quoi que ce soit sur son propre compte – « Un homme trouvé à la porte d'une pension du centre-ville affirme avoir perdu la mémoire… », qui ça pouvait bien intéresser ? Des gens qui perdaient la mémoire, il devait y en avoir tous les jours. Ne disait-on pas, à propos des détenus politiques roués de coups dans les prisons : «On l'a battu à lui en faire oublier son nom»? Lui, hormis sa bosse au front, ne portait aucune trace de coups; mais il y avait mille et une autres raisons de perdre conscience de soi...

Il repense à l'hébétude de sa mère quand elle a perdu un de ses deux frères officiers. Déjà, lors de la guerre des Six Jours, ces derniers avaient bien failli y rester. Il les avait entendus faire à sa mère le récit de ces six journées tragiques, lui raconter – sans prêter attention à sa présence dans le lit voisin – leur stupéfaction en apprenant que l'aviation égyptienne avait été clouée au sol avant même d'avoir pu décoller, la débandade quand ils avaient dû battre en retraite devant l'assaut des chars ennemis, le calvaire de cette longue marche sans eau à travers le Sinaï.

Au moment de la guerre d'Octobre, au contraire, les choses se présentaient sous de bien meilleurs auspices. En quelques jours, l'humiliation de la guerre des Six Jours avait été effacée : la ligne Bar Lev, réputée infranchissable, avait été réduite à un petit tas de boue, les forces égyptiennes avaient pris pied dans le Sinaï et les nouvelles du front étaient plus qu'encourageantes. Pourtant, un soir, sa mère avait reçu un appel d'Égypte pour l'informer que l'aîné des deux officiers avait été «porté disparu au combat», selon la terminologie militaire officielle.

Ses proches avaient hésité avant de lui téléphoner en Europe, ils en avaient même longuement débattu au sein du cercle familial. Certains étaient d'avis de la ménager et d'attendre qu'elle vienne en Égypte pour lui annoncer la funeste nouvelle : à quoi servait de l'inquiéter là-bas, en exil, et de la faire revenir en catastrophe alors qu'on n'avait même pas de dépouille sur laquelle se recueillir? D'autres, au contraire, estimaient que dissimuler un événement pareil était indécent, qu'elle ne le leur pardonnerait jamais. Finalement, ils s'étaient résolus, la mort dans l'âme, à l'avertir, cependant, avaient-ils ajouté, il était inutile qu'elle se déplace maintenant, on la tiendrait au courant.

La nouvelle avait fait à sa mère l'effet d'une bombe, aggravé encore par l'incertitude sur les circonstances du décès et sur les chances de retrouver le corps. Tout ce qu'elle pouvait faire, c'était se raccrocher à ses souvenirs : « Tenez, racontait-elle à qui voulait bien l'écouter, l'été précédent, nous étions encore avec lui au bord de la mer, à Alexandrie. Pour la guerre à venir, il savait, bien sûr, mais il n'avait pas le droit de nous en parler. Vous auriez vu comment il gâtait ses filles, avant de pester l'instant d'après quand elles commençaient à pleurer pour réclamer autre chose. »

Après plusieurs semaines d'attente, la mère avait fini par recevoir une lettre de son aîné – le seul de ses trois frères à ne pas avoir embrassé la carrière militaire –, deux pages rédigées d'une écriture fine et régulière. Un officier, qui avait combattu dans la même unité que leur frère disparu, s'était présenté et avait raconté… Leur unité avait été attaquée par une colonne de chars le 17 octobre, dans la contre-offensive israélienne du Déversoir. Blessé, leur frère avait été évacué dans une ambulance, mais celle-ci avait à son tour été bombardée.

« Il a succombé avant d'atteindre l'hôpital », avait conclu l'officier en sortant de sa poche la chaîne militaire du défunt.

Pour le corps, on n'avait jamais vraiment su. Une cérémonie militaire avait bien été organisée pour permettre aux familles de se recueillir sur leurs morts, mais impossible de savoir s'il y avait quelque chose sous les stèles ou si celles-ci étaient purement symboliques…

À son retour d'Égypte, sa mère n'était plus la même. « Il faut que je me trouve un travail, avait-elle décidé, sinon je vais passer mes journées à me ronger les sangs. » Le mari, qui jusque-là accueillait ses velléités de travailler par le sarcasme, n'avait pas eu cette fois le cœur de s'y opposer. Son emploi lui avait effectivement permis de se libérer un peu de cette douleur lancinante, mais elle qui avait toujours été très gaie, elle a compris à cette occasion que sa vie en exil serait émaillée de ces moments tragiques où l'on apprend, impuissant et loin de tout, le décès d'un être cher.

Quoi qu'il en soit, les faits divers du jour avaient peu à voir avec les aléas de la mémoire et de l'oubli, c'étaient plutôt des enquêtes criminelles déjà élucidées (les autres n'avaient pas droit de cité), qui toutes mettaient en avant le dévouement et la perspicacité des policiers autant que l'effroyable absence de moralité des citoyens. L'objectif était de rendre hommage aux premiers (mais les vertus qu'on leur attribuait étaient tellement à rebours de ce qu'on leur connaissait que plus personne n'y prêtait attention) et de dissuader les seconds (mais comme les lecteurs se débattaient dans des difficultés considérables, ils avaient tendance à s'identifier aux malfaiteurs davantage qu'aux victimes, et voyaient plutôt dans ces récits un réservoir d'idées ingénieuses).

Bien sûr il y avait les habituels crimes du machisme ambiant, comme celui-ci : « Un homme, qui reprochait à son épouse d'avoir trop cuit la viande, lui plante un couteau de cuisine dans le sternum. » Mais il devait y avoir une justice supérieure puisque, sur la même page, on découvrait celui-là : « Une épouse, après avoir introduit son amant dans l'appartement en lui faisant croire que son mari était absent, lui glisse un couteau entre les mains et le supplie de la délivrer du calvaire conjugal. » Détail pratique en forme de post-scriptum : « Le corps du mari a été découpé en morceaux et placé dans des sacs-poubelle qui ont été retrouvés dans différentes décharges des alentours. »

Ses faits divers préférés restaient toutefois ceux qui embrayaient sur le fantastique, ainsi des meurtres commis dans la Cité des Morts, ou bien des cérémonies d'exorcisme qui avaient mal tourné, ou encore…

Des coups frappés à la porte le sortirent brutalement de sa rêverie.

— Entrez ! cria-t-il.

La porte s'entrouvrit sur le visage de Khadra :

— Je voulais juste savoir : notre effendi aimerait-il que je lui prépare quelque chose pour le déjeuner ?

— Non, je te remercie, Khadra, je vais aller faire un tour tout à l'heure, et j'en profiterai pour avaler un sandwich n'importe où…

— Un sandwich (elle avait prononcé ça *sanndaouetch*) ? Dans ce cas, ne le dites surtout pas à Sett Baheyya, si elle apprenait que vous avez préféré votre… enfin votre machin-chose, là, à un vrai repas chaud, elle entrerait en fureur.

— Ne t'inquiète pas, elle m'a dit qu'elle s'absentait pour la journée. Bon, on ne lui dit rien, d'accord ?

— *Mafhoum*… Compris ! lança-t-elle gaiement avant de refermer doucement la porte.

Décidément, il aimait vraiment bien cette fille…

Il revint à la lecture des journaux, passa rapidement sur les pages *Décès*, qui avaient enflé au cours des années. C'était maintenant une source majeure de revenus pour les quotidiens, qui leur rapportait plus que toutes les publicités du monde. Qui dit plus de naissances dit plus de décès, bien sûr, mais ce n'était pas la seule raison : certains voyaient là un habile moyen de se positionner favorablement dans la quête des prébendes. Ainsi, lorsqu'un responsable politique ou un homme d'affaires perdait l'un de ses proches, c'était la course à qui publierait le premier son encart dans le journal pour dire toute sa peine, en espérant que le nabab, rendu plus sensible par son deuil, saurait renvoyer l'ascenseur le jour venu.

Dans les journaux d'opposition, le ton était bien moins déférent. Il s'étonna du franc-parler des critiques exprimées contre le régime en place, impensable du temps de Farouk ou de Nasser, ni même du temps de Sadate, qui n'avait libéralisé les partis politiques que pour mieux contenir et dissoudre son opposition de gauche. Comment en était-on arrivé à une telle liberté d'expression ? Que s'était-il donc passé pendant les quelques années où il s'était absenté ? Bien sûr, le régime au pouvoir n'était pas assez suicidaire pour donner à ses opposants les moyens de le renverser : il savait mettre des garde-fous là où il le fallait, notamment quand les critiques s'approchaient trop près de la personne du leader. D'un autre côté, libérer la parole ne mangeait pas de pain et laissait au bon peuple une soupape par où expulser sa rage et son désespoir. Cette apparente liberté pouvait même se révéler utile auprès des alliés occidentaux lorsque ceux-ci faisaient mine d'appeler à plus de démocratie : « Pas démocratiques, nous ? Lisez donc nos journaux d'opposition, vous verrez vous-même… *Le Canard enchaîné* ou *Private Eye*, à côté, ce sont des gazettes progouvernementales ! »

Il n'empêche, cette lucidité dans l'analyse et cette virulence dans la dénonciation montraient qu'il y avait encore des personnes de conscience. Et puis, le dialecte égyptien se prêtait si bien à l'art de la pique que c'en était un plaisir. Pour preuve, ce célèbre duo de rebelles – l'un poète et parolier, l'autre chanteur et joueur de *'oud* aveugle – qui, armés du seul tranchant des mots, avaient terrorisé pêle-mêle nouveaux gouvernants, nouveaux riches et nouveaux artistes, tous assimilés sans distinction à d'arrivistes épiciers :

Après la gallabieh tout'pelée,
Et la répugnant' serviett' cot'lée
Passée à son cou tout infecté
À force d'avoir été gratté,
Après avoir mené une vie de shooté apathique
Obligé de dormir dans la boutique,
Chaabane possède à présent une auto tout' pimpante
Et même un immeuble avec habitants et habitantes.

Il fallait attendre quelques vers pour découvrir la cause de ce soudain enrichissement :

J'ai interrogé les marchands d' frites
Et puis aussi quelques vendeurs d'shit
Sur la raison surnaturelle de cette manne
Et de la propreté retrouvée de Chaabane.
J'ai su comm'ça qu'notre compère
Chaabane, le fils d'la couturière,
Ayant épousé une danseus' d'cabaret,
Avait été bombardé artist' par décret.

Lesdits épiciers s'étaient d'ailleurs vengés en expédiant les deux trublions en prison, mais ceux-ci ne possédant rien, on n'était jamais parvenu à les museler. D'ailleurs, personne n'était trop grand pour eux, qu'il s'agisse de souhaiter la bienvenue à un président américain :

Niksonne est super bath
Avec lui c'est l'éclate
Et quiconque voit pas ça comme moi
Ne peut être qu'un esprit étroit.
T'as vu comment y cause ?
Incroyable comment y cause !
Non mais t'as vu ses yeux ?
Oh oui ma mie : ses yeux !
Sont-y pas chargés de sex
À vous donner des complexes ?

ou de moquer les promesses d'un président français :

Faliri Giscarr Distane et sa p'tite dame,
Y vont faire pleuvoir des tromb' de fric
Pour nourrir tous les affamés d'Afrique.
Ohé vous aut', bougres d'ânes
Zavez d'jà vu un tel jeantelmane ?
Avec lui on va s'empiffrer pour sûr
La vie va dev'nir un' sinécure
La télévision va s'coloriser
Les syndicats s'reconstituer
Et les voitures vont fair' le plein,
Non d'essence mais de… parfum.

Il se redressa d'un coup et entreprit de mettre ses chaussures, il allait de ce pas descendre dans la rue pour tenter de capter un souffle de ce vent de liberté qui devait mugir à chaque coin de rue.

Arrivé au rez-de-chaussée, il passa devant 'Amm Ibrahim qui, à demi somnolent derrière son comptoir, ouvrit aussitôt un œil.

— Je vais faire un tour, lui lança-t-il sans lui laisser le temps de poser de questions.

— Mais faites donc, faites donc, lui dit le portier, légèrement surpris, avant de se rendormir aussitôt.

Dans la rue, le soleil était déjà très haut dans le ciel. Il s'arrêta un instant sur le seuil de la pension, puis sortit d'un pas nonchalant.

IX

Pour sa première promenade depuis tant d'années, il décida d'aller à pied. Certes, il aurait pu arrêter un de ces fameux taxis noir et blanc emblématiques de la capitale égyptienne, mais il voulait vraiment se rendre compte des changements survenus à visage découvert, et non confortablement enfermé dans la gangue d'un habitacle automobile.

Première constatation : les rues paraissaient encore plus bondées qu'elles ne l'avaient jamais été. Le trottoir n'était pas assez large pour absorber l'afflux des marcheurs ; certains n'hésitaient pas à faire leur trajet sur la chaussée, se serrant nonchalamment contre les voitures lorsqu'un automobiliste irascible les rappelait à l'ordre d'un coup de klaxon. Quand bien même il eût été assez large, le trottoir n'offrait pas au piéton un itinéraire de tout repos, percé qu'il était de nombreuses crevasses dont il fallait se défier, sans parler des obstacles imprévus qui surgissaient continuellement en travers du chemin : grosses pierres posées là un jour et oubliées depuis, bacs à plantes sortis par le gérant d'une boutique ou reliquat de briques ayant naguère servi à élever un mur – c'était un vrai parcours du combattant.

Mais ce qui attirait le plus son attention, c'était le spectacle bigarré de la foule. Rares étaient les capitales du monde où on pouvait voir une telle diversité de types humains, d'accoutrements, de classes sociales, de couleurs de peau. Les femmes attiraient tout particulièrement son attention. Chez elles, la diversité vestimentaire était à son comble : la femme d'affaires en tailleur strict voisinait avec la paysanne en *melaya*, l'étudiante en jean et tee-shirt avec la jeune fille austère dont pas un cheveu ne dépassait du *higab*. Le port du voile s'était largement propagé depuis ses visites précédentes, et il éprouvait un malaise devant la généralisation de cette pratique vestimentaire d'un autre âge qui, selon lui, aurait dû mourir de sa belle mort si les conservateurs de tout poil ne l'avaient régénérée en forçant jusqu'à l'absurde des interprétations rigoristes.

Pour autant, il était également choqué par la manière simpliste dont certains pays occidentaux avaient cru pouvoir régler la question chez eux, d'abord en identifiant dans les garçons arabes de banlieue, déjà réduits au rang de parias, des coupables idéals, puis en stigmatisant, plus étrangement, les filles voilées elles-mêmes. Avant son voyage, il avait d'ailleurs été frappé par la manière dont on parlait désormais de ces dernières dans les cercles du pouvoir et dans les principaux médias. Un jour viendra, avait-il immédiatement pensé, où d'honorables citoyens trouveront normal de s'en prendre à elles. Et de fait, ça n'avait pas manqué : en Allemagne, une femme avait été poignardée à mort, manifestement pour la seule raison qu'elle était musulmane et portait le voile.

Il mit un bon quart d'heure pour remonter l'avenue Talaat-Harb (anciennement Soliman-Pacha). Le cinéma Metro était toujours là, même si le décor qui jadis symbolisait le summum du luxe paraissait aujourd'hui singulièrement défraîchi. Arrivé sur la place Talaat-Harb où se dressait la statue de l'inventeur du capitalisme égyptien, il fut soulagé de retrouver la fameuse librairie Madbouli où régnait un désordre indescriptible, mais où il était bien souvent tombé sur d'incroyables pépites.

À regret, il passa son chemin, se promettant néanmoins de revenir une autre fois fouiner dans les rayonnages, et traversa la place pour marcher à l'ombre sur l'avenue Qasr el-Nil, dont l'angle était occupé par le salon de thé Groppi. C'est là que, dans les comédies musicales des années 1950, le héros retrouvait sa promise et commandait une tranche de gâteau (prononcer *gatouh*), variant les plaisirs entre le mille-feuilles (prononcer *melfouille*) et la tarte Tatin (prononcer *Tatane*). Autrefois, c'était le sommet du chic, mais aujourd'hui la façade paraissait bien décatie, les serveurs mal payés soupiraient ostensiblement quand des clients se présentaient ; quant aux pâtisseries dans la vitrine, elles n'étaient guère engageantes. Seuls quelques vestiges des fastes d'antan donnaient à l'endroit un charme suranné.

Il poursuivit sa marche le long de l'avenue Qasr el-Nil. Des commerçants s'employaient à asperger à grande eau le trottoir devant leur boutique, ce qui contribuait à humidifier l'atmosphère en ce début d'après-midi. L'odeur de canne à sucre frappa son odorat quelques instants avant que son regard ne tombe sur la devanture d'un marchand de jus de fruits. Le goût du jus de canne remontait dans sa bouche, ressurgi de son enfance, de ses escapades avec ses copains dans les ruelles du centre-ville. Devant l'entrée, un jeune commis raclait les cannes avec une grande lame pour les débarrasser de l'écorce et des nœuds. Il pénétra dans la boutique, dont l'atmosphère était gorgée d'arômes fruités mêlant la mangue, la goyave, le tamarin, la canne à sucre et l'orange. En Europe, il avait pris l'habitude des fruits au contour parfaitement régulier mais à l'odeur presque indécelable.

Il consulta la liste des boissons placardée au-dessus de la caisse, tenté un moment d'essayer les cocktails à la mode. Mais non, ce qu'il voulait, c'était retrouver la saveur pure du jus de canne à sucre de son enfance... Le caissier lui tendit le ticket avec sa monnaie et lui désigna du menton le comptoir sur lequel des mangues étaient empilées en un délicat équilibre – il y avait aussi un monticule d'oranges particulièrement odorantes. Il remit son ticket au jeune homme vêtu d'un grand tablier blanc en caoutchouc, qui se saisit aussitôt du récipient en aluminium où il venait juste de verser la canne à sucre fraîchement pressée. Levant celui-ci très haut dans sa main droite, il l'inclina savamment de sorte que le flot de jus ambré atterrisse dans la chope qu'il présentait de l'autre main. Pour finir, il déposa celle-ci sur le comptoir, un sourire de contentement sur les lèvres – une expression qu'il avait souvent vue chez tous ces artisans qui trouvent leur accomplissement dans la satisfaction du travail bien fait.

Il laissa la boisson pénétrer en lui, le remplir comme si elle investissait les failles qui lui ravinaient la tête et le corps. Il se sentait beaucoup mieux et comprenait maintenant pourquoi on prêtait à ce breuvage des vertus euphorisantes.

À côté de lui, deux jeunes étudiants se désaltéraient, lui jetant de temps à autre des regards amènes mais néanmoins curieux, comme si quelque chose chez lui les intriguait. Il se détourna, préférant éviter qu'ils n'engagent la conversation avec lui car, passé les premières banalités, il se trouverait vite incapable de satisfaire leur curiosité. Comme cette situation était appelée à se répéter, il nota dans un coin de sa tête que, à défaut de se souvenir de son parcours, il lui fallait rapidement s'en inventer un. Ainsi, il serait à même de faire face aux questions routinières auxquelles il pouvait à tout instant être confronté. Pour finir, il reposa sa chope et se dirigea résolument vers la sortie, non sans leur adresser au passage un discret signe de tête – suffisamment perceptible pour ne pas paraître impoli, mais assez léger pour éviter qu'ils n'y voient une invitation à faire plus ample connaissance.

Il lui fallut quelques secondes avant de retrouver ses repères et s'acclimater de nouveau à l'atmosphère qui régnait au-dehors. Après la fraîcheur ombreuse de l'échoppe, la rue lui semblait soudain inondée de soleil, et le trafic commençait à se densifier – il était bientôt quatorze heures et les fonctionnaires des services publics quittaient par grappes leurs administrations pour regagner leur foyer. Il décida de remonter jusqu'à la corniche du Nil ; de là, il pourrait faire une promenade le long du fleuve, comme au bon vieux temps.

Le trottoir était parsemé d'étals disposés à même le sol, où s'exposaient les marchandises les plus variées : peignes, savons, chaussettes, jouets pour enfants… Les marchands, pourtant prêts à ramasser leur attirail en un clin d'œil à la vue d'une patrouille d'inspection – la vente à l'étalage était théoriquement interdite –, ne se privaient pas d'appâter le chaland à grands cris : « Cinq paires de chaussettes pour trois livres ! » ou encore « Fais le bonheur de tes enfants en leur offrant le tout nouveau jouet ! » Il dut slalomer entre le bord de la chaussée et les étals pour continuer à remonter l'avenue Qasr el-Nil en direction de la place Tahrir, carrefour majeur de la capitale, d'où partaient d'innombrables lignes d'autobus.

Une trentaine d'années plus tôt, on y avait construit une gigantesque passerelle métallique pour permettre aux piétons de circuler sans avoir à traverser les avenues bondées de voitures. Mais, comme toujours, cette brillante idée (sans doute née dans l'esprit embrumé d'un urbaniste ayant entendu dans une fumerie de haschich la fameuse plaisanterie cairote selon laquelle l'engorgement de la capitale ne se résorberait que le jour où on lui construirait un deuxième étage) avait rapidement révélé ses limites.

La nouvelle aire de circulation ainsi ajoutée avait immédiatement été investie par de nouveaux vendeurs à la sauvette, de sorte qu'il fallait dépêcher en permanence des patrouilles de police sur la passerelle pour l'empêcher de se transformer en bazar à ciel ouvert. Plus grave, pour nombre de passants – femmes chargées de leur progéniture, personnes âgées –, escalader la cinquantaine de marches requises pour arriver en haut était plus éprouvant encore que de traverser un boulevard au milieu des flots de véhicules. À supposer même qu'on y parvînt, le franchissement de cet espace l'été, sous le soleil de plomb de la mi-journée, était un véritable calvaire, de même qu'en hiver, après la nuit tombée, lorsque des bourrasques glacées vous transperçaient les os.

De plus en plus de gens avaient donc rapidement délaissé la passerelle et défiaient les agents de la circulation chargés de les empêcher de traverser en bas. Il préféra cependant l'emprunter : l'ardeur du soleil était supportable, et il aurait ainsi un point de vue d'ensemble sur cette place, qui avait vécu tant d'événements historiques et qui restait associée dans sa mémoire aux promenades de son enfance.

Tandis qu'il avançait sur la passerelle, longeant la rambarde extérieure pour observer le spectacle de la ville en contrebas, il eut de nouveau l'impression étrange d'attirer le regard de ceux qui le croisaient. Qu'avait-il donc pour attiser ainsi leur curiosité ? Était-ce quelque excentricité dans son accoutrement ? Certes, il portait toujours les vêtements froissés dans lesquels il s'était réveillé ce matin-là, mais tout de même, pas de quoi faire retourner les gens sur son passage ! Non, il devait y avoir autre chose, pas dans sa mise mais plutôt dans son expression. Peut-être pouvait-on y lire le passage incessant de l'anxiété – celle qui le saisissait dès qu'il repensait à son amnésie et se demandait avec épouvante combien de temps elle allait durer – à l'euphorie – celle que lui procurait cette promenade désinvolte où tout était matière à l'étonnement et à la nostalgie. La nostalgie ? Le mot était bien grand pour désigner les bribes de souvenirs qui remontaient sporadiquement de sa mémoire embrumée, mais il n'en trouvait pas de meilleur pour désigner ce tressaillement ému qui ne le quittait pas.

Il prit l'escalier suivant pour redescendre de la passerelle au niveau du Mugammaa – le « Complexe » –, une immense machinerie administrative installée au cœur de la capitale et où chaque jour se faisaient et se défaisaient des milliers de destins. Tous ceux qui devaient faire établir des documents excédant la compétence des services d'état civil locaux – reports de service militaire, équivalences de diplômes acquis à l'étranger, demandes de mutation

– atterrissaient ici, contraints de passer sous les fourches caudines d'une des administrations les plus tatillonnes du monde. « Cinq mille ans d'expérience bureaucratique, qui dit mieux ? » clamaient ceux qui préféraient en sourire, généralement la petite minorité des chanceux qui avaient tout de même fini par obtenir le document tant convoité – les autres étaient d'humeur moins joyeuse. Un film avait du reste transformé ce haut lieu de la bureaucratie en théâtre d'une confrontation burlesque et tragique…

Synopsis : Ahmad, un petit fonctionnaire, se rend au Mugammaa pour inscrire son fils dans une nouvelle école ; là, il se heurte aux mille et un obstacles imposés par des fonctionnaires peu zélés et des règlements absurdes. Tandis que sa colère monte, il se retrouve soudain, sans l'avoir cherché, avec une arme dans les mains. Immédiatement considéré par employés et usagers comme un preneur d'otages, il décide d'assumer ce rôle. D'autres victimes de la bureaucratie se joignent à lui. Appelé à la rescousse, le ministre de l'Intérieur est interloqué par les revendications des « terroristes » qui, en simples citoyens, ne réclament que le droit à manger un plat de kebab et à vivre une existence digne.

Avançant le long du bâtiment, il longea la prestigieuse mosquée où on disait la prière des morts chaque fois qu'une des huiles du pays décédait, avant d'obliquer sur sa droite, passant entre deux grands hôtels : il médita sur le contraste architectural entre le compassé Shepheard, séquelle de la présence britannique, et le clinquant Sémiramis, construit à l'heure du capitalisme triomphant et aujourd'hui pris d'assaut par les magnats du Golfe.

X

Après être arrivé en vue du fleuve, il avait dû attendre longuement une accalmie dans le trafic pour traverser à toutes jambes l'avenue à plusieurs voies longeant les berges. Mais le spectacle qui l'attendait de l'autre côté en valait la peine. Le Nil trônait là, impérial, les flancs bordés d'herbes folles et de roseaux ; en se réverbérant sur l'eau, le soleil dessinait des reflets moirés qui semblaient animer l'onde d'un frémissement ininterrompu. Sur la corniche s'alignaient des arbres au feuillage luxuriant – palmiers, eucalyptus, néfliers – dont le parfum embaumait l'atmosphère. Des petits oiseaux voletaient d'une branche à l'autre. N'eût été le vrombissement des voitures, on se serait cru dans un autre temps. Le souvenir l'envahit des promenades qu'il avait effectuées là durant son enfance et son adolescence, lorsqu'ils décidaient, à la nuit tombée, d'aller le long du Nil tous les quatre – les grands-parents, la mère et le fils…

Arrivés au bord du fleuve après un petit quart d'heure de marche, ils déambulent d'un pas lent, marquant de nombreuses pauses pour reprendre souffle sur un banc de pierre ou dans la quiétude d'un square. C'est une époque paisible, la mère vit en Europe avec ses deux fils, ces périodes d'été où elle rentre au pays sont pour elle des moments d'émotion pure. Son mari, qui n'a droit qu'à un petit mois de vacances, ne rejoindra sa petite famille que plus tard. En attendant, la mère en profite pour s'imprégner du visage de ses parents, qui commencent à se faire vieux. Elle sait que chaque conversation avec eux compte, que ce qu'elle peut aujourd'hui, elle ne le pourra peut-être plus demain.

Des cris surgirent soudain à proximité ; un attroupement s'était formé pour séparer deux automobilistes, sortis de leur véhicule pour échanger des quolibets et qui s'apprêtaient à en venir aux mains. La vue de cet attroupement lui rappela que, lors d'un de ses retours au pays, la mère était passée très près d'une tragédie…

Ce jour-là, ils recevaient des invités au salon et, pour éviter que son fils de trois ans traîne dans leurs pattes, elle l'a confié à la domestique pour lui faire prendre un peu l'air sur le balcon, lui et son frère de quatre ans plus âgé. Les deux gamins jouent à observer le spectacle des voitures en contrebas. Coudes appuyés sur la balustrade, ils engrangent un point supplémentaire et tapent des mains chaque fois qu'une voiture rouge ou bleue – chacun s'est attribué une couleur – vient à passer sous leurs yeux. La servante tient bien le garçonnet, mais comme il s'agite vraiment beaucoup, elle a un peu desserré son étreinte, surtout depuis que le fils des voisins – un jeune homme brun aux cheveux coupés ras qui poursuit sa formation à l'académie militaire – est sorti se rafraîchir sur le balcon d'à côté. Son maillot de corps blanc immaculé laisse saillir une musculature que lui envient tous les hommes du voisinage.

Soudain c'est le drame.

Comme l'enfant se penche un peu plus, ses coudes dérapent sur la balustrade et le poids de sa tête le fait irrémédiablement basculer dans le vide.

On n'est qu'au deuxième étage, certes, mais dans ces immeubles construits à une époque où l'espace n'avait nul besoin d'être rationné, il y a facilement cinq mètres sous plafond. La servante, épouvantée, s'est figée sur place, elle n'ose même pas regarder en bas. Le frère aîné, plus pragmatique, se précipite à l'intérieur, il déboule comme un fou dans le salon, où les adultes sont en train de deviser tranquillement. Personne ne lui prête attention, c'est à peine si sa mère lui a jeté un coup d'œil en le voyant entrer, un regard noir pour bien lui faire comprendre qu'un gamin ne fait pas ainsi irruption dans une réunion entre grandes personnes.

« Mon frère…, parvient-il enfin à articuler, le souffle haché, ça y est… il est mort. » (Il a prononcé ça *maure*.) Personne ne l'écoute, ceux qui l'ont entendu n'ont pas saisi ce qu'il disait. De toute façon, ça ne peut guère avoir d'importance, il est sans doute venu annoncer sa victoire aux cartes ou un lancer de billes réussi. Voyant que ses paroles n'ont guère interrompu les conversations et que sa mère ne veut décidément pas l'écouter, il va se planter devant sa tante maternelle et la secoue par les épaules pour être sûr de capter son attention, avant de répéter posément : « Tante, je plaisante pas ! Mon frère est *maure*. — Mais qu'est-ce que tu racontes ?!!! » hurle la tante d'une voix stridente. Prenant enfin la mesure des choses, elle se tourne vers sa sœur et la tire par la manche : « Viens avec moi ! »

Elles traversent l'appartement en trombe, se ruent vers le balcon où la servante au visage livide trouve juste assez d'énergie pour leur désigner la rue au-dessous. Les deux femmes se penchent, on ne voit qu'un énorme attroupement, une quinzaine d'hommes et de femmes massés au-dessus de quelque chose qu'on n'arrive pas à distinguer. De ce magma humain n'émergent que des lamentations étouffées, seul un cri leur parvient de manière intelligible : « *Yâ kharâbi*... Malheur de moi ! » La mère, elle, a compris instantanément. Elle se rue vers la porte de sortie, s'engage d'un pas flageolant dans les escaliers, croise sur le palier du premier étage la voisine du dessous qui, alertée, est sortie devant sa porte où elle tournoie sur elle-même en se giflant les joues. Cela ne fait qu'ajouter à la panique de la mère qui continue de dévaler les marches, manquant plusieurs fois trébucher. Enfin, elle franchit le portail en hurlant : « Mon fils !!! Mon fils !!! » Un vieil homme à la barbe blanche s'interpose entre elle et l'attroupement, et la prend à l'écart : « Tu es la mère du gamin ? — Oui, c'est moi, répond-elle, les lèvres tremblantes, les paupières mi-closes – elle ne sait que trop ce qu'il va lui annoncer. — Dis : "Il n'y a de force et de puissance qu'en Dieu" », ordonne-t-il.

Ce n'est qu'après l'avoir entendue réciter la formule rituelle d'une voix entrecoupée de sanglots que le noble vieillard consent à l'informer : « Ton fils, Allah le bénisse, est sain et sauf – à peine quelques égratignures. Emmène-le tout de même à l'hôpital, mais je suis sûr qu'il n'a quasiment rien. »

Elle n'y croit pas une seconde. Certes, le garçon a repris conscience, c'est déjà ça, mais il paraît tout de même hébété, ne s'exprime que par monosyllabes, un spasme secouant de temps à autre son corps juvénile. Accompagnée de sa sœur, elle se rend aux urgences, où le médecin de garde, après avoir pratiqué les examens nécessaires, finit par leur annoncer... une jambe cassée.

Reste le problème du mari, toujours en Europe et qui doit arriver dans deux semaines. Comment va-t-on lui annoncer une nouvelle pareille ? Un conseil de famille est réuni, les avis s'échangent. Impossible de taire un événement comme celui-là, s'il y avait des complications médicales par la suite, il leur en voudrait toute sa vie. D'un autre côté, comment lui dire la vérité ? « Ton fils s'amusait sur le balcon et tu le connais, espiègle comme il est, il a cru bon de se jeter dans le vide ! Bah, c'est juste une dizaine de mètres... » Le père, anxieux de nature, en aurait attrapé une apoplexie, et invoquer le miracle une seconde fois dans la même journée, ce serait tenter le diable.

Finalement, on décide de ne dire qu'une partie de la vérité : l'enfant s'est débrouillé pour grimper sur la table de la salle à manger et, au moment où tout le monde avait le dos tourné, il a chuté. « Mais rassure-toi, il n'a presque rien, juste une jambe cassée – c'est un garçon solide qui a de qui tenir ! » Le compliment assagit un peu le père, qui tout de même s'insurge : « Non mais tu te rends compte ? Je t'envoie deux semaines avec le gamin, et tu le laisses tomber du haut d'une table ?! La prochaine fois, tu vas m'appeler pour me dire qu'il est passé par la fenêtre ! »

Depuis lors, l'incident s'était gravé dans la légende familiale, c'était une de ces histoires qu'on se plaisait à raconter de nouveau à chaque réunion de famille, quand bien même chacun en connaissait les moindres détails par cœur. Pour sa part (c'était lui le *maure*), il en avait retenu qu'il était un miraculé, que chaque seconde qu'il passait sur cette planète était au fond un supplément de vie.

Il poursuivit sa marche dans l'allée ombreuse. Les rives du Nil étaient, avec les hauteurs du Muqattam, un des lieux de rencontre les plus prisés des amoureux ; tous les deux ou trois mètres, des couples de jeunes gens étaient arrêtés – la fille assise sur la rambarde dos au Nil, le garçon assis à ses côtés ou debout devant elle – pour converser à voix feutrée. C'était un spectacle attendrissant que ce doux échange conduit dans l'ombre protectrice du fleuve majestueux. Pour tout dire, c'était désormais l'un des seuls endroits de la capitale où l'on pouvait déclarer une passion naissante à l'abri des regards indiscrets ou des sarcasmes.

La police des mœurs réservait ses assauts à d'autres cibles, par exemple les limousines et autres 4 × 4 arrêtés en périphérie de la ville, à la lisière du désert, où les prises étaient bien meilleures. C'était l'occasion pour les policiers lassés de leur routine de se rincer l'œil un moment avant d'interrompre les tourtereaux au moment critique, puis de les emmener au poste pour leur faire passer l'envie de remettre ça. C'est que ces enfants des beaux quartiers se croyaient tout permis, et l'interpellation était un bon moyen de leur en faire rabattre un peu. Généralement, ils en seraient quittes avec des excuses et la promesse de ne pas recommencer, car la prochaine fois, on serait nettement moins indulgent. Les récidives étaient rarissimes.

Mais ces bords du Nil, où du reste il y avait bien trop de passage pour que les Roméo et Juliette en herbe se risquent à de quelconques attouchements, bénéficiaient d'une sorte de tolérance, comme si les sergents moralisateurs craignaient, en brisant la quiétude bucolique qui régnait ici, de soulever l'ire du dieu Nil et de s'attirer sa malédiction. C'était donc devenu un terrain de vente idéal pour les marchands ambulants qui proposaient aux amoureux leurs colliers de fleurs à l'odeur entêtante – muguet et jasmin d'Égypte. Rien n'était plus éphémère, comme sans doute bon nombre des passions qui se nouaient ici, que ces fleurs du jour qui, dans quelques heures, commenceraient irrémédiablement à faner, mais il n'y avait sans doute pas plus belle façon de témoigner de ses sentiments à la dulcinée, sans parler du plaisir de pouvoir, d'une main tremblante, nouer soi-même le collier autour de sa nuque délicate.

En tout cas, cette promenade lui avait fait du bien : si les jeunes venaient encore ici pour se déclarer leur flamme, c'est qu'ils croyaient encore à la vie…

Il prit lentement le chemin du retour.

XI

Il fut soulagé de retrouver la douce pénombre de la pension ; Ibrahim n'était pas à sa place derrière le comptoir. Il grimpa directement au deuxième. Des vêtements étaient entassés sur le lit, propres et parfaitement repassés. Au-dessus d'une des piles, un petit mot disait : « Ces vêtements ont appartenu à mon fils… Te voir les porter me rendrait heureuse, au moins le temps que tu mettes tes affaires en ordre. » C'était signé « Sett Baheyya ». Il sourit, ému aux larmes. Ça n'avait pas dû être facile pour elle d'écrire ça, d'accepter de remuer ses vieux fantômes. Ce faisant, elle lui enlevait une grosse épine du pied. Il ne se voyait pas faire la tournée des magasins – du reste, avec quel argent ? – pour se reconstituer une garde-robe complète. Du moins pas tant que son problème perdurerait : il voulait bien recommencer une nouvelle vie, mais pas avant de savoir qui il était.

Quelqu'un frappa à la porte tandis qu'il disposait les vêtements dans l'armoire en bois massif.

— Entrez ! cria-t-il.

La porte s'ouvrit et Faouzi passa la tête dans l'entrebâillement.

— Je reviens de mes cours à la fac, et comme j'ai vu que tu étais rentré, je me suis dit que je passerais te tenir compagnie quelques minutes avant d'aller à ma chambre.

— Oui, bien sûr, lui dit-il en souriant. Assieds-toi, je t'en prie.

Un moment, il avait craint que cette visite fût seulement dictée par quelque curiosité malsaine, mais Faouzi était vraiment un garçon chaleureux, et il lui sut gré des efforts qu'il faisait pour ne pas l'embarrasser. Comme l'étudiant lui demandait comment s'était passée sa promenade et si Le Caire avait beaucoup changé depuis sa dernière visite, il répliqua qu'il n'avait guère de souvenirs de ses visites récentes. Les images qu'il avait dans la tête remontaient aux balades qu'il avait faites dans l'enfance, avec sa famille ou bien sa bande de copains – ses cousins et leurs meilleurs amis, qui étaient devenus les siens. Oui, Le Caire avait bien changé depuis cette époque, la ville s'était agrandie et modernisée, mais c'était toujours le même joyeux chaos.

— Mais tu trouves pas que les gens ont changé ? lui demanda gravement le jeune homme.

— Tu sais, Faouzi, j'ai pas vraiment eu le temps d'échanger avec eux, c'était plutôt une promenade en solitaire, je voulais reprendre mes marques. Et renouer avec des vagues souvenirs que j'ai gardés des promenades avec mes grands-parents au bord du Nil.

— Moi, j'ai toujours aimé cette ville. J'ai pas eu beaucoup l'occasion de voyager, mais dans les quelques endroits où j'ai été, jamais j'ai trouvé une effervescence pareille. C'est simple, Le Caire ne dort jamais : à toute heure du jour et de la nuit, tu trouveras un endroit qui veille ! Et puis il se passe pas une semaine sans qu'un nouveau lieu ouvre ses portes : un marchand de *foul* ou de *kochari*, une boutique de jus de fruits qui propose un nouveau cocktail, une péniche transformée en salle de spectacle.

— Oui, c'est vrai, déjà autrefois, c'est ça qui nous emballait. Avec la bande, on parcourait la ville dans tous les sens.

— Mais je sais pas ce qui se passe, depuis quelque temps, les gens sont plus les mêmes ; on dirait que la bonté et l'insouciance ont disparu. Il y a même eu des agressions dans la rue sans que personne intervienne, tu te rends compte ?! Il y a encore quelques années, aucun riverain digne de ce nom n'aurait laissé faire ça sans bouger.

— Mais tu crois pas que c'est inévitable ? Avant, l'Égypte était protégée par ses valeurs héritées au cours des millénaires : l'hospitalité, la bravoure, le sens du devoir. Aujourd'hui, ces valeurs-là ne font plus le poids face à la montée de l'individualisme – et encore, ici il n'est rien par rapport à celui qui sévit en Occident, je sais de quoi je parle ! Les jeunes de maintenant ont plus envie de ressembler à Rambo qu'au vaillant Hassan des contes arabes. Et puis, avec les frustrations et les privations qu'il y a dans nos pays, c'est un miracle que la criminalité ne soit pas plus forte. Si tu voyais la violence qui règne aux États-Unis ou en Europe, alors que les conditions de vie économiques y sont cent fois meilleures !

— T'as peut-être raison. Il n'empêche qu'on n'était pas habitués à ça ; moi en tout cas, ça m'a abattu pour de bon... Allez, j'arrête de papoter et je te laisse tranquille. On se retrouve pour le dîner.

Faouzi parti, il s'étendit sur le lit et tenta de réfléchir, il avait besoin de dresser un état des lieux et de se récapituler à lui-même les symptômes de son mal…

Un peu plus tard, les résidents de la pension étaient réunis autour de la grande table de la salle commune. Le dîner était léger mais savoureux, tranches de fromage *roumi* et de *basterma*, pain *fino* au sésame, et puis toutes sortes de *mekhallel* – citrons confits, olives fourrées, légumes variés macérés dans le vinaigre. Sett Baheyya avait l'air un peu absent, sans doute encore sous le coup de sa visite au cimetière pour fleurir la tombe de son fils.

Au moment où il était entré dans la salle, un jeune homme très brun s'était levé pour se présenter :

— Je suis Haytham, le neveu de Sett Baheyya. Comme j'étais de passage dans le quartier, je me suis dit que je viendrais saluer ma tante. Elle m'a parlé de ton arrivée, et je regrette d'avoir manqué ça, il paraît que c'était assez théâtral !

— Pour moi, c'était plutôt du cinéma que du théâtre, intervint Faouzi, un peu à la *Rencontres du troisième type*. Hélas, le temps que 'Amm Ibrahim sorte voir, la soucoupe s'était déjà envolée…

— T'inquiète pas, reprit Haytham, moi aussi je suis un transfuge : j'ai grandi à Alexandrie, où j'ai fait toutes mes études, d'abord à Saint-Marc, puis au Victoria College, et pour finir à la faculté du Génie – j'ai obtenu mon diplôme d'ingénieur il y a deux ans…

Alexandrie. Le nom déchaîna en lui un flot d'images…

— Et toi, tu es déjà allé à Alexandrie ?

— Hein ? répondit-il en sursautant. Oh oui, bien sûr ! Lors de mes retours en Égypte, les copains ne manquaient jamais de nous organiser une petite escapade à Alexandrie… Alors comme ça, t'as fait tes études à Saint-Marc ?

— Oui, pourquoi, tu connais ?

— …

Il se souvient de ses premières vacances à l'auberge de jeunesse de Chatby, coincée entre la mer et l'imposante bâtisse du collège Saint-Marc. Plus tard, vers dix-huit ans, il est revenu à Alexandrie, mais cette fois, finies, les auberges de jeunesse et leur joyeuse promiscuité, les touristes anglais qui se lèvent aux aurores pour partir en expédition avant les premiers rayons du soleil, réveillant toute la chambrée ! Il veut découvrir la ville seul, avec dans son sac un recueil de poésie qui ne le quitte jamais. L'un des poèmes le fascine tout particulièrement :

En homme averti de longtemps, en homme courageux,
Digne d'une telle ville,
Approche-toi de la fenêtre sans trembler ;
Écoute avec ton cœur, mais sans
Les prières ni les plaintes lâches,
Comme un dernier plaisir, les échos,
Les instruments singuliers du cortège mystique
Et fais tes adieux à cette Alexandrie que tu perds.

Un oncle lui a passé l'adresse d'une vieille Grecque d'Alexandrie qui propose une chambre à louer dans l'appartement qu'elle occupe, seule, au quatrième étage d'un immeuble écaillé par la bruine et les embruns.

Une fois arrivé dans la petite rue perpendiculaire à la mer, il faut, pour accéder à son logement, gravir un escalier dont elle a de plus en plus de mal à monter les marches. Là, on est envahi par l'odeur de vieux qui émane des meubles et des multiples bibelots. Sur l'antique piano sont posées en équilibre des cartes postales envoyées depuis les quatre coins du monde par les fils de la logeuse, qui tous trois ont émigré à l'étranger. Un seul est retourné en Grèce, mais il a la nostalgie d'Alexandrie, de sa « petite Athènes » comme il l'appelle. Ils ne viennent plus guère en Égypte mais n'oublient jamais de lui envoyer leurs vœux pour le Nouvel An.

Au bout de deux jours, passés le matin à la plage et l'après-midi à déambuler dans la ville, il s'aperçoit que la vieille dame et ses histoires lui manquent. De retour à la pension, il s'invente une maladie qui, explique-t-il, l'empêche de sortir pour les trois jours qui lui restent à Alexandrie. Il peut ainsi demeurer dans l'appartement et passer des heures à converser avec la vieille dame qui, dans son sabir mêlant à un arabe boiteux des mots grecs, espagnols ou italiens, lui raconte les merveilleuses soirées d'autrefois où elle portait des robes de taffetas à guipures et dentelles…

À son retour au Caire, ses proches s'étonnent de son teint livide : « Tu es le premier qu'on voit revenir de ses vacances à la plage encore plus blanc qu'à son départ ! »

— Hé ! T'es toujours avec nous ? On dirait que tes pensées t'ont entraîné bien loin d'ici !

C'est Faouzi qui l'a interpellé ainsi.

— Oui, excuse-moi, j'ai la tête bien confuse.

— Au fait, camarade, comment on va t'appeler ?

— M'appeler ?

— Ben oui, on va pas indéfiniment continuer à te héler par « Hep, toi, là-bas ! » ou bien « Dis-moi, comment-c'est-que-tu-t'appelles ?... » !

Accablé par ce brutal rappel de son état – il avait tout perdu, jusqu'à son nom –, il s'enfonça dans le silence.

— J'ai une idée ! reprit Faouzi. Puisque apparemment ta mémoire te joue des tours, on a qu'à t'appeler Nassi – l'« Oublieux ». D'accord, c'est pas vraiment une qualité, mais de toute façon, cette mode des prénoms porteurs de toutes les vertus du monde m'a toujours horripilé. Ça fait belle lurette que les Anglais ont cessé d'appeler leurs filles Prudence et Charity, mais nous, notre annuaire est plein de généreux Karim – souvent des pingres, j'ai remarqué – et de parfaits Kamel – tous ceux que je connais sont affligés des pires tares. Au moins toi, s'il s'avère que tu portes mal ton nom, ça signifiera que tu es guéri !

Voyant que tout le monde acquiesçait gaiement à la proposition de Faouzi, il finit par lâcher dans un sourire triste :

— Eh bien, va pour Nassi... De toute façon, il semble que je n'aie guère le choix, n'est-ce pas ?

La pointe de tristesse n'avait pas échappé à Faouzi.

— Écoute, dis-toi bien qu'on ne te laissera pas tomber. Comme les trois jours de grâce imposés par Sett Baheyya ne sont pas encore passés, on va pas t'en demander plus pour l'instant. Mais une fois le délai écoulé, on ne te lâche plus : crois-moi, tu vas avoir droit à un interrogatoire en règle. D'ici là, je te conseille de réviser ta biographie !

— S'il la révise aussi bien que toi tes cours de médecine, ironisa Haytham, on n'est pas sortis d'affaire. À propos de révisions, où donc est 'Azza – je ne l'ai pas encore vue ?

— Elle doit être partie sur le terrain dans un de ces endroits malfamés, répliqua Faouzi, elle a le chic pour inventer des sujets de mémoire du genre « Recomposition des catégories sociales dans la Cité des Morts » ou bien « Aux origines de la politique égyptienne : les cabarets de l'avenue des Pyramides ».

— Faouzi, tu m'as l'air passablement excité ! sourit Haytham. Elle m'avait parlé de ce mémoire quand elle est venue à Alexandrie, et si mes souvenirs sont exacts, ça s'intitulait plutôt « Rôle des cafés du Caire dans l'évolution de la conscience populaire ». Ce sont tes fantasmes qui ont transformé les cafés en cabarets de danse du ventre ! D'ailleurs, ça fait un moment que tu nous as plus parlé de ta copine, tu sais, celle qui...

Ce soir-là, dans son lit, il repensa à leur conversation, au nombre incalculable de sujets qu'ils avaient brassés, alternant empoignades et crises de fou rire. Cette pension lui en rappelait décidément une autre, située, elle, à Alexandrie. Comment s'appelait-elle, déjà ?

Il avait le nom sur le bout de la langue, il était là, tout prêt, emmailloté dans la brume floconneuse qui flottait dans les limbes de son esprit, il ne restait plus qu'à l'en extraire. Mais au moment où il était sur le point d'aboutir, la fatigue de la journée eut raison de lui et il sombra dans un sommeil de plomb.

XII

Au matin du quatrième jour, il se réveilla avec une boule au ventre. L'heure de vérité était venue, et bien qu'il eût passé les trois jours précédents à se creuser la tête, le bilan n'était pas glorieux.

Certes, il avait une conscience claire des traits marquants de sa personnalité, de ses goûts et de ses détestations, de ses atouts et de ses faiblesses. Les principales figures de son existence étaient bien présentes à son esprit, il les visualisait parfaitement et pouvait les décrire avec la plus grande précision, en revanche, il était tout à fait incapable de leur assigner un nom, de les désigner autrement que par « ma mère », « mon meilleur ami », « mon grand-père », « ma vieille copine de classe »…

Il en allait de même pour les lieux où il avait passé son existence. Il revoyait clairement les décors ainsi que des souvenirs épars de ce qu'avait été sa vie jusqu'à maintenant, images fixes ou animées qui jaillissaient sporadiquement à sa conscience : l'appartement parisien où il avait effectué ses premiers pas ; un petit pavillon anglais à la périphérie de Londres, dont il visualisait précisément chaque plant du jardin ; une villa italienne délabrée mais accueillante. Aux endroits où il avait séjourné longuement se mêlaient les lieux de villégiature, sans qu'il parvînt toujours à distinguer ceux-ci de ceux-là : un bord de mer en Espagne, un gîte loué en Allemagne près de la Forêt-Noire, ou encore un *yalt* des bords du Bosphore. Quoi qu'il en soit, les principales images semblaient donc appartenir à l'Europe, c'est là – de cela au moins il était sûr – qu'il avait vécu la plus grande partie de sa vie, ponctuée de retours périodiques en Égypte.

Cependant, il avait beau fouiller sa mémoire, il était incapable d'en exhumer le moindre nom, la moindre date, la moindre adresse qui lui auraient permis d'ancrer ses souvenirs dans une réalité tangible. À l'inverse, sa tête était encombrée d'innombrables poèmes qu'il était capable de réciter sans la moindre difficulté. Il aurait aimé disposer d'un peu plus de temps pour élucider ce phénomène, mais il dut se résoudre à quitter sa chambre pour se soumettre au rituel du petit-déjeuner.

En descendant l'escalier, il entendit des bruits de conversation filtrer de la salle, mais il avait à peine franchi la porte que la discussion s'interrompit. Bien qu'on fût en avance sur l'horaire habituel, tous les autres pensionnaires étaient déjà là. Il y avait parmi eux un nouveau venu, un grand garçon musclé dont les yeux vifs pétillaient d'intelligence, qui se leva aussitôt en lui tendant la main :

— Bonjour, je suis Sélim – maintenant tu connais tout le monde. J'ai fini mes études d'agro l'an dernier et je reviens d'un séjour dans ma province. Je suis rentré hier soir, mais comme il était déjà tard, j'ai pas voulu te réveiller.

— Enchanté, moi, c'est Nassi, lui répondit-il en adressant un clin d'œil à Faouzi.

— Oui, oui, je suis au courant. Quand Faouzi m'a dit ça hier soir, j'ai cru que c'était une de ses vieilles blagues – tu as pu voir qu'il avait un humour d'étudiant en médecine –, mais ensuite il m'a expliqué. Je ne te cache pas que tout ça me laisse plus que sceptique.

Les autres le saluèrent plus chaleureusement encore qu'à l'accoutumée, sans doute pour ne pas lui donner l'impression pénible d'être déféré devant un tribunal.

— Alors Sélim, s'enquit Baheyya en déposant devant eux le plat de *foul* fumant, raconte-nous un peu, comment s'est passé ton séjour au village ?

— C'était à la fois grisant et déprimant. Grisant parce qu'on a beau dire, cette campagne égyptienne est quand même féerique. Chaque fois, j'y vais à reculons, en me disant que je connais le moindre arpent par cœur, et pourtant la magie opère. On croirait que rien n'a changé depuis des millénaires, à commencer par mon grand-père… Je lui ai dit que j'avais vu sa statue au Muséum du Caire, mais il a froncé les sourcils sans comprendre, et j'ai préféré changer de sujet avant de me prendre un coup de canne ! En même temps, c'était déprimant de voir que les jeunes décampent les uns après les autres, bientôt il ne restera plus que les aïeux…

— eh oui, soupira Sett Baheyya, un jour, ils se rendront compte que la ville les a écrasés et ils regretteront le bon temps du village, mais ce sera trop tard pour y retourner !

Après le compte rendu de Sélim, la discussion se poursuivit sur les sujets les plus variés, l'examen de Faouzi qui approchait, la rencontre insolite que ʻAzza avait faite quelques jours plus tôt avec des satanistes ayant élu domicile dans le palais désaffecté du baron Empain, à Héliopolis.

Figé dans l'attente de leurs premières questions, il redoutait le moment fatidique où ils se tourneraient vers lui, mais la conversation n'en finissait pas de dérouler ses circonvolutions, et il lui revint soudain à l'esprit que les règles de la bienséance leur interdisaient d'aborder le sujet les premiers. Il lui appartenait de leur faciliter la tâche en mettant lui-même l'affaire sur la table.

— Hum… écoutez, Sett Baheyya, se lança-t-il, je voulais vous dire… Excusez-moi, je ne sais pas trop par où commencer… mais voilà : malgré ce qui m'arrive, je ne me suis jamais senti aussi bien qu'au cours de ces derniers jours. Vous m'avez accueilli comme vous auriez accueilli votre fils. Et grâce à vous tous, ajouta-t-il en se tournant vers les autres, je me suis vraiment senti comme l'un des vôtres.

— On n'a rien fait d'extraordinaire, répliqua Faouzi, c'est nous qui devrions te remercier pour avoir apporté un peu de nouveauté. Je commençais à étouffer au milieu de ces intellectuels : entre ʻAzza qui a des théories même sur la vente de cacahuètes à la sortie des cinémas et Sélim qui nous fait chaque matin la révolution agraire, j'ai du mal à trouver ma place. D'ailleurs, pour eux je ne suis pas Faouzi, mais un spécimen de la petite et moyenne bourgeoisie.

— Petite, rectifia Sélim en souriant, petite – tu me fais penser au dicton : « La fille déplumée se vante de la chevelure de sa cousine » !

Tous les convives partirent d'un grand éclat de rire à la vue de la mine déconfite de Faouzi, avant de se tourner de nouveau vers lui.

— Alors voilà, reprit-il, j'ai eu tout le temps de réfléchir au cours de ces trois jours, mais la récolte est bien maigre. Je n'ai aucune idée de mon nom, ni du pays où je vivais avant mon voyage, ni des adresses précises où j'ai habité. Tout ce que je sais, c'est que je suis né en Égypte, mais que j'en suis parti très tôt pour vivre dans diverses villes d'Europe. Je suis sûr au moins pour Paris, mais il y a eu aussi Londres, Rome, Barcelone, Istanbul – le problème, c'est que je ne sais pas si j'ai seulement visité ces villes ou si j'y ai véritablement vécu. Je sais aussi que je revenais passer tous mes étés en Égypte avec ma mère et mon frère ; nous partions devant et ensuite, mon père nous rejoignait. Nous logions chez mes grands-parents. Quand ceux-ci sont morts, à quelques années d'intervalle, mes parents ont commencé à espacer leurs voyages, mais moi j'ai continué à venir régulièrement, sauf ces derniers temps où la vie en Europe m'a pris dans son engrenage, de sorte que je suis resté plusieurs années sans revenir.

Un long silence gêné suivit sa tirade, à laquelle il s'était longuement préparé depuis son réveil. Il avait résumé l'essentiel de ce qu'il savait, le plus honnêtement possible, omettant toutefois le fait que les poèmes semblaient épargnés par le fléau – il redoutait que ce détail donne à son amnésie l'allure d'une maladie de riche, un caprice d'esthète nanti.

C'est Sett Baheyya qui rompit la première le silence :

— Il n'y a de force et de puissance qu'en Dieu, soupira-t-elle.

— Eh bien, Sett Baheyya, protesta Sélim, vous dites ça comme si Nassi avait chopé une maladie incurable !

— Allons, Sélim, est-ce que j'ai dit ça, moi ? Le présage de Dieu vaut mieux que ton présage !

— Je sais que vous voulez tous m'aider, reprit-il, voyant qu'il avait plongé tout le monde dans l'accablement, et je me rends compte que je ne vous facilite vraiment pas la tâche, mais…

— Nassi, t'y es pour rien, le coupa Faouzi. Après tout, t'es sain et sauf, et tu vas pas mourir de faim – si y en a assez pour trois, y en aura assez pour quatre. On n'a qu'à considérer ça comme notre deuxième énigme à élucider.

— Ah oui, et c'est quoi, la première ? hasarda 'Azza, vaguement inquiète.

— La première énigme, c'est de savoir quand on aura enfin un petit 'Azzouz ! dit Faouzi en se levant précipitamment pour se mettre hors de portée de la jeune fille qui, déjà, scrutait la table en quête d'un cendrier à lui lancer à la figure.

— Hé, Faouzi, arrête un peu, lui dit Sélim, je ne m'entends plus penser.

— Oh, excuse-moi, je savais pas que sir Sherlock était déjà au travail !

— Bon, faisons comme si toute cette histoire était vraie et résumons-nous, reprit Sélim sans lui prêter attention. Donc, on cherche à identifier quelqu'un pour qui on n'a ni nom, ni date de naissance, ni adresse. Tout ce qu'on a, c'est la liste des pays où il a vécu – et encore, cette liste est à prendre avec des pincettes ! Je sens qu'on va avoir du fil à retordre...

Sélim avait continué ensuite à résumer posément l'état de leurs connaissances, même si son intonation trahissait le désintérêt poli qu'il portait à cette histoire...

— On sait aussi, compléta 'Azza, qu'il est arrivé de l'étranger il y a peu, mais on ignore si c'est par avion ou par bateau et, plus grave, à quelle date il est entré sur le territoire égyptien.

— Eh, attendez ! intervint Faouzi en se tournant soudain vers lui. L'autre jour, tu m'as bien dit qu'avec tes grands-parents vous alliez autrefois vous promener sur les rives du Nil, pas très loin du centre-ville ?

Le voyant acquiescer, Faouzi, de plus en plus exalté, poursuivit son idée :

— À mon avis, ça peut nous donner un bon point de départ. Aujourd'hui, j'ai cours seulement jusqu'à onze heures ; à mon retour, je t'emmène par là-bas, et on essaie de refaire le chemin inverse jusqu'à la maison de tes grands-parents. Même si t'y es plus retourné depuis qu'ils sont morts, t'as dû parcourir ce trajet un nombre incalculable de fois et, avec un peu de chance, tu sauras nous y conduire. En plus, si vous faisiez cette promenade à pied, ça peut pas être très loin – tes grands-parents étaient déjà âgés.

— Oui, confirma-t-il, on marquait des pauses fréquentes pour qu'ils puissent se reposer, il y avait un square...

— Mais Faouzi, protesta 'Azza, tu imagines à quel point l'urbanisation a pu modifier la physionomie des lieux, depuis le temps ?

— Oui, ma chère 'Azza, tu as raison, comme toujours... Mais ça vaut le coup d'essayer, non ?

— Moi, en tout cas, je trouve cette idée *hâyla*... épatante !

C'est Khadra qui avait lâché cette remarque. Elle avait suivi la conversation tout en effectuant des allers et retours entre la cuisine et la salle commune pour débarrasser la table. Comme tous les regards convergeaient vers elle, elle se sentit obligée de s'expliquer :

— Ben oui, reprit-elle, quand je suis arrivée au Caire, personne m'a rien expliqué. Je connaissais rien à cette ville où les voitures jaillissaient de partout, j'avais jamais rien vu de...

Tandis qu'il la fixait intensément, le souvenir d'une lecture remonta brusquement à sa conscience :

Et… pour finir, Le Caire, le terminus. Alors, c'est vrai ? Est-il possible qu'elle soit vraiment au Caire, la métropole abritant les dépouilles bénies des Gens de la maison ? […] À présent, le train s'est immobilisé ; ce qui l'effraie au plus haut point, c'est le moment où il faudra descendre de voiture, franchir cette faille séparant le marchepied du quai de la gare, il n'y a guère que quelques centimètres et pourtant elle tremble rien que d'y penser. Lentement, elle décolle de la marche son pied droit, le même qu'elle mettra en avant au moment de passer pour la première fois le seuil de sa maison, et l'abaisse jusqu'à toucher le quai. Aussitôt, un portefaix s'approche, se proposant de porter ses deux couffins, mais mon père secoue la tête, il les portera lui-même. À la voir ainsi observer la foule, méfiante, inquiète, désorientée, j'ai eu pitié d'elle, j'aurais voulu lui venir en aide ou simplement lui tenir compagnie, mais comment aurais-je pu, moi qui étais si éloigné d'elle, moi dont il faudrait encore attendre si longtemps avant qu'elle ne me mette au monde. […]

Un peu plus loin, le narrateur décrivait la détresse de sa mère apprenant que son mari ne l'emmenait pas dans leur nouveau foyer, mais chez de vagues connaissances qui allaient temporairement les héberger :

Ma mère baisse la tête, dépitée, elle me fait pitié, en même temps elle paraît résignée, de toute façon elle n'a pas le choix, et puis s'arrêter ainsi au milieu du chemin la met mal à l'aise, c'est que les avenues paraissent bien larges ici, on dirait qu'elles débouchent sur l'inconnu, qu'elles se jettent dans l'obscurité de la guerre. Et puis ce flot ininterrompu de voitures ! Elle a l'impression qu'à tout instant, l'une d'entre elles peut sortir de sa trajectoire et foncer droit sur elle.

— … m'ont envoyée faire les courses. J'ai dû apprendre très vite à m'orienter, histoire de pas passer pour une cruche. Pour ça, je me forçais à trouver des points de repère : « Khadra, ouvre grand les yeux, que je me disais, ce bâtiment-ci est plus haut que les autres ; là, il y a une mosquée, repère-la bien ; et ce mur couleur brique, tu le vois ? ». Et comme ça, j'ai fini par me débrouiller ; pourtant, du diable si je connaissais un seul nom de rue !

Sett Baheyya battit des mains.

— Bravo Khadra ! Dans un sens, Nassi est exactement dans la même situation que toi à ton arrivée – mais je sais pas s'il est aussi débrouillard que toi !

— Lui tout seul, peut-être pas, mais avec moi comme guide, glissa Faouzi en jouant des sourcils, il a peut-être ses chances...

— Nous verrons ça, répliqua Baheyya, j'espère que tu lèveras bien haut l'étendard de la pension.

Il passa la matinée à somnoler et à réfléchir. Le projet de Faouzi lui avait redonné un peu d'espoir. À présent au moins, ils avaient un plan. Certes, les chances de succès étaient maigres, surtout dans une ville aussi bouillonnante que Le Caire, qui chaque jour voyait des immeubles vétustes s'effondrer pour laisser la place à des tours ultramodernes, de nouveaux quartiers s'agréger à la ville ancienne, des voies d'accès être creusées et d'autres obstruées. Mais même si elle échouait, cette piste-là pouvait les conduire à une autre et, ainsi, peut-être parviendraient-ils à se raccrocher à un fil.

DEUXIÈME PARTIE

I

Comme promis, Faouzi vint frapper à sa porte après ses cours.

Il regarda sa montre : il était onze heures trente. Sans perdre de temps, il enfila le blouson de jean qui avait appartenu au fils de Sett Baheyya et le rejoignit au-dehors.

Ensemble, ils refirent le chemin qu'il avait lui-même parcouru deux jours plus tôt pour rejoindre les rives du Nil, qu'ils longèrent un moment sans rien dire.

Très concentré, il essayait de sonder sa mémoire pour faire émerger les souvenirs.

— Surtout, Nassi, tu prends ton temps, on a toute la journée devant nous. Même plusieurs jours s'il le faut !

— …

Ils continuèrent à marcher ainsi silencieusement ; de temps à autre, Faouzi le dévisageait à la dérobée pour voir si quelque chose lui revenait – visiblement, il ne tenait pas en place.

— Bon, tu nous as raconté que vous veniez vous promener le long du Nil et que vous marquiez une pause dans un petit square. Le seul square qui se trouvait par ici, c'était le jardin de l'envoyé de la Couronne – le consul britannique. Je le sais parce que Sélim m'en a parlé : pour son mémoire de fin d'études, il a étudié la disparition progressive des espaces verts dans le centre du Caire. Ce jardin est l'un des seuls à avoir subsisté, beaucoup d'autres ont été sacrifiés pour faire place à des projets immobiliers, comme cet immeuble de luxe que tu aperçois là-bas. Faut être plein aux as pour habiter là-dedans – le plus petit appartement doit faire au bas mot trois cent cinquante mètres carrés.

— Mais si tous les repères ont changé, comment on va faire pour s'y retrouver ?

— Commence pas à baisser les bras, Nassi, sinon on n'y arrivera jamais.

En passant devant l'immeuble en question, ils aperçurent l'entrée cossue, au sol carrelé de marbre. Dans le hall, une équipe de cerbères costumés assuraient la sécurité. De l'autre côté de la rue, une passerelle permettait d'accéder à l'entrée de l'hôtel Méridien qui occupait la pointe de l'île de Roda. Ils observèrent un moment l'incessant ballet des limousines qui venaient déposer leurs clients avant de repartir. Faouzi lui expliqua que, devant le succès de l'hôtel, on en avait construit un deuxième juste derrière, encore plus moderne, le Grand Hyatt, dont on apercevait les étages supérieurs derrière le Méridien.

— Regarde, tu vois là-haut, le restaurant au dernier étage ?

— Oui, qu'est-ce qu'il a ?

— Observe bien !

— Mais je vois rien, qu'est-ce... Ah, mais attends, ça y est ! Il tourne, c'est ça ?

— Tout juste, mon vieux. Je suis sûr que vous n'avez pas ça en Europe. Pendant que tu dégustes ton repas – entrecôte maître d'hôtel accompagnée de tagliatelles aux endives, le tout arrosé d'une bouteille de bordeaux (il avait prononcé ça *borrdou*) tout ce qu'il y a d'honorable –, la salle entière pivote sur elle-même afin que tu puisses savourer la vue panoramique sur la capitale !

— Dire qu'à mon époque, la rive était complètement dégagée !

— Bon, trêve de nostalgie, essaie de visualiser la scène : vous venez de vous arrêter dans le square, là, derrière nous. Tes grands-parents commencent à fatiguer et ils proposent que vous rentriez tranquillement...

Il réfléchit un peu, puis pointa résolument le doigt vers le sud. Faouzi, étonné par sa soudaine détermination, semblait réclamer une explication.

— Le square était la limite de notre promenade, or on ne venait pas de la place Tahrir – je me souviens que je prenais le bus pour m'y rendre –, donc logiquement, on venait de cette direction-là.

— En route, lui lança gaiement Faouzi.

Tandis qu'ils marchaient ainsi, son compagnon essayait de lui donner des points de repère.

— Ici c'est l'ambassade d'Italie, et là c'est l'ambassade de Belgique. Derrière, c'est Garden City, enfin ce qu'il reste de cet ancien quartier d'aristos. Il y a encore des villas somptueuses, mais leurs jardins sont presque tous à l'abandon. Au fait, ton grand-père, c'était pas un de ces riches notables en robe de chambre, tu sais, ceux qu'on voit dans les films d'Anouar Wagdi et de Layla Mourad ?

— Non, rassure-toi, c'était un modeste employé d'État.

— Bon, dans ce cas, on peut éliminer Garden City – impossible d'habiter là avec un traitement de fonctionnaire.

Ils avancèrent ainsi jusqu'à atteindre l'extrémité du trottoir – au-delà, l'allée piétonnière aménagée le long du Nil s'interrompait. Sur la droite, un pont traversait le petit bras du fleuve.

— À moins que ton grand-père ait été un champion de marathon, on ne doit plus être très loin, mais c'est le moment de prendre une grande décision.

— Une grande décision ?

— Oui, soit tu bifurques à droite vers l'île de Roda, soit tu restes sur la terre ferme et tu obliques vers la gauche en direction de Mounira.

— Laisse-moi réfléchir un peu...

Faouzi en profita pour allumer une cigarette, non sans lui en proposer une qu'il déclina poliment.

— Ben oui, vous autres, dans les pays riches, vous avez tous arrêté de fumer, et c'est à nous, les arriérés, qu'il revient d'absorber toute la production mondiale de tabac !

— Faouzi, je t'ai dit que j'avais besoin de réfléchir !

— Bon, ça va, monseigneur, je me tais...

Faouzi rongeait son frein tout en tirant de longues bouffées de sa cigarette. Il le laissa la finir avant de lui avouer son désarroi.

— Écoute, droite ou gauche, j'en ai absolument aucune idée. On pourrait peut-être marcher un peu dans l'une ou l'autre direction, pour voir si quelque chose me revient ? Ah ! attends une seconde, je repense à un truc...

— Quoi donc ? l'interrogea fébrilement Faouzi.

— Bon, c'est un détail, mais... Sur le chemin du retour, je me souviens qu'on s'arrêtait pour déguster une citronnade glacée.

— Détrompe-toi, ce détail peut rudement nous aider. Des marchands de jus de fruits, y en a aussi vers Roda, bien sûr, mais pas avant un bon kilomètre, et je doute que vous ayez encore eu la force de marcher aussi longtemps après votre promenade. Si c'est comme ça, je dirais : à gauche toute !

Portés par un sursaut d'énergie, ils marchaient maintenant d'un bon pas. Quelques minutes plus tard, Faouzi, qui l'avait devancé de quelques mètres, s'arrêta pour lui laisser le temps de le rejoindre, avant de lui lancer triomphalement :

— Dis-moi, il ressemblait pas un peu à ça, ton marchand de jus de fruits ?

L'échoppe qu'il lui désignait était assez vieille, visiblement elle n'avait pas été rénovée depuis longtemps. Si c'était bien la même boutique, la caisse où on prenait son ticket devait se trouver dans un petit renfoncement à droite de la porte. Du dehors, c'était impossible à dire… Le cœur battant, il passa la tête à l'intérieur.

— C'est bien ici ! lança-t-il à tue-tête en apercevant le caissier, qui lui retourna un regard interloqué.

Il ressortit précipitamment. Ils étaient sur la bonne voie, ce qui lui fut de nouveau confirmé quand ils eurent traversé la large avenue au milieu du concert des klaxons : de l'autre côté, une foule de quidams étaient massés près des arrêts d'autobus. Il se pencha vers Faouzi.

— Comment s'appelle cette avenue ?

— L'avenue Qasr el-'Aïni, répondit instantanément son camarade, pourquoi ?

— C'est d'ici qu'on prenait le bus ou bien le trolley pour rejoindre la place Tahrir, lui glissa-t-il.

Chaque matin ou presque, la bande de copains se retrouve pour sillonner le centre-ville. En ce temps-là, les minibus n'ont pas encore envahi la capitale, et le taxi est bien trop cher, ils connaissent donc par cœur le trajet des différents autobus. Pour eux, pas question de manquer un bus qui est déjà en train de repartir au moment où ils gagnent l'arrêt ; c'est ainsi qu'ils sont passés maîtres dans l'art de monter en marche. La manœuvre est délicate : il faut courir un moment à côté du puissant véhicule qui commence déjà à prendre de la vitesse, se maintenir à la hauteur de la porte arrière restée ouverte, puis s'élancer pour attraper le montant métallique au moment opportun ; s'ils sont chanceux, ils peuvent compter sur l'aide d'un passager compatissant qui les aidera à se hisser à bord.

— Bon, l'ami, je te sens un peu distrait… Tu ne veux pas te concentrer un peu ?

— Hein ? Ah oui ! Mais c'est que le moindre empan réveille en moi une foule de souvenirs. Tiens, là, au coin, c'est le cordonnier auquel on apportait nos chaussures à réparer. Et voilà la pharmacie où on achetait nos médicaments. D'après moi, pour déboucher dans cette avenue, on avait sûrement dû remonter une de ces rues, sur la gauche.

— Tu sais pas laquelle, par hasard ?

— Non, mais passons-les en revue, on verra bien.

Longeant l'avenue avec Faouzi, il s'arrêtait périodiquement pour scruter chacune des rues perpendiculaires et son enfilade d'immeubles, mais le soleil l'aveuglait, l'obligeant à mettre sa main en visière, et les bâtiments se ressemblaient tous. Ils en étaient déjà à la troisième, et il était clair qu'ils n'arriveraient à rien de cette manière… Il s'arrêta.

Il fallait essayer autre chose. Si la physionomie des bâtiments ne lui inspirait rien, peut-être valait-il mieux se fier aux bruits et aux odeurs ? Il ferma les yeux, sollicitant ses autres sens…

Un jour, il est en train de lire sur le balcon quand des cris éclatent dans le voisinage. Au début c'est à peine s'il entend, tant il est absorbé par sa lecture, mais les cris de plus en plus stridents, entrecoupés de gémissements et de sanglots, l'arrachent bientôt à son livre. Il repose celui-ci à contrecœur et se penche par-dessus la balustrade pour identifier leur provenance. Il a d'abord pensé à une bagarre, mais dans la rue, pas le premier signe d'attroupement. Après vérification, il ressort que le tumulte provient de l'appartement du dessous.

Un drame est survenu, dont il ne comprendra la nature que progressivement. Pour l'heure, il est fasciné par le spectacle des deux femmes – la voisine et sa fille – qui, vêtues de noir, sont sorties sur le balcon pour dérouler leur litanie. Leurs lamentations lancées à tour de rôle semblent nouer un dialogue funèbre d'où ressortent la bonté du défunt, les signes avant-coureurs qu'elles avaient perçus, la toute-puissance du Créateur qui choisit toujours ses meilleures créatures pour les rappeler à Lui. Il faudra attendre le retour de la grand-mère, descendue adresser ses condoléances, pour connaître le détail de l'histoire…

Officier dans l'armée, le fils de la voisine, qui n'était pas rentré en permission depuis plusieurs mois, leur a enfin annoncé sa venue. Comme il est affecté sur le front est, près de Port-Saïd, cela signifie une longue traversée en Jeep à travers les routes désertiques, un voyage éprouvant après les mois passés dans la tension, mais aussi une bouffée d'espérance à l'idée de revoir enfin les siens.

À l'issue d'un long périple, le véhicule militaire arrive enfin en vue de la muraille millénaire du Caire et emprunte l'avenue Qasr el-'Aïni, avant de bifurquer dans leur rue. Encore deux cents ou trois cents mètres à parcourir, on y est presque – il ne reste plus qu'à franchir le passage à niveau.

Au moment précis où la voiture s'engage au-dessus des rails, le signal sonore se déclenche – à l'époque ces passages ne sont pas encore protégés par des barrières automatiques – un carillon qui alterne notes graves et aiguës. Peu importe, on a largement le temps de passer, mais l'ordonnance qui conduit la Jeep cède soudain à la panique et passe la seconde tout en donnant un grand coup d'accélérateur. Le moteur éternue et cale brutalement, immobilisant net le véhicule.

À partir de là, tout s'enchaîne à une vitesse fulgurante : les efforts désespérés de l'ordonnance pour redémarrer le véhicule, l'attroupement qui commence à se former autour d'eux, les volontaires qui s'approchent pour pousser la voiture – mais certains sont d'avis qu'il faut la faire reculer, quand d'autres estiment au contraire qu'elle est déjà trop engagée et qu'il faut la faire avancer, de sorte que leurs efforts se neutralisent –, le train qui s'approche dans un déluge d'acier et de feu en faisant désespérément hurler sa sirène.

Il est trop tard maintenant. Lorsque la locomotive percute la Jeep dans un effroyable froissement de tôles, l'officier a tout juste eu le temps de sauter hors du véhicule, mais hélas pas suffisamment pour s'écarter. Son corps déchiqueté sera retrouvé à une dizaine de mètres de là.

Voilà, l'affaire n'a duré en tout et pour tout qu'une quinzaine de secondes. La voisine n'y a évidemment pas assisté – du reste, elle n'attendait son fils que le lendemain, mais il a voulu lui faire la surprise en arrivant un jour plus tôt –, ce sont les témoins de la scène qui l'ont informée, par bribes, chacun ajoutant au récit du précédent un détail funeste.

Le carillon du passage à niveau résonnait encore dans sa tête quand il entendit la voix de Faouzi, qui semblait lui parvenir à travers une gangue de coton. Ce dernier s'apprêtait à l'invectiver mais il leva la main pour l'arrêter :

— Faouzi, ne dis rien, contente-toi de me répondre : jusqu'à maintenant, on n'a vu aucun passage à niveau, n'est-ce pas ?

— Où ça ? Holà, mais tu retardes sérieusement, l'ami ; les passages à niveau, c'était bon à l'époque du train ! Maintenant nous avons le métro, cher monsieur, et d'ailleurs ce sont tes amis français qui…

— La rue où on habitait… Elle était coupée par une voie ferrée !

— Dans ce cas, je crois que j'ai ce qu'il te faut. Dans la première rue qu'on a passée sur notre gauche, il y avait un autopont. Il a été aménagé il n'y a pas très longtemps, justement pour permettre aux voitures de surmonter le tracé du métro.

— Oui, tout à l'heure, je l'ai écartée d'office parce que je ne me souvenais pas que notre rue ait été en pente. Maintenant, on sait ce qu'il nous reste à faire…

Ils revinrent sur leurs pas et s'engagèrent fébrilement dans la rue en question, dont presque toute la largeur était occupée par l'autopont. Celui-ci était entièrement dédié aux voitures, mais il y avait tout de même un minuscule trottoir, à peine assez large pour une personne, sans doute destiné à accueillir les préposés au balayage.

Il s'y engagea le premier, suivi à peu de distance par Faouzi. Il leur fallait avancer l'un derrière l'autre, tandis que les voitures passaient près d'eux en trombe, les frôlant presque. Certains conducteurs klaxonnaient furieusement pour les mettre en garde au cas où ils seraient pris d'une envie suicidaire de descendre du trottoir. Arrivé à mi-chemin de l'autopont, il s'arrêta pour laisser Faouzi le rejoindre et lui lança un sourire : en contrebas, la voie ferrée se déployait vers le sud de la ville, à perte de vue. Ils restèrent un moment à observer le spectacle, puis reprirent leur marche qui, à partir de maintenant, s'effectuait en pente descendante.

Le soleil était à son zénith, mais il soufflait au-dessus du pont une brise légère qui semblait presque le pousser dans le dos, au point qu'il dut se forcer à ralentir. Il devait être tout proche du but à présent, et tous ses sens étaient en alerte, aiguisés dans l'attente des impressions qui pouvaient affluer en lui à tout moment. Mais celles-ci tardaient à se manifester, sans doute entravées par la présence du pont, dont la masse d'acier et de béton, plaquée sur ce décor comme une greffe, s'interposait entre lui et son enfance.

II

Tandis qu'il explorait des yeux l'enfilade des bâtiments, à la recherche du moindre indice, son cœur fit soudain un bond dans sa poitrine : il était face au bloc d'immeubles où avaient logé ses grands-parents, si près de la façade qu'il aurait presque pu la toucher. Le doute n'était pas permis : c'est sur un de ces balcons qu'il avait passé des heures et des heures à lire, assis sur une caisse de bois remplie de volumes poussiéreux, le verre de thé brûlant posé à côté de lui sur la balustrade…

De temps à autre, il détache les yeux de son livre pour observer le spectacle de la rue. Face à eux, sur le trottoir d'en face, il y a un immeuble de deux étages dont le rez-de-chaussée est occupé par une boutique de confection. Il peut voir les clients choisir patiemment leurs étoffes, puis se tenir bien droits le temps que le maître tailleur, qui garde son mètre à ruban en permanence autour du cou, prenne leurs mesures.

Au-dessus de l'immeuble, la terrasse est occupée par un pigeonnier. Chaque jour, au crépuscule, un jeune homme vient libérer les oiseaux qui, dans un grand froissement d'ailes, s'élancent en piaillantes volées pour tournoyer dans le ciel en dessinant des cercles de plus en plus larges. Quelque trente ans plus tard, le destin voudrait qu'une scène presque identique ressurgisse devant ses yeux, à la faveur d'une de ses lectures :

L'après-midi, elle observe le manège des dresseurs ; après avoir appuyé une échelle de bois contre le pigeonnier, un jeune homme commence à grimper, selon une progression très lente émaillée de brusques à-coups. Avec le temps elle a fini par comprendre qu'il était handicapé – il a une jambe paralysée ; elle en a eu de la compassion pour lui. Une fois installé à l'intérieur du pigeonnier, il commence à agiter ses drapeaux rouges et à émettre des sifflements mélodieux qui sont le signe de ralliement des pigeons appartenant à sa volée et qu'ils sont capables d'entendre depuis n'importe quelle distance.

Elle observe les trajectoires qu'ils dessinent dans le ciel, s'élevant à des hauteurs incommensurables, avant d'amorcer une rapide descente entrecoupée d'inflexions subites, frôlant les toits des maisons puis disparaissant derrière un immeuble élevé situé du côté des collines.

Ce qu'il a pu en passer, du temps, à observer lui aussi le tournoiement des pigeons au-dessus de lui, leur manière insouciante de s'égailler dans le ciel à de multiples reprises avant de revenir inlassablement à leur point de départ !...

Le jeune homme agite son drapeau, tout en poussant des sifflements ininterrompus, et voici la volée qui réapparaît. Elle aiguise son regard lorsque deux volées se rapprochent, les pigeons de la première presque au contact de la seconde ; il est admis que le volatile qui quitte sa volée pour rallier l'autre revient de droit au propriétaire de cette dernière, sans que cela suscite ni gêne ni récrimination. La mère prie pour que la volée de ce jeune homme paralysé, qu'elle a pris en pitié malgré l'immensité de l'espace qui les sépare, ne subisse aucune défection.

Son cœur se serra à la pensée des heures qu'il avait passées ici à dévorer des livres, assis sur la caisse en bois. C'est ici que, pour la première fois, il a réussi – bien tardivement – à lire un roman entier en arabe.

Car cette langue ne lui a pas été donnée d'emblée. Lorsque ses parents ont émigré en Europe, la conception dominante était qu'il ne fallait pas perturber l'enfant en lui inculquant plusieurs langues simultanément. On citait en exemple le cas de cette petite fille, née de père égyptien et de mère britannique, qui apprenait le français à l'école et rentrait ensuite faire ses devoirs avec sa nounou espagnole. Eh bien, que croyez-vous qu'il arriva ? La petite fille, au lieu de sortir de ce contexte chanceux en polyglotte accomplie, sombra dans une aphasie dont elle ne ressortit jamais. Que cette histoire soit authentique ou non, ses parents ne se la sont pas fait répéter deux fois. Ils mettront donc tout en œuvre pour ne pas perturber l'apprentissage de la langue locale par leur rejeton. Oh, bien sûr, ils continuent à parler l'arabe entre eux, et leur foyer, comme toute maison de migrants qui se respecte, est imprégné de la culture de « là-bas » : chansons arabes, festins de *mahchi* – aubergines ou poivrons soigneusement farcis de riz épicé – et de *moloukhieh* – épaisse soupe verte accompagnée de riz et de civet de lapin –, bocaux de légumes macérés au vinaigre.

Perturbé ou non, le gamin a acquis sans encombre la langue de leur pays d'accueil; mieux que ça, il arrive que ses camarades d'école le consultent sur une tournure savante ou un point de syntaxe délicat. Le hic, c'est que son arabe, pendant ce temps, bat de l'aile. Il en sait assez pour épater ses camarades de classe et les amies de sa mère, mais lors des vacances annuelles en Égypte, il suffit qu'il ouvre la bouche pour qu'autour de lui on fronce les sourcils, l'air de dire : « Qu'est-ce que c'est que ce baragouin ?! » Même quand on a acquis le vocabulaire et assimilé les tournures les plus idiomatiques, on peut aligner une phrase correcte et s'attirer néanmoins un regard interloqué : l'intonation – la musique de la langue – n'y est pas.

À vrai dire, perfectionner son arabe ne lui était pas apparu d'emblée comme une impérieuse nécessité. Au début, il avait même tendance à s'amuser lui-même de ses défauts d'élocution et trouvait plutôt cocasse l'affectueux sobriquet de *khawaga* – l'« étranger » – dont ses cousins l'avaient affublé. De même, il aimait faire rire ses amis à ses dépens en entrant dans les boutiques locales où, jouant de son teint clair, il s'amusait à singer un touriste en visite. Cependant, il n'a pas tardé à se représenter que ce qu'on passait à un enfant avec un sourire attendri serait plus difficile à porter dans quelques années, quand il serait un grand gaillard portant moustache. Il fallait donc agir d'urgence.

Parfait, mais comment fait-on pour remonter la pente ? Réponse : on n'a d'autre choix que plonger dans le torrent et s'y immerger corps et âme, boire la tasse au besoin, se débattre tant bien que mal pendant des années, jusqu'au jour où on découvre enfin qu'on est capable de garder la tête hors de l'eau.

C'est ainsi que, de retour en Europe, l'idée a mûri dans son esprit : désormais, il consacrera toute son énergie à s'imprégner de cette culture et de cette langue, qu'il est décidé à acquérir à la force du poignet. Pris d'une véritable frénésie, il se passe en boucle des mélopées arabes langoureuses, n'hésite pas à traverser la ville jusqu'aux lieux de projection les plus insolites – ciné-clubs de la cité internationale, centres culturels arabes, salles miteuses destinées aux travailleurs immigrés – pour voir un vieux film égyptien diffusé dans une copie usée, achète *al-Ahram* dans son édition internationale avant de s'échiner à en déchiffrer les articles. Mais la méthode est éprouvante et les résultats bien peu spectaculaires. L'idéal serait qu'il se hisse jusqu'au niveau qui lui permettra enfin de lire les romans des grands auteurs arabes, au même titre qu'il dévore déjà les Français, les Russes, les Américains ou les Japonais.

Jusqu'ici, il a dû se contenter de contes pour enfants ou de romans pour la jeunesse, comme la fameuse série des *Treize démons*, une sorte de *Club des cinq* dont chacun des héros est originaire d'un pays arabe différent – virtuellement au moins, les enfants parvenaient ainsi à réaliser l'unité arabe que leurs parents avaient échoué à forger dans la réalité. Mais un été, une révélation l'attend…

Dès la nuit tombée, il a sauté dans un bus à destination du Vieux-Caire. Arrivé sur place, il se dirige vers la grande tente dressée pour tout le temps du ramadan aux abords de la prestigieuse mosquée-université. Des nattes ont été jetées sur le sol et des tables ont été disposées pour permettre aux principaux éditeurs d'étaler leur production. Mois sacré oblige, les ouvrages religieux – gloses du Coran et autres biographies de saints – se taillent la part du lion. Mais ce sont les recueils de poésie publiés par de prestigieuses maisons beyrouthines qui attirent tout particulièrement son attention, avec leur reliure rouge vif et le nom du poète inscrit en lettres d'or sur la tranche, au-dessus de la mention *Œuvres complètes*. C'est ainsi qu'il a accumulé, au cours des années, les intégrales de presque tous les ténors du renouveau poétique arabe. Il déambule entre les tables, feuillette les ouvrages, intimidé par les chefs-d'œuvre de la littérature classique. Il faudra des années avant qu'il puisse jouir de leur prose pleine de musicalité, qui coule sur la langue tel un fluide bienfaisant. Même pour les écrivains plus modernistes qui ont acclimaté les techniques d'écriture du roman et de la nouvelle à l'environnement égyptien, il est encore trop tôt : il doit d'abord se faire la main avec des auteurs plus faciles. Finalement, une couverture attire son attention : on y voit, sous le nom de l'auteur, une illustration représentant deux pieds nus plantés dans le sable d'une plage marine. Le titre, inscrit en grosses lettres rouges sur fond blanc, l'intrigue par ses promesses de paradis artificiels.

Il ouvre le livre et en feuillette les premières pages. D'emblée, il sait que c'est ce livre-là qu'il lui faut. De retour à la maison, il s'installe sans plus attendre sur la caisse en bois du balcon dont il a allumé la discrète veilleuse, puis commence à lire dans le calme de la nuit… Dans cette semi-pénombre presque féerique, il découvre avec satisfaction qu'il connaît plus de mots qu'il ne croyait, suffisamment en tout cas pour deviner la plupart de ceux qui lui manquent. Désormais, c'est un univers entier qui s'ouvre devant lui, dans lequel il ira de merveille en merveille.

Il n'y avait aucun signe de vie ni sur ce balcon-là, ni sur aucun des autres balcons du voisinage. Toutes les persiennes étaient hermétiquement closes. Les habitants avaient-ils fui le quartier ? Il lui fallait maintenant quitter l'autopont au plus vite pour revenir sur ses pas et gagner l'immeuble, cette fois à hauteur d'homme.

À présent, il courait presque ; derrière lui, Faouzi commençait à pester, peut-être aussi d'avoir perdu l'initiative qu'il avait gardée jusqu'à ce point de leur périple.

Ils durent aller beaucoup plus loin qu'ils ne l'auraient voulu avant de pouvoir faire demi-tour. Ce détour forcé lui donna le temps de réfléchir à ce qu'il venait de voir. Une grande tristesse l'envahit à la pensée que la rue où il avait vécu tant de belles journées était à présent défigurée par cet ouvrage aussi massif que hideux. Pour permettre aux voitures de gagner sans encombre la voie rapide conduisant aux faubourgs extérieurs – l'arrêt des véhicules à un passage à niveau aurait créé un de ces goulots d'étranglement qui étaient la hantise des planificateurs –, les experts en urbanisme avaient sacrifié sans états d'âme le décor de sa jeunesse à l'efficacité et à la fonctionnalité.

Le moment décisif approchait : ils arrivaient en vue de la place où donnait la rue de son enfance. Son cœur battait maintenant à tout rompre. Des flashes jaillissaient à son esprit : l'entrée sombre de leur immeuble, l'escalier à la rampe poussiéreuse sur laquelle il s'était laissé glisser tant de fois, les retours à la maison à l'heure du crépuscule, sa terreur lorsqu'il grimpait les marches, éclairées seulement par la lumière déclinante qui filtrait à travers les fenêtres à croisillons disposées à chaque demi-étage. Il revoyait encore leur peinture verte écaillée et leurs vitres couvertes de suie.

— Par là ! lança-t-il à Faouzi. On y est presque.

Tandis qu'ils s'engageaient dans la rue, dont il parvint à grand-peine à déchiffrer la plaque à demi effacée : *Rue du Dr 'Ali Ibrahim*, il examinait les devantures des boutiques, tendu par l'espoir de reconnaître certaines des échoppes qui avait meublé son quotidien. Il se souvenait notamment de la boutique du photographe où, bien souvent, on l'avait emmené faire des clichés – c'était avant l'arrivée du Photomaton…

Le photographe l'installe sur un tabouret et lui tend un peigne en lui demandant de remettre sa tignasse en ordre. Puis il s'affaire à tourner les molettes de l'énorme appareil posé sur un trépied, regarde dans le viseur et secoue la tête d'un air insatisfait. Il revient vers lui pour lui demander de se tenir droit et de garder la tête légèrement penchée en arrière. « Voilà, comme ça. Tu bouges plus, hein ? » lui lance-t-il pour finir, avant de retourner derrière l'appareil. Là, l'homme de l'art introduit sa tête dans une poche de tissu noir d'où sa voix lui parvient, étouffée : « Pourquoi tu fais la tête, souris donc ! » Au moment où il se force à sourire, un éclair jaillit, accompagné d'un petit nuage de fumée, et une légère odeur de brûlé envahit la pièce. « Voilà, tu peux revenir après-demain récupérer les photos. »

L'emplacement où se trouvait l'officine du photographe était à présent occupé par une boutique d'accessoires pour téléphones portables : cartes de recharge, coques personnalisées, étuis en skaï. De même, il n'y avait plus trace de l'échoppe où ils achetaient autrefois leur *foul* : on apportait avec soi son récipient vide dans lequel un grand gaillard coiffé d'une calotte blanche versait les fèves brûlantes à l'aide d'une louche au manche recourbé. Derrière lui, le patron avait accroché un cadre avec une inscription calligraphiée : *In kheles el-foul, ana gheir mass'oul… Si y a plus de fèves dans le chaudron, ne tirez pas sur le patron.* Bon, il ne servait à rien de se lamenter sur la disparition de toute chose, l'important était qu'ils retrouvent la maison de ses grands-parents. Pour le reste, il n'aurait qu'à s'en remettre à ce qu'il lui restait de souvenirs.

— Nassi ? On ne t'entend plus beaucoup…

— Je ne sais pas… Rien n'est plus comme avant.

— Ça, tu l'as dit !

— Non, non, je veux dire… l'esprit des lieux est bien le même, mais c'est comme si chaque élément de décor avait été remplacé par un autre.

Il distança de nouveau son compagnon pour gagner plus vite le pied de l'immeuble, dont il avait reconnu sans peine le portail. Bien qu'il y eût trois entrées semblables à la file, ses pas l'avaient porté spontanément vers la deuxième d'entre elles. Là, au numéro 8, une surprise de taille l'attendait. Les larmes aux yeux, il jeta un coup d'œil aux deux autres entrées, avant de chercher du regard Faouzi, qui peinait un peu à le rattraper.

— Qu'est-ce qui t'arrive ? s'enquit ce dernier en parcourant les derniers mètres, essoufflé. On dirait que t'es tombé amoureux de ton immeuble !

Ce n'est qu'une fois arrivé à sa hauteur que Faouzi comprit l'émotion qui avait saisi son compagnon : l'encadrement du portail était obstrué sur toute sa hauteur par un mur de briques, sur lequel était apposée une vieille affiche électorale à moitié décollée.

III

Le capitaine Mounir était dans tous ses états. Ce matin-là, il avait été réveillé à l'aube par son supérieur et mentor, qui l'avait sommé de se présenter à son bureau dans la demi-heure. Mounir avait dû s'arracher aux bras de la somptueuse Naïma. Arrivée du Maroc la semaine précédente, celle-ci avait été surprise trois jours plus tard par la police des mœurs en train de monnayer ses charmes dans un des hôtels cinq étoiles de la capitale. Pour cela, elle encourait une peine de prison d'un minimum de sept ans, qu'elle devrait purger intégralement avant d'être renvoyée par le premier avion dans son pays d'origine.

Ces dossiers impliquant des ressortissants étrangers – souvent des filles originaires de Rabat ou de Tanger – finissaient par atterrir à la Sécurité territoriale, où le capitaine Mounir se faisait un devoir de les prendre en charge personnellement. Avec les années, il avait mis au point un stratagème pour tirer parti de la vulnérabilité des inculpées. Invoquant la nécessité de ne pas ébruiter l'affaire afin d'éviter une crise diplomatique, il exigeait que les filles soient déférées directement à son domicile, où il assurait lui-même un interrogatoire dont les filles ressortaient généralement terrifiées et prêtes à coopérer de toutes les manières possibles…

Lorsque, au bout d'une semaine ou deux, il estimait avoir tiré de la fille ce qu'il voulait, il contactait un de ses obligés qui procuraient des « facilités de séjour » aux riches potentats d'Arabie Saoudite et du Golfe venus se dévergonder au Caire, non sans avoir mis en garde sa protégée : s'il apprenait qu'elle avait vendu ses charmes à la clientèle locale, il se chargerait personnellement de la remettre à la police des mœurs. Ainsi, tout le monde y trouvait son compte. Lui pouvait savourer la fierté d'être le seul Égyptien à jouir de leur corps exceptionnel tandis qu'elles, à condition de se conformer à cette clause de non-concurrence nationale, se voyaient délivrer un blanc-seing officieux pour exercer tranquillement leur commerce. Sur le plan diplomatique enfin, les relations égypto-marocaines étaient préservées – en privé, Mounir se targuait même de favoriser les échanges commerciaux entre Maghreb et Machreq.

Après avoir jeté un dernier regard au corps magnifique de Naïma, il prit à regret le chemin du siège de la Sûreté de l'État.

Lorsqu'il se présenta enfin au douzième étage, il vit tout de suite que le patron avait sa mine des mauvais jours. Une tasse de café fumant était posée devant lui.

— Alors, Mounir, lança ce dernier sans même lever la tête de ses dossiers, tu faisais la grasse matinée ou quoi ?

— Mais non, votre Excellence, j'avais emporté quelques dossiers à la maison pour mieux les étudier et…

— Bon, admettons, admettons. Je t'ai convoqué parce que je viens de recevoir un rapport de notre bureau européen.

— De quoi s'agit-il, votre Excellence ? Rien de grave, j'espère ?

Le patron prit le temps d'avaler une gorgée de café avant de répondre :

— Si, justement. Le rapport en question affirme qu'un mouvement nassériste s'est récemment reconstitué dans divers pays d'Europe et œuvre à réimplanter ce courant dans les pays arabes. Comme nous avons empêché les nassériens de se constituer en parti, ceux-ci ont décidé d'opérer depuis l'étranger. Ils affirment que le message de Nasser était pur, mais qu'il a été saboté, d'abord par son propre entourage politique, puis par la haute bourgeoisie qui s'est liguée avec les puissances impérialistes pour le décrédibiliser…

Mounir prit une inspiration avant d'intervenir :

— Je vous reçois cinq sur cinq, votre Excellence, mais je ne vois pas très bien en quoi cela concerne mon service…

— Ah, tu ne vois pas ? Mounir, j'ai l'impression que tu passes trop de temps à essayer d'endiguer la prostitution marocaine, visiblement ça ne te réussit pas.

Mounir préféra ne pas relever l'allusion. Son boss venait de lui faire comprendre sans ambages qu'il n'était pas dupe de sa petite combine et qu'il n'hésiterait pas, le moment venu, à la lui faire payer très cher.

— Loin de moi l'idée de minimiser la gravité de la situation, mon pacha, je veux juste dire que le dossier serait plutôt de la compétence de nos services de contre-espionnage au sein des ambassades. Ce sont eux qui normalement ont l'œil sur les activistes opérant à l'étranger, non ?

— Eh bien, détrompe-toi, monsieur le capitaine…

Le rappel ironique de son titre n'échappa pas non plus à Mounir : son patron lui signifiait ainsi que, tout comme il lui avait fait obtenir ses galons de capitaine, il pouvait les lui reprendre à tout instant.

— Le rapport croit savoir qu'un émissaire est parti de Paris la semaine dernière ou la précédente pour prendre langue avec les ténors de l'opposition égyptienne ; il serait déjà sur notre territoire. Le problème, c'est qu'on ne sait pratiquement rien de lui : on ne connaît que son nom de guerre, « Jimmy » – pas très malin, d'ailleurs, pour un nassérien voulant passer inaperçu, de se choisir comme nom de clandestinité un diminutif de Gamal. De toute façon, notre bureau européen essaie d'en apprendre plus sur son compte, nos collègues ont promis de nous aviser dès qu'ils auraient du nouveau. Tu piges, à présent, en quoi ton service est concerné ?

— Mais patron, rétablir le nassérisme, ce serait un peu comme abandonner l'ordinateur pour revenir au boulier, non ?

— Une fois encore, tu te trompes, mon cher. Le mouvement a réussi à recruter énormément d'adeptes au sein des communautés arabes installées en Europe, particulièrement dans les générations qui avaient connu l'avènement de la Révolution égyptienne, cette griserie des années 1950, quand on pensait pouvoir refaire le monde. Ensuite, ils ont vu les dégâts provoqués dans leurs pays d'origine par l'ouverture frénétique aux marchés.

Mounir mit ses mains sur ses tempes et s'absorba dans une intense réflexion. Ces informations allaient complètement à contre-courant de l'évolution des dernières années. Si le régime et les médias officieux avaient réussi une seule chose, c'était bien à faire apparaître Nasser comme une sorte de dinosaure gauchiste responsable de tous les maux actuels. La déroute de l'agriculture ? La faute aux réformes agraires, qui avaient miné le moral des grands propriétaires en redistribuant des terres aux fellahs (ceux-ci, loin de refuser, les avaient acceptées avec joie, sous prétexte qu'ils les avaient fait fructifier pendant des générations, parfois au prix de leur sang). La faillite de l'enseignement ? La faute à cette maudite gratuité des études, qui abaissait le niveau et obligeait les fils de bonne famille à côtoyer dans les travées des rustauds de la campagne (qui avaient même parfois le culot de les surpasser). Et puis, si on avait été obligés de se jeter dans les bras des Américains, n'était-ce pas aussi parce que Nasser, en sollicitant le soutien des Soviétiques puis en s'alliant avec les autres crève-la-faim de non-alignés, avait obstinément misé sur le mauvais cheval ?

Ils ne s'étaient tout de même pas donné tant de mal à éradiquer totalement le nassérisme en Égypte pour que celui-ci réapparaisse à l'étranger ! Allons bon, qu'est-ce que c'était encore que cette affaire ? Mounir était effondré.

— Mais, s'exclama-t-il en relevant la tête, comment l'émissaire en question a-t-il pu passer à travers les mailles de nos filets ?! Bon, il est vrai que ce n'est pas vraiment cette menace-là que nous avions en tête. Nous nous sommes plutôt concentrés sur les activistes des droits de l'homme qui viennent ici propager leurs théories fumeuses sur la démocratie et menacent les fondements de notre régime.

— Mounir, je t'ai déjà expliqué mille fois qu'il ne faut jamais privilégier une menace au détriment d'une autre. Si cette jonction était établie, nos protecteurs américains ne manqueraient pas de nous reprocher notre incapacité à propager le libéralisme et l'économie de marché. Ils vont encore nous prendre pour des attardés qui n'ont rien compris aux bienfaits du capitalisme. Or mécontenter nos protecteurs est encore plus dangereux pour les « fondements de notre régime », comme tu dis si bien, que de laisser propager les lubies démocratiques de quelques illuminés. Voilà, tu peux disposer, et n'oublie pas de me faire ton rapport sous soixante-douze heures. Si j'étais toi, je soulèverais chaque pierre pour retrouver le fameux Jimmy, sinon on va encore nous traiter de passoires ! Allez, exécution…

Mounir prit congé et se retira lentement, le front alourdi par une chape de migraine. S'il n'obtenait pas rapidement des résultats, ce n'était pas seulement les fondements du régime qui en pâtiraient, mais surtout le sien… Aussitôt arrivé à son bureau, il fit convoquer tous ses hommes pour une réunion exceptionnelle.

Quand tous furent rassemblés dans son bureau, il hurla sans même les inviter à s'asseoir :

— Vous êtes tous des ânes bâtés !

Le silence s'abattit sur l'assistance ; ils avaient beau être habitués à ses coups de colère, on eût dit qu'un seau d'eau froide leur était tombé sur la tête.

— Le grand patron m'a convoqué ce matin et je me suis fait tirer les oreilles comme un sale petit garnement à cause de vous. Une cellule nassériste installée en Europe a envoyé un émissaire de Paris au Caire au cours des deux dernières semaines, et vous, vous me l'avez laissé passer comme une fleur. On entre en Égypte comme dans un moulin, messieurs les... gardiens de la Sécurité territoriale ! Vous allez me récupérer les fiches de débarquement des passagers qui sont arrivés de France pendant cette période et me les éplucher une par une jusqu'à ce que vous me retrouviez ce fils de pute ! Et en attendant, pas de permissions, pas de congés exceptionnels, pas d'arrêts maladie... Vous avez remarqué qu'ici y a pas d'infirmerie. Par contre, la morgue est tout équipée... Tenez-vous-le pour dit !

Penauds, les agents repassèrent la porte du bureau aux glaces sans tain et se mirent immédiatement au travail. Mais comment faire pour repérer leur cible dans ce déferlement humain ? C'était comme retrouver une aiguille dans une botte de foin ! À la rubrique profession, le lascar n'avait sûrement pas eu le bon goût d'inscrire *activiste nassérien*...

IV

Il était complètement abattu. Il avait pris un premier coup en découvrant la rue de son enfance défigurée par un autopont hideux, et maintenant ça : la maison où il avait tant de souvenirs irrémédiablement murée ! Ces désillusions achevaient de creuser la faille entre l'enfant qu'il avait été et l'homme qu'il était devenu. Ses chances de retrouver son identité reculaient subitement, mais plus encore que du dépit, il en éprouvait un terrible remords. Comment avait-il pu rester si longtemps hors d'Égypte, dans une période aussi décisive que celle qui venait de s'écouler ?

Faouzi, lui, n'avait que faire de ces états d'âme, son esprit pragmatique avait vite repris le dessus, et il s'employait à interroger les commerçants du quartier. Après être entré dans quatre ou cinq boutiques, il revint en fulminant :

— Non mais tu te rends compte ?! Aucun de ces commerçants n'est un ancien du quartier, le plus vieux dans le coin n'est là que depuis cinq ans à peine. En tout cas, ton immeuble, ils l'ont jamais vu autrement que muré.

— Alors il n'y a pas que moi qui perds la mémoire, le pays tout entier est en train d'oublier son passé ! Et les habitants de ces immeubles, qu'est-ce qu'ils sont devenus ? On ne les a tout de même pas murés à l'intérieur ?!

— Les commerçants croient savoir qu'on les a relogés dans un des nouveaux quartiers de la périphérie, mais chacun a une version différente. Y en a pas deux qui m'ont dit la même chose. Tu as l'embarras du choix : Zeytoun, Badrachin, Saft el-Laban ou Matarieh.

— Ça va pas nous faciliter la tâche, tout ça...

— Oui, d'autant que si le transfert a eu lieu il y a plus de cinq ans, ils ont pu déménager de nouveau entre-temps. Bon, j'ai quand même appris quelque chose d'intéressant.

— Quoi donc ?

— Le portier d'un des immeubles d'en face m'a dit que les anciens locataires du bloc avaient toujours leurs dossiers au bureau d'état civil du coin, à deux rues d'ici – il m'a confirmé que cette administration-là n'avait pas été transférée. Si ta mère habitait ici quand tu es né, ton acte de naissance doit s'y trouver. Quoi qu'il en soit, on perd rien à y faire un saut.

Tout en marchant, ils devisèrent sur la meilleure façon de s'y prendre, à l'état civil. Faouzi comptait sur sa débrouillardise personnelle et son contact aisé pour s'attirer la sympathie des fonctionnaires ; avec un peu de chance, l'un d'eux les prendrait en compassion et offrirait de les aider.

Lui, pour sa part, n'était guère convaincu. Aussitôt qu'il se présenterait au guichet, on lui demanderait sa pièce d'identité et le nom de la personne dont il cherchait l'acte de naissance. En voyant qu'il n'avait ni l'un ni l'autre, au mieux, on leur rirait au nez et, au pire, ils risquaient fort de passer pour des vagabonds ou des délinquants en fuite. Ils en étaient là de leurs réflexions lorsqu'ils arrivèrent en vue du bâtiment qui abritait les services de l'état civil.

Pour une fois, c'est lui qui eut l'idée de la meilleure stratégie à adopter. Lorsqu'il eut fini de l'exposer à Faouzi, celui-ci lâcha un sifflement admiratif :

— Eh bien, Nassi, je vois que notre air pur te fait du bien : tu commences à attraper le sens de la débrouille !

Quelques instants plus tard, ils étaient attablés à la terrasse du café situé de l'autre côté de la rue. Le temps s'était écoulé rapidement et on approchait de quatorze heures, l'heure à laquelle l'administration fermait ses portes. Son idée, dont il venait de faire part à son compagnon, était la suivante : puisqu'on ne pouvait se présenter formellement au guichet, le mieux était de s'installer en face pour guetter la sortie des fonctionnaires. Là, ils essaieraient d'en héler un et de l'inviter à s'asseoir avec eux pour lui soumettre leur problème hors de tout cadre formel. Cependant, mieux valait être bon physionomiste et ne pas se tromper : le succès de l'entreprise dépendrait en grande partie de la personnalité de leur interlocuteur. En attendant, ils commandèrent des cafés à la cardamome et tentèrent de mettre au point ce qu'ils allaient dire. Leur marge de manœuvre était étroite : s'il faisait état de son amnésie, l'homme lui conseillerait immédiatement d'aller se faire soigner et de revenir une fois guéri. D'un autre côté, s'il n'était pas amnésique, pourquoi diable aurait-il oublié le nom des personnes sur lesquelles il sollicitait des renseignements ?

— J'ai bien une idée, commença Faouzi, mais tel que je te connais, tu vas la trouver tirée par les cheveux.

— Dis toujours...

— Eh bien, réfléchis avec moi, fais comme si c'était une devinette : tu recherches une personne que tu connais bien, dont tu sais où elle habite, mais tu ne sais pas comment elle s'appelle... De qui s'agit-il ?

— ...

— Alors, tu vois pas ?

— Hum... non.

— Elle est facile, pourtant : c'est un ami d'enfance chez qui tu allais très souvent autrefois, de sorte que tu te rappelles son adresse. Mais comme tu es parti vivre à l'étranger peu après, vous ne vous êtes plus revus depuis, c'est pour ça que t'as oublié son nom. La seule chose qui me manque, c'est pourquoi tu as absolument besoin de le retrouver.

— Je sais pas, moi, il m'avait demandé de lui rapporter des cigarettes du *duty free*, et je viens subitement d'y repenser ?

— Très drôle, Nassi, mais il faut qu'on se dépêche de trouver quelque chose avant la sortie des employés !

— Bon, reprenons, lui dit-il après avoir avalé une gorgée de café. Mon meilleur ami habitait là et je ne l'ai pas vu depuis des années, tellement d'années que je ne sais même plus son nom, et pourtant, une raison fait que je dois impérativement le retrouver. C'est bien ça ?

— Tout juste.

— Tu veux mon avis ? Il n'y a aucune raison.

— Creusons-nous un peu la tête. Notre histoire se tient presque, on ne va quand même pas se décourager si près du but !

— La seule chose que je peux imaginer, c'est qu'il ait quelque chose à lui remettre, un objet personnel qu'il aurait emporté avec lui autrefois et qu'il se sent tenu de lui rendre.

— Eh, Nassi ! Quand je te disais que notre air te faisait du bien !

— Tu me flattes, mais je crois que personne n'avalera un truc pareil. Ça ressemble à un mauvais feuilleton, non ?

— Eh ben justement, les gens ici sont friands de ces feuilletons. Les soirs de ramadan, y a des millions de téléspectateurs qui préfèrent s'enfermer chez eux pour les suivre plutôt que sortir prendre l'air. Si on leur pond une histoire comme ça, ils ne demanderont qu'à y croire.

— De toute façon, on n'a rien à perdre, essayons toujours…

Il était sceptique, mais avec toutes les émotions qu'il venait de vivre, il était incapable de trouver mieux.

Ils réglaient les derniers détails de leur plan – aucune idée d'objet personnel ne leur était venue – quand les premiers employés commencèrent à sortir de la bâtisse. Faouzi et lui entreprirent de détailler chacun d'eux soigneusement, se sondant ensuite du regard pour décider s'il faisait l'affaire ou non.

Ils avaient déjà laissé passer un jeune homme au visage contracté, ainsi que deux femmes voilées visiblement pressées de quitter les lieux aussi vite que possible, lorsqu'un vieil homme voûté sortit du bâtiment, une canne à la main. Malgré la chaleur, il portait un complet trois pièces un peu élimé et une cravate nouée sur un col lourdement amidonné. Il s'attardait dans le hall du bâtiment, saluant avec un sourire las ses collègues qui fuyaient plus qu'ils ne partaient. Faouzi lui lança un regard triomphant, l'air de dire : « Voilà notre homme ! » puis, sans même attendre qu'il acquiesce, se leva précipitamment. Il alla d'abord échanger un mot avec le planton qui gardait l'entrée, puis fit quelque pas pour rattraper le vieil homme qui déjà s'engageait dans la rue.

De loin, il le vit s'adresser au fonctionnaire ; d'abord méfiant, celui-ci se détendit rapidement, visiblement mis en confiance par la faconde de Faouzi. Le vieil homme avait dû se laisser convaincre de les rejoindre à leur table, puisque bientôt il les vit tous deux approcher.

— Je te présente Raouf Effendi, directeur des archives au bureau de l'état civil. Mon bon monsieur, je vous présente Nassi – c'est un ami, mais…

Faouzi marqua un petit temps d'arrêt pour lui faire comprendre d'un regard appuyé qu'il ne devait pas l'interrompre, puis poursuivit à l'intention du vieil homme :

— … Il est comme mon frère. Tenez, avant que vous arriviez, j'étais justement en train de lui dire que seul Raouf Effendi serait capable de nous tirer de ce mauvais pas. Vous ne pouvez pas vous imaginer le nombre de gens qui nous ont dit du bien de vous.

— Allons, vous me faites rougir, mon jeune ami…

— Non, non, je vous assure, ce n'est que la vérité ! Mais avant tout, qu'est-ce qu'on vous offre à boire ?

— Je ne boirai que si vous êtes mes invités.

— Ah ça, pas question !

Se tournant vers lui, il le prit à témoin :

— Mais enfin, Nassi, dis quelque chose !

Il avait prévu de laisser Faouzi manœuvrer seul, mais ce dernier ne l'entendait apparemment pas ainsi. Effectivement, se dit-il, le fonctionnaire risquait de mal prendre que le principal intéressé ne daigne s'adresser à lui que par personne interposée. D'où cette perche que son compagnon venait de lui tendre afin de le forcer à s'intégrer à leur conversation.

— Faouzi a raison, intervint-il, on vous invite. Vraiment, on y tient.

Faouzi tapa dans ses mains pour héler le serveur, qui accourut aussitôt.

— Voyez donc ce qui ferait plaisir à notre effendi !

— Sincèrement, vous m'embarrassez. Bon, puisque vous insistez, je prendrai un thé à la menthe.

Les trois hommes restèrent un moment silencieux, le temps que la commande arrive. Une fois le verre de thé posé devant Raouf Effendi, celui-ci se tourna vers Faouzi :

— Alors, vous me disiez que vous avez un petit problème à résoudre. En quoi puis-je vous être utile ?

— Je vous préviens, l'affaire est un peu épineuse, commença Faouzi d'une voix hésitante.

— Ça tombe bien, répliqua le vieil homme, ce sont celles que je préfère. Vous savez, ça fait trente ans que je suis aux archives. Même mes collègues ne comprennent pas ma passion pour les vieilles paperasses. J'ai bien essayé de former des jeunes, mais je ne suis pas arrivé à leur transmettre le virus. Il faut dire qu'en découvrant le local poussiéreux où sont entreposés tous ces dossiers jaunis, ils se demandent s'ils n'ont pas écopé d'une peine de prison plutôt que d'un emploi… Mais moi, je ne sais pas comment vous dire ça : mes dossiers, je les aime !

— Vraiment ?! Avouez, là, vous exagérez un peu, non ?

— Pas le moins du monde ! Pour dire mieux, tous ces gens dont la vie est consignée dans les dossiers, j'ai l'impression de les connaître intimement. En plus, on ne soupçonne pas le nombre de documents qui atterrissent chez nous. Du jour où vous naissez, un dossier s'ouvre à votre nom et reçoit sa première pièce déterminante : votre acte de naissance. Vous grandissez ? Carte d'identité. Vous dénichez la femme de votre vie ? Acte de mariage. Vous faites des enfants ? Carte d'identité familiale. Et puis, pour finir, vous… – hum, n'y voyez aucun mal, Dieu vous prête longue vie – … vous retournez auprès de votre Créateur ? Acte de décès. J'ai là des vies entières, résumées par leurs grandes étapes.

— Évidemment, vu comme ça… Vous y mettez tellement de sentiment qu'on aurait presque envie de s'engager tout de suite. Quoi qu'il en soit, vous nous aidez à entrer dans le vif du sujet : nous sommes justement à la recherche d'un être qui compte beaucoup pour nous… Hélas, nous avons perdu sa trace.

— Pas de problème, si votre client est de chez nous, je me fais fort de vous le retrouver. Il habitait dans le coin ?

— Juste à côté, intervint-il, rue du Dr 'Ali Ibrahim. Au n° 8.

— Pas à dire, répliqua le vieil homme, c'est bien notre secteur.

— Le problème, enchaîna Faouzi, c'est que nous y sommes passés tout à l'heure, et tous les bâtiments de la rue sont murés.

— Oui, ça me revient, maintenant ! La municipalité voulait les démolir pour construire des habitations de meilleur standing. Mais après avoir relogé les habitants à l'autre bout de la ville et fait murer les immeubles, elle s'est arrêtée faute de crédits.

Là-dessus, il prit une gorgée de son verre de thé avant de se tourner de nouveau vers eux :

— Mais dites-moi, je ne vous ai pas demandé : ce bel inconnu que vous recherchez, c'est qui pour vous, exactement ?

Affolé, Faouzi se tourna vers lui comme pour l'appeler à la rescousse, mais comprit à sa tête que lui aussi avait été pris au dépourvu par la soudaineté de la question. Heureusement, après une courte hésitation, il se reprit :

— Hum, je vous avais dit que l'affaire était un peu complexe… Voyez-vous, mon ami Nassi est né ici, mais à l'adolescence, il a émigré en Europe avec ses parents. Il se trouve que, peu avant son départ, il s'était lié d'amitié avec un garçon de son âge – hélas, il a oublié son nom, l'affaire remonte tout de même à une trentaine d'années !

Bien que le fonctionnaire n'eût pas cessé de sourire, il crut voir un éclair passer dans ses yeux.

— Charmant, tout ça, mais quel est le problème ?

— Juste avant que Nassi parte pour l'étranger, ce garçon que nous recherchons lui avait remis une somme d'argent, un montant assez conséquent pour l'époque. Bon, les années ont passé, et Nassi – grâces soient rendues à Dieu – a réussi à faire son trou là-bas. Maintenant qu'il est de retour, il tient absolument à rembourser sa dette.

Raouf Effendi se tourna vers lui et lui adressa un large sourire :

— Alors là, mon ami, voilà un sentiment qui vous honore ! Aujourd'hui, les gens rechignent même à payer leurs dettes présentes, alors une dette qui remonte à plusieurs dizaines d'années, vous pensez !

À ce point, il jugea bon d'intervenir pour compléter l'explication de Faouzi :

— Vous savez, dit-il, ce garçon m'a vraiment rendu un fier service. À l'époque, nous n'avions pas grand-chose, et cet argent qu'il m'a remis nous a aidés, ma famille et moi, à affronter des débuts assez difficiles en exil.

— Hum... en principe, seuls les membres de la famille ont le droit de faire une recherche de ce genre. Mais bon, comme vous m'êtes sympathiques, je veux bien fermer les yeux. Aux archives, je suis un peu le maître chez moi, je mènerai ma petite enquête discrètement.

— Vraiment, on ne saura jamais comment vous remercier, Raouf Effendi... Mais dites-moi, vous pensez qu'on a des chances de le retrouver ?

— Chez nous, les dossiers sont bien classés, et je vous garantis que si votre homme est bien répertorié chez nous, vous aurez ça d'ici deux jours au plus tard...

Ne sachant que penser, il avala une longue rasade du verre d'eau qui lui avait été servi avec son café. La discussion avait pris un tour plus favorable que prévu, mais il n'arrivait pas à chasser les idées noires qui l'assaillaient depuis qu'il avait vu le portail muré.

Il peinait à croire que le charmant vieil homme se contenterait de l'adresse pour mener à bien sa recherche, sans lui réclamer de plus amples informations. Bah ! Peut-être qu'après tout il était dans un jour de chance ? Ses espoirs furent brutalement balayés lorsque le fonctionnaire se tourna vers lui :

— Au fait, avant qu'on se sépare tout à l'heure, vous n'oublierez pas de me donner votre date de naissance !

La demande de Raouf Effendi l'avait fait sursauter, mais il avait réussi à reprendre rapidement contenance. Heureusement, le vieil homme n'avait apparemment rien remarqué. Affectant l'air le plus désinvolte possible, il avait répété :

— Ma date de naissance ?

— Mais oui, répliqua Raouf Effendi, vous m'avez bien dit que ce... garçon – qui ne doit plus être tout à fait un garçon ! – avait le même âge que vous, non ? Il faut savoir que, chez nous, les dossiers sont classés par année de naissance.

— Le classement par nom n'est-il pas plus pratique ?

— En théorie, vous pourriez le croire, mais dans la réalité il n'en est rien. De fait, nous classions par nom, autrefois, mais le système de désignation des individus est si anarchique que ça nous créait trop de problèmes. Voyez-vous...

Tandis qu'il l'écoutait, son esprit dériva lentement. Ces histoires de nom lui rappelaient que, dans sa petite adolescence européenne, il lui était arrivé, à l'âge où on n'aspire qu'à se fondre dans la masse, de ressentir de la gêne à arborer son prénom arabe difficilement prononçable...

Le quai d'une gare, un matin tôt. Une trentaine de filles et de garçons sont rassemblés pour partir ensemble en colonie de vacances. Des groupes visiblement déjà constitués ; ne connaissant personne, il se tient à l'écart et écoute discrètement leurs conversations. Soudain, une jeune fille au sourire d'ange s'écarte du groupe et s'approche de lui.

— Salut, c'est la première fois que tu pars en colo ?

— Non, j'étais déjà parti à la montagne, mais c'est la première fois que j'y vais en été.

— T'es tout seul ?

— Oui, un copain était censé venir avec moi mais il a annulé à la dernière minute.

— T'inquiète pas, moi, c'est la troisième fois que je vais dans cette colo et je connais tout le monde. Tu vas voir, c'est un groupe très sympa, et les monos sont vraiment cool.

Là-dessus, elle se présente, et soudain :

— Et toi, c'est comment ton petit nom ?

— Euh… moi ?!

Curieusement, il ne s'attendait pas à ce que la question vienne si vite dans leur conversation. Le sang lui monte aux joues, il n'a vraiment pas envie de la décevoir avec son prénom qui va sûrement provoquer chez elle un froncement de sourcils ou, pire, un de ces sourires vaguement apitoyés qui semblent dire : « C'est pas grave, tu sais. » Il voudrait réfléchir un peu plus pour trouver un compromis, un nom avec un brin d'exotisme mais tout de même pas trop difficile à assimiler, ne trouve rien qui fasse l'affaire et, le temps pressant, finit par jeter au hasard un de ces prénoms composés passe-partout : François-Xavier, Bernard-Henri, Jean-Pierre – oui, réflexion faite, ce devait être Jean-Pierre. Putain… Jean-Pierre !!!

— Bon ben, enchantée… Je retourne avec mes potes ; si tu veux, t'auras qu'à venir t'asseoir avec nous dans le train.

Sans plus y penser, il s'absorbe ensuite à détailler la gare, à vérifier les horaires, à guetter l'arrivée du train. Un peu plus tard, il parcourt les compartiments, fuyant le vacarme des adolescents qui s'interpellent à grands cris ; au moment où il va s'engouffrer dans un compartiment vide pour s'installer confortablement avec son livre, des pas précipités surgissent derrière lui. Il se retourne ; c'est la fille de tout à l'heure.

— Ben alors, Jean-Pierre ? Ça fait trois fois que je t'appelle, t'es sourd ou quoi ?!!!

Après avoir inventé une excuse piteuse, il avait passé tout le reste du séjour à l'éviter consciencieusement…

— Eh bien, où êtes-vous parti ? Vous ne m'écoutez plus, on dirait ?

— Mais si, mais si, continuez, je vous en prie !

— Je disais simplement qu'après avoir envisagé différents modes de référencement, nous avons conclu que la classification par date était la plus rigoureuse. C'est pour ça qu'il me faut votre année de naissance, vous comprenez ?

Son cerveau tournait à toute vitesse, il songeait même à lancer une année au hasard, il serait toujours temps par la suite de rectifier le tir en feignant de se rappeler que, tout compte fait, il avait un ou deux ans d'écart avec ledit ami d'enfance. Mais il était las des mensonges, il n'avait pas envie de mentir à cet homme qui semblait sincèrement désireux de les aider. Et puis il n'était pas revenu dans ce pays pour poursuivre le jeu des faux-semblants. Il prit sa respiration et se jeta à l'eau :

— Hum… écoutez, Raouf Effendi, il faut que je vous avoue quelque chose.

Faouzi lui lança un regard affolé, cherchant un moyen de l'arrêter avant qu'il ne commette l'irréparable. Il ne lui en laissa pas le temps.

— Au sujet de cet homme que nous cherchons, nous vous avons dit la vérité sur l'essentiel. C'est vrai que c'est quelqu'un que j'ai très bien connu, qu'il a habité à l'adresse que je vous ai indiquée et qu'il me faut le retrouver parce que j'ai une dette à son égard, seulement… je ne sais pas comment vous le dire…

— Alors, ne dites rien, je vais le dire à votre place…

Il réprima un sursaut, se demandant pendant une fraction de seconde s'il avait bien entendu.

— Vous n'avez pas besoin de poursuivre, reprit Raouf Effendi en le fixant droit dans les yeux. Dès l'instant où vous m'avez parlé, j'ai compris que cet homme que vous recherchiez n'était autre que… vous-même !

Il sentit ses cheveux se hérisser sur sa tête, comme si la foudre s'était abattue sur lui à l'instant. C'est Faouzi qui, le premier, partit dans un grand éclat de rire, se libérant ainsi de la tension accumulée tout au long de la matinée. Bientôt, lui-même se joignit à l'hilarité de son ami, et le visage de Raouf Effendi se détendit en un large sourire.

— Ah ! finit par lâcher Faouzi, quand je pense au mal qu'on s'est donné pour mettre au point cette histoire… Vous alors, vous êtes vraiment incroyable !

— Vous ne vous y attendiez pas, hein ? Rassurez-vous, vous n'êtes pas le seul. Les gens ont tendance à me prendre pour un vieil hurluberlu incapable de décoller le nez de ses archives. Mais je vous l'ai dit, les dossiers parlent plus que tous les récits du monde, et eux au moins – si je peux me permettre – ne fabulent pas.

— Alors, dès le début, vous aviez compris ?

— Mais oui, je vous ai laissés vous engluer dans votre piteux stratagème pour voir comment vous alliez retomber sur vos pieds...

— Pourtant, objecta Faouzi, c'était pas mal trouvé, le coup de l'ami d'enfance, non ?

— Les gens n'imaginent pas à quel point leurs mensonges se ressemblent. Moi, dès qu'on m'entreprend sur le thème : « Je viens de la part d'un très bon ami à moi... » ou bien : « Oh, vous savez, c'est pas pour moi, mais pour mon cousin maternel » – bien pratiques, ces cousins du côté de la mère qui, par définition, ne portent pas le même nom qu'eux –, tous mes clignotants s'allument.

— Tout de même, intervint-il, ç'aurait pu être la vérité, non ?

— Oh si, bien sûr, il y avait une probabilité – infime certes – pour que ce soit vrai, mais un petit détail a achevé de me convaincre.

Comme il le regardait d'un air incrédule, Raouf Effendi poursuivit avec une satisfaction non dissimulée :

— Vous ne devinez pas ? Ce qui m'a convaincu définitivement, c'est la tête que vous avez tirée quand je vous ai demandé votre date de naissance ! Vous vous attendiez tellement à ce que je vous interroge sur votre ami d'enfance... J'étais sûr que la moindre question se rapportant à vous retirerait le tapis de sous vos pieds. Vous auriez dû voir ça, c'est comme si un policier vous avait demandé vos papiers après vous avoir pris en flagrant délit de chapardage !

Décidément, ils l'avaient bien sous-estimé. Et pourtant, le vieil homme ne semblait nullement leur en vouloir. Au contraire, il prenait ça avec humour, visiblement heureux de cette occasion d'échapper à sa routine quotidienne.

Il résolut lui aussi de prendre les choses avec philosophie. Après tout, il n'était pour rien dans l'affection dont il souffrait et n'avait aucune raison de se sentir coupable. Peut-être qu'en se montrant sincère il obtiendrait des autres davantage qu'en essayant de les manipuler.

— Bon, reprit Faouzi, maintenant que la vérité a éclaté, pourquoi on ne reprendrait pas l'affaire sur des bases saines ?

— Si vous voulez, répondit Raouf Effendi en se saisissant de sa canne, mais pas ici. Je connais un petit bar vers le centre-ville qui sert un cognac fameux, on y sera plus tranquilles pour bavarder. Et cette fois, c'est moi qui vous invite – ne vous avisez même pas de discuter !

— Marché conclu, répondirent-ils en chœur.

Faouzi appela le serveur pour régler la note, et tous trois se mirent gaiement en route.

V

En arrivant chez lui ce soir-là, Mounir congédia Malika – une fille de Tanger qui l'attendait, amoureusement lovée dans son lit – et passa la nuit à réfléchir à l'affaire. Il repassait mentalement les détails de son entrevue matinale avec le patron, essayant de mettre au point une stratégie pour retrouver le suspect. Cependant, il n'arrivait pas à raisonner, son cerveau était paralysé par les menaces à peine voilées que son mentor avait agitées en lui confiant l'affaire. Il savait pertinemment que sa disgrâce pouvait survenir à tout instant, qu'un seul mot suffirait à le renvoyer à son destin de gueux, auquel il n'avait échappé qu'à l'issue d'un parcours pour le moins inattendu…

De son enfance, il était sorti plein d'aigreur et sans bagage. Sa mère, lassée par une longue succession de grossesses, avait superbement ignoré ce fils non désiré, et il n'avait pas eu droit à cette affection que ses camarades d'école recevaient de leur mère sans même avoir eu besoin de la quémander. Son père, quant à lui, cachait mal son impatience de le voir quitter le foyer familial et, en attendant de fêter l'événement, lui avait mené la vie dure, lui ôtant d'un revers de la main toute chance de poursuivre sa scolarité. Très tôt, il avait été jeté dans les rues, à la recherche des gagne-pain les plus louches, tombant sous la coupe d'exploiteurs plus vénaux les uns que les autres.

Tout avait basculé quand, après avoir vécu de différents petits métiers sans jamais briller dans aucun, il s'était aperçu que sa vraie force, c'était sa capacité à lire dans le fond des êtres humains. Une sorte de sixième sens lui permettait de détecter au premier coup d'œil leurs vices cachés, leurs faiblesses tues, leurs penchants glauques, leurs ambitions malsaines. Quand on s'avisait de lui faire remarquer que l'humain, c'était aussi l'amitié, la tendresse, la compassion, la solidarité, il tenait sa réponse toute prête : « Et pourquoi pas l'amour, pendant que vous y êtes ? »

Bien sûr, il avait toujours su qu'il possédait cette disposition, mais durant la première partie de son existence, elle ne lui avait servi à rien, si ce n'est à pressentir avant l'heure le douloureux sort qui serait le sien, sans qu'il pût faire quoi que ce soit pour l'empêcher. Pis, les quelques fois où il avait tenté d'en tirer parti, cela s'était retourné contre lui. Quand il s'avisait de mettre en garde son employeur contre la malhonnêteté d'un de ses collègues, on le suspectait aussitôt de perfidie. Même quand le collègue en question finissait par être démasqué, lui n'avait droit à aucune reconnaissance : comme on s'en voulait d'avoir ignoré ses mises en garde, on préférait lui tenir rigueur de les avoir proférées. Si, enfin, il attirait l'attention sur quelque danger à venir, on l'accusait d'en avoir, par son mauvais œil, hâté la venue.

Il avait donc fini par garder pour lui le fruit de ses observations, excepté en de rares occasions où il donnait à voir, presque malgré lui, un aperçu de ses facultés prodigieuses. Il était tellement passionné par l'étude des caractères qu'il se souvenait, dans leurs moindres détails, de tous les visages qu'il avait eu l'occasion de croiser dans son existence, quand bien même la rencontre remontait à plusieurs décennies.

Par exemple, il lui était arrivé, en voyant un client entrer dans l'épicerie où il travaillait comme commis, de lui lancer tout à trac : « Pardonnez-moi, mais vous n'étiez pas à l'école élémentaire de Dawawin, vers le milieu des années 1980 ? » D'autant plus interloqué que tous deux avaient déjà la trentaine bien sonnée et qu'ils ne s'étaient jamais revus depuis, l'homme s'était figé, croyant tout d'abord à une plaisanterie. Continuant à l'observer de son regard perçant, Mounir avait poursuivi, les yeux mi-clos : « Attendez, ne dites rien, je me souviens même que vous adoriez semer le trouble en cours de religion… Ne bougez pas, ça va me revenir… » Le client, qui avait porté instinctivement la main à sa barbe de musulman pieux, s'apprêtait déjà à tourner les talons quand Mounir lui avait lancé triomphalement : « Ça y est, je vous remets ! Galal al-Boustani ! » Il aurait voulu pousser plus loin son avantage mais l'irruption de son patron, qui l'avait déjà en grippe et lui avait enjoint plusieurs fois d'éviter les familiarités avec la clientèle, l'en avait dissuadé. Le client en question n'avait pas répondu, mais il se marmonnait encore des mots à lui-même longtemps après avoir quitté la boutique : « Pff… Il me parle de l'école primaire… Comme si je me rappelais ce que j'ai mangé hier ! »

En règle générale, cependant, Mounir prenait garde à ne pas trahir son don – il avait déjà bien assez d'ennuis comme ça. Jusqu'au jour où, à l'occasion d'une rixe dans un café de Boulaq, la police l'avait ramassé en même temps qu'une demi-douzaine de quidams dont le seul tort était de s'être trouvés là au mauvais moment. Au commissariat de quartier, on refusa de les libérer tant que le coupable ne se serait pas dénoncé, et les coups commençaient à pleuvoir. C'est le moment que Mounir choisit pour interpeller le commissaire :

— Tiens, c'est pas notre pacha qui avant ça illuminait le commissariat de Sayyeda Zaynab ?

L'homme accusa le coup – d'ordinaire, c'est lui qui identifiait les suspects et non l'inverse –, mais bien vite il se ressaisit :

— Eh bien, pouilleux, tu as déjà eu affaire à nos services, on dirait...

— À Dieu ne plaise, mon pacha, c'est juste que je vous ai vu une fois parader en uniforme devant le commissariat de Sayyeda...

— Tu m'as vu une fois, et ça t'a suffi pour t'en souvenir, pauvre gueux ?

— Mais mon pacha, il suffit d'apercevoir votre Splendeur une seule fois pour ne plus jamais l'oublier !

— En tout cas, laisse-moi te dire une chose : quand mes hommes se seront occupés de te dorloter et de te bichonner, tu en oublieras jusqu'à tes origines...

Ce rappel du sort qui attendait Mounir agit sur lui comme un électrochoc. Au début, il avait juste cherché à gagner un peu de temps ou d'indulgence – peut-être le commissaire, flatté, demanderait-il à ses hommes d'avoir la main un peu moins lourde. Mais dans le cours de la conversation, son instinct aiguisé lui avait tout à coup inspiré une idée de génie. En manœuvrant bien, il tenait enfin le moyen d'exploiter le seul talent qu'il eût jamais possédé. C'est ainsi qu'il s'entendit répondre :

— Mais dans ce cas, je ne vous servirai plus à rien !

— Parce que tu crois qu'un gueux dans ton genre pourrait nous être utile ?

— Je suis sûr que je peux démasquer un suspect mieux que le plus aguerri de vos hommes. Testez-moi, vous ne serez pas déçu !

Le commissaire lui avait ri au nez, mais plus tard, dans la soirée, il avait vu là une bonne occasion de renvoyer l'ascenseur à un de ses homologues de la Sûreté de l'État. Il lui avait téléphoné pour lui annoncer qu'il tenait pour lui la perle rare et que, s'il voulait bien se déplacer, il pourrait en prendre livraison tout de suite. Une heure plus tard, Mounir fut extrait de sa cellule de garde à vue et soumis à un interrogatoire serré. C'est le commissaire qui menait la discussion, mais cette fois, il avait avec lui un homme courtaud, en tenue civile, qui dévisageait intensément Mounir sans piper mot. À la fin de l'entretien, l'homme en civil lui avait simplement dit :

— Écoute, mon garçon, j'ai le pouvoir de te sortir d'ici – si son Excellence le commissaire est d'accord, bien sûr. Mais pour ça, il va falloir que tu t'engages à travailler pour ton pays, à ne penser qu'à ton pays, à ne respirer que pour ton pays…

— Ce que vous voudrez, mon pacha !

C'est ainsi qu'il avait fait son entrée à la Sûreté de l'État. Au début, on l'avait employé comme homme à tout faire, l'affectant aux tâches les plus viles. Bien vite, cependant, grâce à sa débrouillardise et sa perspicacité, il avait réussi à se faire remarquer en démêlant quelques affaires épineuses. Son protecteur, tout en s'arrogeant le mérite de ses succès, ne s'était pas montré ingrat : il lui avait fait obtenir ses galons de capitaine et s'était arrangé pour lui doubler son traitement en le mutant à la tête de la Surveillance territoriale. De tous les services placés sous son autorité, c'était celui qui donnait le plus de fil à retordre : on lui reprochait sans cesse son incapacité à filtrer les éléments indésirables. Avec quelqu'un comme Mounir, il était sûr qu'on allait rapidement obtenir des résultats…

À vrai dire, Mounir n'avait pas démérité depuis son arrivée dans le service, il avait réussi quelques prises spectaculaires, et sa clairvoyance hors du commun lui avait permis, lors des interrogatoires, de faire craquer plus d'un suspect. Allait-il maintenant tout perdre à cause d'un illuminé qui s'était mis en tête de rétablir l'âge de pierre ?

Comme le sommeil ne lui était toujours pas venu quand apparurent les premières lueurs de l'aube, le capitaine décida de se lever. Après une toilette rapide, il se rendit à son bureau, indiquant au planton de faction, surpris de cette arrivée matinale, qu'il avait un rapport urgent à rédiger. Sans attendre, il s'attela à noircir des pages pour récapituler les informations déjà collectées et planifier la suite de l'enquête…

VI

En quittant le café, ils avaient réussi presque tout de suite à héler un taxi. Raouf Effendi, qui se déplaçait avec une agilité surprenante malgré sa bedaine, monta prestement à côté du chauffeur, un barbu qui avait orné son taxi d'autocollants reproduisant des versets coraniques ; du rétroviseur pendait un entrelacement de chapelets de différentes couleurs. Faouzi et lui s'installèrent à l'arrière.

— À la mosquée Makram 'Ebeid ! lança Raouf Effendi au chauffeur, qui se fendit d'un sourire approbateur.

Faouzi jeta au fonctionnaire un regard complice ; décidément, le vieux bougre était un coquin.

Il prêta un instant attention à la cassette qui diffusait à fort volume un virulent prêche dû à l'un de ces cheikhs rebelles – une fois de plus, le nom lui échappait, tout ce dont il se souvenait, c'est qu'il portait le nom d'un bon petit plat fort en sauce. Tant le cheikh que les « ennemis de la foi » contre lesquels ce tribun prodigieux avait livré des diatribes enflammées – en vrac : chanteurs « efféminés », poètes « illuminés », femmes « libérées », politiciens « apostats » – avaient depuis longtemps disparu mais, ça n'empêchait pas les cassettes, officiellement interdites, de vivre leur vie tranquillement. Bien sûr, mieux valait ne pas être pris en flagrant délit de détention de « matériaux prohibés », mais en attendant, les cassettes circulaient largement sous la *gallabieh*, s'étalaient sur les trottoirs des places populeuses, on les entendait même quelquefois diffusées dans les haut-parleurs d'un café de quartier.

Quand il revint à lui, le taxi arrivait en vue de la mosquée.

— Laissez-nous donc ici, brave homme, lança Raouf Effendi au chauffeur tout en adressant un clin d'œil à Faouzi, il faut d'abord que nous fassions nos ablutions. »

Il réprima un sourire à la pensée de ces ablutions dans une eau à 40° – non de température, mais d'alcool. Comme le véhicule se rangeait le long du trottoir, Raouf Effendi allait glisser sa main à l'intérieur de sa veste quand Faouzi le devança, jurant qu'il n'était pas question de le laisser payer la course. Le taxi reparti, le fonctionnaire les entraîna dans une petite ruelle dont le trajet lui était visiblement familier.

Peu après, les trois hommes étaient attablés dans la pénombre du bar, dont le store métallique était à moitié abaissé. À leur arrivée, Raouf Effendi, qui était manifestement un habitué, avait été accueilli avec force salutations par le patron de l'établissement. Celui-ci leur avait désigné un coin à l'écart, où des fauteuils capitonnés de cuir roux entouraient une table basse en bois d'acajou ; on se serait cru dans un club anglais. Avant de s'asseoir, le vieil homme avait glissé au serveur :

— Ramzi, je veux que tu nous serves ton meilleur cognac pour mes amis ici présents. Mais prends garde à toi, ma crédibilité est en jeu, et pas seulement la mienne : s'ils sont déçus, c'est votre réputation à vous qui en prendra un coup !

— À vos ordres, mon pacha, avait soufflé le serveur dans un sourire.

Les trois hommes restèrent un moment sans parler. C'est Faouzi qui, le premier, brisa le silence :

— Vous venez souvent ici ? demanda-t-il au vieux fonctionnaire.

Ce dernier lui lança un regard amusé avant de répondre, un sourire narquois dessiné sur ses lèvres :

— Plutôt rarement, à vrai dire. Je ne viens que lorsque j'ai besoin de réfléchir à une affaire… importante.

Faouzi allait répondre, mais il sentit que c'était à lui de réagir :

— Importante, elle l'est assurément pour nous, lâcha-t-il. Vitale même. Mais pour vous, ce doit être un cas parmi des dizaines d'autres, non ?

— Détrompez-vous, mon jeune ami, quand je vois quelqu'un s'engager ainsi corps et âme dans une démarche, c'est plus fort que moi, je me sens un devoir de l'aider. En plus, je vous l'ai dit, j'aime les énigmes apparemment insolubles. S'il y avait eu à l'état civil un bureau des affaires impossibles, j'aurais aimé qu'on me le confie.

Ils se turent un instant tandis que Ramzi déposait devant eux les trois verres de cognac, accompagnés d'une petite coupelle remplie de cacahuètes et de noix de cajou. Dès qu'il fut reparti, Raouf Effendi saisit son verre et le brandit à la lumière pour en admirer la couleur ocre, presque dorée. Puis il leur sourit à tous deux.

— À votre santé… à notre santé à tous ! Bien que, pour vous, Nassi, j'aie plutôt envie de dire : à votre identité !

Ils trinquèrent avec lui de bon cœur.

— Mais, reprit Faouzi, vous ne nous avez presque rien dit de vous. Comment vous êtes-vous retrouvé à occuper cet emploi ?

Raouf Effendi avala une gorgée de son cognac avant de répondre :

— On voit bien que vous n'êtes pas de ma génération… Il faut savoir que, pour les enfants de familles modestes comme moi, il n'y avait que deux voies pour acquérir un statut social : l'armée et la carrière publique. Comme je n'avais pas la condition physique pour faire un bon officier – vous avez vu l'épaisseur de mes verres ! –, j'ai préféré suivre la faculté de droit et entrer dans l'administration. Mais avant d'être affecté à l'état civil, j'ai passé plusieurs années à la direction des passeports. En cas de problème d'identification, il fallait adresser un mémorandum à tous les services concernés. Dans notre administration égyptienne vieille de cinq mille ans, la rédaction de notes officielles est presque une science exacte, et des notes de service mal formulées peuvent vous coûter une promotion, voire une carrière. Sans me vanter, les miennes étaient données en exemple de précision et de clarté.

« Dites-vous bien qu'autrefois le statut de fonctionnaire public était très prisé, bien plus que les carrières du privé. Celles-ci n'ont commencé à attirer les gens que bien plus tard, vers le milieu des années soixante-dix, avec la politique d'ouverture. Enfin « ouverture », façon de parler… ce sont surtout les importations étrangères qui ont profité de nos marchés grands ouverts ! La production locale, elle, s'est effondrée – dans nos usines, c'était plutôt la politique de fermeture.

« Hélas, aujourd'hui, la charge de fonctionnaire public a terriblement perdu de son prestige, elle ne vaut que si vous pouvez en tirer des pots-de-vin. Un de mes collègues prétend qu'à chaque emploi administratif correspond un « coefficient de conversion » en privilèges, il s'amuse même à inventer des théorèmes scientifiques, du genre : « Tout fonctionnaire plongé dans un milieu administratif génère un montant de pots-de-vin proportionnel au carré de son ancienneté »… D'ailleurs, mes collègues du rez-de-chaussée ne s'en privent pas. Mais moi, voyez-vous, je n'ai jamais voulu en croquer.

Pas seulement parce que je suis un type foncièrement honnête – d'aucuns diraient « irrécupérablement borné » –, mais surtout parce que je peux vivre avec presque rien. Voyez-vous, ce verre de cognac une ou deux fois par mois, c'est mon seul luxe. Et puis j'ai une épouse extraordinaire, qui connaît la vraie valeur des choses : pour elle, le bonheur ne consiste pas à posséder la machine à laver dernier cri !

— Raouf Effendi, s'exclama Faouzi, vous êtes vraiment une découverte ! Dommage qu'on ne vous ait pas rencontré plus tôt.

— Merci, mais assez parlé de moi. Nous avons une énigme à résoudre, si ma mémoire est bonne…

Le moment qu'il avait tant redouté était arrivé. Jusqu'à présent, il avait envisagé son mal de l'intérieur, d'une manière presque romantique, mais en présence d'un fonctionnaire de l'état civil, fût-il aussi chaleureux que Raouf Effendi, il allait devoir décrire son cas en termes objectifs.

Il entreprit de lui faire un résumé aussi factuel que possible de la situation. De temps à autre, le vieil homme l'interrompait pour l'amener à ajouter un détail ou à préciser un point resté obscur.

— Voilà, conclut-il pour finir, je vous ai révélé tout ce que je savais. Alors, qu'en pensez-vous ?

Raouf Effendi avala une longue rasade de cognac et se racla la gorge plusieurs fois, sans rien dire.

— Bon sang, dites quelque chose ! lança finalement Faouzi, qui n'en pouvait plus. C'est si grave que ça ?

— Je ne sais pas si c'est grave, mais en tout cas, vous ne vous êtes pas moqués de moi : en matière de complication, nous sommes servis !

— À vrai dire, reprit Faouzi, on ne sait pas trop par où commencer nos recherches.

— J'ai quelques idées, mais auparavant – c'est vers lui qu'il s'était tourné – il y a quelque chose que j'aimerais vous demander.

— Tout ce que vous voudrez ! lui répondit-il.

— Fort bien. Ce que je veux savoir, c'est si… hum, si vous êtes prêt à tout pour retrouver votre identité.

— Comment ça, prêt à tout ?

— C'est que… j'ai un peu l'expérience d'enquêtes similaires, des jeunes gens qui avaient grandi dans des familles d'accueil et cherchaient à renouer avec leurs parents biologiques, ou encore un homme qui voulait retrouver un ancien amour de jeunesse. Eh bien, je peux vous dire qu'ils n'ont pas toujours été ravis de ce qu'ils découvraient. En plus, ceux-là étaient à la recherche de quelqu'un d'autre – quelqu'un de très proche, certes –, tandis que vous…

— Oh, vous savez, répliqua-t-il, je ne me fais pas d'idées préconçues et je n'ai jamais été très ambitieux, donc ça m'est égal de me trouver un profil de ministre ou de mendiant.

— Bon, si c'est comme ça, je vais vous indiquer ce qui serait, à mon humble avis, la meilleure manière de procéder.

Il se rapprocha un peu de la table pour se concentrer sur les paroles du vieil homme, qui déroulait son discours de manière parfaitement ordonnée – il comprenait mieux maintenant pourquoi ses notes de service avaient pu être citées comme modèles de concision.

— … Voyez-vous, nous manquons cruellement d'informations sur votre compte. L'absence du nom pourrait être surmontée si au moins nous avions votre date de naissance, hélas, nous ne l'avons pas non plus, de sorte que même si nous savions quoi chercher, nous ne saurions pas *où* le chercher. C'est pourquoi il nous faut impérativement déterminer, sinon la date exacte, au moins l'année de votre naissance. Et pour cela, je ne vois qu'un moyen : faire évaluer votre âge par un médecin…

Une lueur espiègle se lut dans les yeux de Faouzi.

— Non, vous parlez pas sérieusement, Raouf Effendi ? Vous voulez qu'on lui fasse établir son âge par certificat, comme on fait avec les rustauds de la cambrousse qui n'ont jamais appris à lire et à écrire ?

Il sentit les efforts désespérés de son compagnon pour ne pas exploser de rire.

— Mais oui, répliqua le vieil homme, vous n'avez qu'à faire comme si votre ami Nassi était votre cousin juste monté de la campagne. Vous savez, celui qui débarque pour deux jours et qui reste deux mois, mais qu'on aime bien quand même. C'est un examen généralement assez fiable, car la science a fait pas mal de progrès dans ce domaine. Voilà déjà une première piste.

« La seconde piste, poursuivit-il, nous est fournie par l'adresse. S'agissant de la seule information tangible dont nous disposons, nous devons l'exploiter coûte que coûte. Mais cette fois, ça ne dépend pas de moi : il faut que vous vous rendiez au cadastre – il se trouve dans le bâtiment situé juste à côté du nôtre. Avec un peu de chance, ils accepteront de vous communiquer la liste de tous ceux qui ont habité à cette adresse dans les années 1960 ou 1970. Les noms de votre grand-père et de votre mère devraient y figurer, ce qui vous permettra de tirer ensuite le fil pour redescendre jusqu'à vous.

« Comme aucune de ces deux pistes n'est sûre, je suggère que nous les poursuivions simultanément. Qu'en dites-vous ?

— Écoutez, Raouf Effendi, dit Faouzi, je sais pas si on va y arriver, mais en tout cas c'est la première fois depuis plusieurs jours qu'on entrevoit une petite lueur d'espoir. Et rien que pour ça, croyez-moi, on vous sera éternellement reconnaissants.

— Mais tout le plaisir est pour moi, mes amis !

Ils continuèrent à bavarder quelque temps avec le vieil homme ; celui-ci leur parla de ses deux fils – l'un médecin, l'autre ingénieur – dont il était manifestement très fier, bien que séparé d'eux par des milliers de kilomètres.

Lorsque vint l'heure de se séparer, les trois hommes étaient émus.

— Surtout, leur lança le vieux fonctionnaire en les raccompagnant jusqu'à la porte de la taverne, hâtez-vous de passer me voir à la sortie de mon travail dès que vous aurez un peu avancé dans la datation de votre objet d'art – euh, je veux dire... de votre artiste !

— Incroyable, il est déjà cinq heures de l'après-midi, s'exclama Faouzi lorsqu'ils se retrouvèrent à l'air libre, je n'ai pas vu le temps passer ! En tout cas, ce Raouf Effendi est un sacré bonhomme !

— ...

— Pourquoi tu dis rien ?

— Je ne sais pas, les propos de ce brave homme m'ont fait réfléchir. Faouzi, tu te souviens quand il m'a demandé si j'étais préparé à tomber sur des vérités désagréables ?

— Bien sûr que je me souviens ! J'ai bu littéralement chaque mot qu'il a prononcé.

— J'ai dit que oui, mais en fait, c'était par bravade. Surtout, j'avais peur, en répondant par la négative, qu'il renonce à nous aider. Mais maintenant je me rends compte que le fait de ne rien savoir de soi a du bon. C'est comme une page blanche sur laquelle on peut réécrire librement, se constituer de toutes pièces un nouveau parcours plus en accord avec les idéaux qu'on n'a pas pu mettre en œuvre dans la vraie vie ! Tu comprends ?

— Euh… j'suis pas sûr, tout ça est un peu trop philosophique pour moi. Mais de toute façon, t'as pas le choix – tu vas tout de même pas rester comme ça, sans nom, sans papiers, sans identité !

VII

Après un bref passage à la cuisine – n'ayant pas très faim, il avait déjeuné sur le pouce d'un petit morceau de fromage et de quelques figues –, il passa l'après-midi seul dans sa chambre, à réfléchir et somnoler. Même si ses hôtes étaient d'une générosité exemplaire, il n'avait pas l'intention de vivre indéfiniment à leurs crochets. Il fallait coûte que coûte qu'il se trouve un travail. Bien sûr, aucun emploi officiel n'était possible, faute de papiers, mais au moins, il pouvait essayer d'exploiter ses aptitudes linguistiques. Si son parcours à travers différents pays ne lui avait rapporté qu'une seule chose, c'était bien sa connaissance, quoique fort inégale, de plusieurs langues étrangères, dans un joyeux chaos où se mêlaient le français, l'anglais, l'espagnol, l'allemand, des fragments de russe, des bribes d'italien, quelques mots de turc. Il sentait toutefois confusément que, dans ce maelström, c'est la langue française qui – hormis son arabe maternel qui jadis l'avait fui mais qu'il avait réussi à rattraper tant bien que mal – occupait la première place, corroborant son impression diffuse d'avoir vécu plus longtemps en France que dans les autres pays.

Il fallait impérativement qu'il rende une visite aux autorités françaises, ainsi il ferait d'une pierre deux coups : voir s'il était possible de faire une recherche dans le fichier des Égyptiens établis en France et leur proposer ses services de traducteur ou d'interprète. Certes, les candidats ne devaient pas manquer, que ce soit les Levantins qui depuis toujours accaparaient le domaine de la traduction arabe – c'est aussi à eux qu'on devait les meilleurs dictionnaires –, ou bien les Égyptiens ayant accompli leur scolarité dans les écoles françaises. Certains d'entre eux étaient devenus des écrivains ou des poètes reconnus, leur français à la syntaxe irréprochable n'en exhalant pas moins une touche délicieusement surannée qui le différenciait, à la fois dans le temps et dans l'espace, du français parlé dans l'Hexagone.

Mais qu'allait-il bien pouvoir dire aux agents consulaires ? Qu'il croyait savoir qu'il avait habité – il ignorait quand – en France pendant quelques années, qu'il était peut-être – mais rien n'était moins sûr – citoyen français, et qu'il se demandait si d'aventure un profil doté des mêmes signes particuliers – taille : 1 m 87 ; couleur des cheveux : bruns ; yeux : marron clair – ne figurait pas dans leur fichier ? Et puis, qu'arriverait-il s'il se trouvait rejeté des deux côtés, si son ancien pays d'accueil lui fermait ses portes dans le même temps où son amnésie l'empêchait de prendre sa place dans son pays d'origine ? Ne serait-il pas condamné à errer indéfiniment dans un *no man's land* identitaire, comme les héros de ce film tunisien qui avait produit sur lui un impact durable…

Synopsis : C'est l'histoire de deux étrangers, un Polonais, Bogdan Merowitch, et un Arabe, Youssef Quraichi, qui, depuis Ostende, embarquent sur un ferry pour rejoindre le port de Douvres. Arrivés là, ils sont soumis par la police britannique à un interrogatoire peu amène, à l'issue duquel ils se voient tous deux refuser l'entrée sur le territoire de sa Majesté et intimer l'ordre de retourner là d'où ils sont venus. Revenus à Ostende cependant, ils se voient pareillement interdire le territoire belge, leur visa – valable pour une seule entrée – ayant expiré. Ils se retrouvent donc coincés sur le ferry et condamnés à y demeurer le temps que leur épineux problème trouve sa solution.

À cette situation kafkaïenne, les deux personnages réagissaient très différemment : là où le Polonais ne se départait jamais de sa vitalité, basculant sans crier gare de la colère à la joie et ne dédaignant pas de jouer un bon tour aux autorités belges en débarquant clandestinement du bateau, l'Arabe était ombrageux, drapé dans sa dignité, les nerfs constamment à vif. On comprenait qu'il avait dû être poussé à l'exil par les humiliations subies de la part de quelque régime arabe dictatorial, et que la manière réductrice dont on le considérait en Occident, lui le fils de l'immense civilisation arabe, n'avait guère contribué à le mettre en meilleure disposition. « Je suis un voyageur ! » clamait-il à ceux qui prétendaient rabaisser sa quête à celle d'un vulgaire immigrant.

Pourquoi diable avait-il repensé à ce film ? Ah oui ! Les images s'étaient rappelées à lui en réponse à ses doutes sur ce qui arriverait s'il échouait à se faire reconnaître tant en Égypte qu'en France – il y avait une expression typiquement égyptienne pour ça : « Comme celle qui a dansé entre deux étages : ceux d'en haut ne l'ont pas vue, et ceux d'en bas non plus. » Pour sa part, il n'en était pas là. Il n'avait peut-être pas toute sa tête, mais il n'était plus seul : ses nouveaux amis de la pension faisaient l'impossible pour l'aider, et il avait bon espoir qu'une des pistes qu'on lui avait laissé entrevoir se révélerait la bonne.

Il y avait un autre point commun entre le personnage et lui…

Synopsis (suite) : Sous la pression de l'équipage qui ne sait plus quoi faire de lui, le protagoniste arabe se résout finalement à adresser aux services diplomatiques de son pays d'origine une missive officielle. Toutefois, arrivé à ce stade de son parcours, il ne veut plus, ne peut plus se conformer à ce qu'on attend de lui : quémander auprès de ses autorités nationales le droit – qu'elles lui ont toujours dénié – d'être traité comme un citoyen.

Aussi la lettre rédigée par notre voyageur délaissait-elle le trivial terre à terre administratif pour s'envoler en direction des cimes inaccessibles de la poésie :

À notre ambassadeur arabe à l'étranger,
Nous avons quitté la terre,
Nous nous sommes embarqués
Et derrière nous, le pont s'est brisé.
Mieux : derrière nous la terre s'est brisée.
Mais un jour viendra
Où tu t'apercevras
Qu'il n'est rien de plus terrible que l'infini,
Lorsque toute terre est irrémédiablement bannie.

Lui aussi devrait sûrement adresser une requête au consul de France en Égypte… Et si aucune des démarches entreprises n'aboutissait, combien de temps pourrait-il tenir sans sombrer dans la folie ? Cette question resta un moment suspendue dans les limbes de sa conscience, après quoi il finit par s'abandonner à une sieste réparatrice…

Le soir, au dîner, les pensionnaires le trouvèrent peu loquace. Heureusement, 'Azza détendit l'atmosphère et fit rire toute la tablée en révélant que toutes les amies à qui elle parlait de leur « invité-surprise » trouvaient son histoire fascinante, au point que l'une d'entre elles avait même demandé à le rencontrer.

— Mais qu'est-ce que tu leur as dit, s'insurgea Faouzi, pour qu'elles frétillent comme ça ? Pourtant, tu m'as sous la main et je ne sache pas qu'aucune de tes amies ait jamais exigé de me rencontrer !

— Tu oublies que ce sont des étudiantes en sciences politiques comme moi. Je ne suis pas sûre que tu apprécierais leur conversation.

— Mais vas-y, fiche-toi de moi, en plus !

— Ha ! Pour toi, je conseillerais plutôt les étudiantes à la fac de lettres – tu sais comment on l'appelle, entre nous ? La « fac des talons hauts ».

— Tu crois que j'suis pas capable d'épater ta copine avec mes connaissances sur les couches inférieures de la haute bourgeoisie et inversement ? Ou alors sur...

— Stop, ne dis plus rien ! coupa Sélim. Tu étais bien parti, mais ce « inversement » t'a trahi... Non, si tu veux éviter de t'exposer, je te conseille plutôt de lui montrer l'écorché que tu gardes dans ton placard ou de lui énumérer les os du métatarse.

— Vous verrez bien quand elle sera là, répliqua Faouzi, peut-être même qu'elle abandonnera les sciences politiques pour me suivre en médecine.

— Certainement ! s'esclaffa 'Azza. Quelle est la prétentieuse qui refuserait de s'allonger sur la table de dissection pour toi ?

Soudainement, ils s'éveillèrent à sa présence silencieuse et tentèrent de le rallier à leur conversation.

— Qu'as-tu donc ? lui demanda Sélim.

— Rien, je suis juste un peu tendu.

Il leur expliqua qu'il comptait se rendre le lendemain au consulat de France pour y tenter une démarche et aussi pour proposer ses services car il fallait qu'il commence à gagner sa vie. Sett Baheyya protesta, sa fibre maternelle était si développée qu'elle se sentait gênée de son empressement à régler sa dette – tels ces parents qui voudraient inciter leur enfant à travailler mais redoutent que leurs encouragements soient pris pour une injonction de vider les lieux.

— Mais enfin, lui lança-t-elle, tu es à peine là depuis quelques jours ! On a tout le temps, tu sais…

— Je sais bien, mais je ne suis pas habitué à rester sans rien faire.

— Comme tu veux, mais dans ce cas, fais-le pour toi, pas pour nous soulager !

— Je vous promets, la rassura-t-il en souriant, que je ne le ferai que si ça me chante.

Là-dessus, il souhaita bonne nuit à tout le monde et remonta dans sa chambre.

VIII

À l'issue d'une très mauvaise nuit, il se réveille en sursaut vers les cinq heures du matin, sur la voix éraillée du muezzin appelant à la prière de l'aube depuis une mosquée voisine. La veille au soir, il a cherché désespérément le sommeil, ne cessant de se retourner dans son lit. Le souvenir plaisant de leur discussion à table et puis l'air sincèrement vexé de Sett Baheyya à la seule idée qu'il ait pu envisager d'alléger un peu sa charge ne l'ont pas empêché de broyer du noir... Il s'est occupé à retourner dans sa tête les termes de la lettre qu'il rédigerait le lendemain à l'intention du consul de France, jusqu'à s'abrutir de tournures administratives et de formules de politesse qui sonnaient comme des mots vides.

Après avoir écouté l'appel du muezzin, il cherche un instant à se rendormir mais c'est peine perdue. Il se voit sur le pont d'un ferry qui fait inlassablement la navette entre deux ports frontaliers, sans jamais qu'on le laisse débarquer. Les vieux démons ressurgissent : sa part d'ombre qu'il a toujours portée comme un fardeau. Le sentiment d'avoir toujours été en décalage par rapport au groupe – à tous les groupes, que ce soit ici ou là-bas. Des moments de connivence, bien sûr, des bonheurs sporadiques, mais toujours cette impression de n'appartenir à aucune collectivité, de n'être chez lui nulle part, d'avoir le mal du pays où qu'il se trouve. Au fond, il n'a jamais su trouver sa place, et ce qui lui arrive en ce moment ne fait qu'entériner tragiquement un état de fait préexistant.

Cette part d'ombre, l'amnésie ne l'a pas anéantie, loin s'en faut. Elle est plus vivace que jamais. D'où lui vient-elle? Quels sont les événements qui, depuis l'enfance, l'ont poussé à se renfermer, à chercher en lui-même ce qu'il ne trouvait pas dans la compagnie des autres? Était-ce le sentiment d'une expérience trop singulière pour être partagée? Était-ce cette fierté mal placée, ce stupide orgueil, cette susceptibilité à fleur de peau qui l'habitaient au point de lui faire ressentir le moindre revers comme une humiliation? De fait, s'il ne se souvient d'aucun incident en particulier, il a la conscience très nette de ne s'être jamais beaucoup aimé et de s'être senti maintes fois paralysé par un mélange de timidité et de honte.

Bien sûr, avec le temps, il a gagné en assurance, la timidité de jadis s'est progressivement résorbée, mais pour cela il lui a fallu se durcir le cuir, se construire une sorte de carapace. À l'abri de celle-ci, presque rien ne pouvait l'atteindre, de sorte qu'il dégageait une impression de solidité à rebours de sa fragilité intérieure. Ce détachement apparent, que certains prenaient à tort pour de l'insensibilité, lui dessinait un personnage perpétuellement désabusé et sarcastique qu'il en était venu à cultiver. La contrepartie, hélas, était une sorte d'incapacité à se confier aux autres, à accepter la bouée que, de temps à autre, on lui lançait.

Même Sett Baheyya et ses pensionnaires, se peut-il que leur intérêt pour lui soit entièrement sincère, que leur gentillesse ne soit pas feinte ? Est-il autre chose pour eux qu'une source de distraction dans leur routine quotidienne, un fait divers dont on peut suivre les péripéties sans même sortir de chez soi ? Pourquoi diable sinon se soucieraient-ils autant de son cas ? Il se déteste de penser ainsi, avec tout ce qu'ils font pour lui, pourtant, il ne peut s'en empêcher – il s'est habitué à se passer du regard des autres et s'est persuadé, au fil des années, que c'était bien mieux ainsi. Toujours cette réticence à saisir la main tendue pour le secourir.

Inutile de lutter, de toute façon il ne parviendrait pas à se rendormir. Toute la maisonnée étant encore assoupie, il décida de profiter du calme ambiant et de son réveil trop matinal pour mettre au propre la lettre destinée au consul de France, qu'il avait longuement mûrie la veille dans sa tête. Après avoir sorti du tiroir le beau papier à lettres aux couleurs de la pension que Sett Baheyya y avait laissé pour lui, il s'installa devant le petit bureau et commença à écrire.

Quand il mit le point final à son courrier, les premiers bruits lui parvinrent de la cuisine, au rez-de-chaussée. Il se rendit à la salle de bains pour prendre une douche et se raser, après quoi il enfila des vêtements propres et descendit prendre le petit-déjeuner. Seul Faouzi, qui commençait ses cours à la première heure, était là. Khadra allait et venait entre la cuisine et la salle à manger. Après lui avoir souhaité le bonjour, il lui demanda un café bien fort, tout en devisant avec Faouzi, qui lui promit d'interroger ses maîtres-assistants de la faculté sur le nom d'un médecin qui pratiquait les tests d'évaluation d'âge.

Khadra les avait entendus, mais n'était pas sûre d'avoir bien compris. Après s'être fait répéter la chose, elle fut prise d'une crise de fou rire qui la contraignit à repartir précipitamment à la cuisine. Quand elle revint quelques minutes plus tard, elle séchait encore ses larmes.

— Eh bien, Khadra, lui demanda-t-il en souriant, qu'est-ce qui t'a mise en joie ainsi ?

— Hi hi… ne m'en veuillez pas, Nassi Effendi, mais chez nous, au village, les seules qu'on soumet à cet examen sont les petites jeunes filles dont on n'est pas sûrs qu'elles ont l'âge minimum pour se marier. Alors, je me suis dit que…

— Oui, Khadra, tu t'es dit… ?

— Oh non, j'peux pas !

— Mais si, Khadra, n'aie crainte, l'encouragea-t-il, qu'est-ce que tu t'es dit ?

— Bon, mais vous allez pas être fâché après moi, hein ?

— Puisque je te dis que tu peux parler librement…

— Eh bien voilà, j'me suis dit que vous aussi, vous aviez besoin de vérifier, hi hi… que vous êtes apte au mariage !

Il était tellement abasourdi par ce qu'elle venait de lâcher avec une merveilleuse spontanéité qu'il lui fallut un temps avant que les paroles n'arrivent à sa conscience, après quoi il éclata de rire à son tour. Sett Baheyya, qui venait de les rejoindre à la table, luttait visiblement pour ne pas en faire autant.

— Allons, Khadra, intervint-elle, ce n'est pas convenable ! Est-ce ainsi qu'on parle à nos pensionnaires ? Notre respectable invité est tout ce qu'il y a de plus apte.

— Non mais Khadra n'a pas tort, d'une certaine façon… Cet examen va m'aider à savoir si je suis apte… non pas à me marier, ajouta-t-il en adressant un clin d'œil à Khadra, mais à… devenir quelqu'un.

Ses propos furent suivis d'un long silence. Il s'en voulait un peu d'avoir soudain installé un moment de gravité dans cette conversation légère. Comme le silence se prolongeait, Sett Baheyya crut bon d'intervenir :

— Quelqu'un ou pas quelqu'un, tu auras toujours ta place parmi nous!

Il lui sourit, puis jeta un coup d'œil à Faouzi, qui venait de sauter sur ses pieds.

— Bon Dieu, s'exclama l'étudiant, je suis en retard! Je dois y aller – je serai de retour en début d'après-midi.

— D'accord, fit-il en lui emboîtant le pas, moi aussi, je dois me mettre en route. Je vais aller voir si les Français veulent bien de moi.

— S'ils refusent, je veux bien qu'ils me prennent à ta place. N'oublie pas de leur parler de moi, hein! Dis-leur bien que *ji mabelle Faouzi bass ji barrle frrancé trré miou qu'ou.*

En sortant, ils croisèrent 'Azza qui arrivait dans la salle à manger pour prendre son petit-déjeuner. Après les avoirs salués, elle le prit à part :

— Tu pars déjà? Dommage, j'avais un peu réfléchi à notre problème, et il m'est venu une idée, mais c'est difficile de t'en parler comme ça, entre deux portes.

— Merci, 'Azza, mais si je veux arriver au consulat à l'ouverture des bureaux, il faut que je me dépêche. On en reparle une autre fois, si tu veux bien?

— Va pour une autre fois, lui lança-t-elle, et bon courage avec les Français. S'ils t'embêtent, rappelle-leur qu'ils ont notre obélisque... Comme on en a quelques autres, on veut bien fermer les yeux pour l'instant, mais à condition qu'ils soient gentils avec toi!

En arrivant dans sa chambre, il était encore ému qu'elle se soit un peu assagie pour lui témoigner cette marque d'attention, même sur le ton de la boutade. C'était d'autant plus louable qu'elle n'avait pas une minute à elle et que son cas devait lui apparaître comme bien inintéressant au regard des grands sujets qui absorbaient le plus clair de sa réflexion.

Sur son bureau, une enveloppe l'attendait, marquée *Pour Nassi.* Elle contenait un montant de trois cents livres en billets de dix et de vingt, accompagné d'une petite carte. Il commença à lire :

Cher Nassi,

'Azza, Haytham, Sélim et moi, on s'est cotisés afin que tu aies une petite somme à ta disposition pour tes déplacements et tes démarches. Comme nous savons que tu es un peu susceptible, nous te prions de

considérer cet argent comme un prêt. Tu nous rembourseras quand tu pourras.

Amitiés. Faouzi

Le geste était d'autant plus émouvant qu'aucun d'entre eux ne roulait sur l'or et qu'ils avaient dû se priver pour réunir une telle somme. Il mit dans sa poche quelques billets et récupéra sur le bureau sa lettre à l'attention du consul, avant de jeter un dernier coup d'œil dans le miroir. Il avait mis une chemise blanche et une veste pour le cas où il parviendrait à décrocher une audience avec un des diplomates du consulat.

En redescendant, il trouva 'Amm Ibrahim qui lisait le journal derrière son comptoir.

— Eh bien, où va notre effendi de si bon matin ? s'enquit aimablement le vieil homme.

— Je dois me rendre au consulat de France, tu saurais m'indiquer le chemin, 'Amm Ibrahim ?

— Bien sûr, c'est pas loin d'ici, vous pouvez y aller à pied. Il suffit de remonter la rue Talaat-Harb, et c'est la dernière à gauche avant la place Soliman-Pacha ; vous verrez, au coin, il y a une pâtisserie qui vend des douceurs et des pistaches. Je peux vous accompagner, si vous voulez.

— Merci, 'Amm Ibrahim, mais je pense qu'avec ça j'arriverai à me débrouiller. Je voulais aussi te demander, connais-tu l'adresse du café d'en face, au cas où j'aurais besoin de m'y faire envoyer du courrier ?

— Bien sûr ! Tenez, je vous la note sur un bout de papier.

— Parfait ! Si des fois je n'étais pas rentré du consulat d'ici trois jours, je veux bien que tu viennes me chercher… Non, non, je plaisante ! ajouta-t-il en voyant les yeux du portier s'arrondir.

C'était une boutade, certes, mais pas totalement gratuite. Il sentait combien ce rendez-vous pouvait être déterminant pour son avenir, sans compter qu'il avait toujours redouté ces démarches administratives. Dans sa vie, il avait subi dans ce domaine plus d'avanies que de raison, assez pour remplir des livres entiers. Il sourit tristement à l'idée que l'épreuve qu'il traversait en ce moment non seulement l'obligeait à frayer avec ces services administratifs qu'il détestait tant, mais en plus mettait la clef de son salut entre leurs mains.

IX

Les bureaux de l'antenne de la Sécurité territoriale située dans l'enceinte de l'aéroport grouillaient d'une activité fébrile. Tous les agents s'activaient à éplucher les fiches de débarquement des quinze derniers jours pour y dénicher leur nouvel ennemi du moment. Pour se faciliter la tâche, ils avaient éliminé d'office les femmes, les jeunes de moins de seize ans, les vieux de plus de soixante-six ans, mais cela laissait tout de même un bon nombre de candidats. À l'issue d'un premier filtrage, ils avaient sélectionné deux cent cinquante-trois fiches. Celles-ci avaient ensuite été croisées avec les fichiers centraux mis sur pied par les services secrets du monde entier pour traquer les activistes de tout poil : listes noires constituées par les dictatures arabes, fichiers Interpol, *charts* américains des terroristes recensés par les États-Unis, que les instances de l'Europe adoptaient sans barguigner, les transformant d'un coup de photocopieuse en top 50 des terroristes recensés par l'Union européenne.

Cette méthode n'ayant donné que des réponses négatives, il avait fallu introduire d'autres techniques : tests fondés sur les caractéristiques anthropométriques et morphopsychologiques, profilage mis en œuvre pour la traque des *serial killers*, analyses graphologiques, méthodes déductives inspirées par la lecture frénétique de Conan Doyle. Mais comment adapter les grilles d'analyse conçues pour des « individus de type caucasien » – comme on disait dans les séries télévisées américaines – à des suspects de type méditerranéen – comme on disait dans les séries télévisées européennes –, dont des millénaires de sociabilité orientale avaient imprimé sur le faciès une bonhomie bienveillante, quand bien même il s'agissait de bandits de grand chemin ou de criminels endurcis ?

Voyant que ces tentatives faisaient elles aussi chou blanc, on avait décidé de porter le niveau d'alerte au rouge des séries américaines, ou encore de passer au fameux plan B des séries européennes. En clair, cela consistait à recourir aux méthodes dites

« non conventionnelles » : numérologie, astrologie, préparation de talismans, déchiffrement d'augures, lecture de coquillages. C'est ainsi que les bureaux de la Sécurité territoriale, habitués à accueillir des flics, indics et autres « témoins bénévoles disposant de renseignements susceptibles d'être utiles au gouvernement » – auxiliaires que, dans les cellules de la prison d'Abou Zaabal et du pénitencier de Turah, on aurait appelés plus simplement des « balances » –, recevaient à présent des invités inhabituels... Il y avait là des diseuses de bonne aventure expertes dans la lecture des lignes de la main et leurs rivales rompues à capter la confession presque inaudible de certains crustacés, des charlatans munis de flacons d'eau miraculeuse censément extraite du puits de Zamzam – en fait prélevée le jour même au robinet de la salle d'ablutions de leur mosquée –, des ermites coptes au front badigeonné d'huile prétendument fabriquée au monastère Sainte-Catherine – en fait les restes de l'huile qui avait servi à frire les *falafel* de leur petit-déjeuner.

Certes, les agents ne se faisaient guère d'illusions sur la fiabilité de ces « consultants », mais force était de constater que l'enquête qui jusque-là piétinait lamentablement avait grâce à eux progressé de manière spectaculaire. Le fait qu'aucun magicien, aucun charlatan, aucun guérisseur, aucune cartomancienne n'aient avoué leur impuissance devant la mission proposée pouvait donner l'illusion qu'enfin on obtenait des résultats.

Maintenant que ces méthodes, pour discutables qu'elles fussent, avaient permis de réduire le nombre des suspects potentiels, il était temps de prévoir une séance de travail avec le capitaine Mounir. On pourrait ainsi lui soumettre les vingt et une fiches sorties de cette impitoyable sélection...

Aussitôt prévenu, le capitaine réunit tous les membres de son équipe dans une des salles de conférences de l'aérogare. Il y avait là le lieutenant Madkour qui, sans en avoir le titre, se comportait un peu comme son adjoint, ainsi qu'une demi-douzaine d'hommes que Mounir avait recrutés au cours des années, souvent en les débauchant auprès d'autres départements de la Sûreté de l'État. Le service ne comptait qu'une seule femme, Nesrine, ce qui n'était pas très étonnant dans une institution particulièrement renommée pour son machisme. Mais elle n'était pas femme à se laisser impressionner par cet état d'exception. Sa naissance dans le quartier populaire de Choubra lui avait enseigné très tôt – question de survie – les moyens d'échapper aux hommes qui tentaient de la circonvenir en alternant prévenance étouffante et violence à peine voilée.

Ses collègues masculins avaient appris à ne pas lui chercher querelle, les rares qui s'y étaient essayés s'étaient fait remettre vertement à leur place. La plupart ne se risquaient d'ailleurs même pas à l'approcher, sachant que le capitaine Mounir la considérait comme une collaboratrice tenace et précieuse. Le seul qui lui tenait tête ouvertement était le lieutenant Madkour, mais la rivalité qu'ils nourrissaient l'un envers l'autre créait une saine émulation qui profitait à la célérité des enquêtes.

Arrivés un par un dans la salle, ils étaient maintenant au complet et se regardaient en chiens de faïence ; tous attendaient le capitaine Mounir en se demandant à quelle sauce il allait les manger.

— Eh bien, je vous écoute, tonna-t-il en arrivant dans la salle.

— Capitaine, commença Madkour après avoir jeté un bref regard autour de lui, avant que nous commencions, je voudrais préciser que les fiches de débarquement concernées s'élevaient à plus de trois mille, et je peux vous dire que nous avons passé plusieurs nuits blanches à…

— Lieutenant Madkour, le coupa Mounir, les détails de votre vie privée me passionnent – Nesrine ne put s'empêcher de lâcher un petit gloussement, s'attirant un regard furibond du lieutenant –, mais ça m'est bien égal de savoir combien d'heures vous avez dormi. Alors, faites-la courte et dites-moi plutôt ce que vous avez trouvé…

Madkour étant retombé dans un silence embarrassé, un autre des agents dut prendre le relais pour détailler les critères qu'ils avaient utilisés pour faire leur sélection, en prenant soin toutefois de passer sous silence l'étape des méthodes « non conventionnelles ». Il expliqua comment certaines fiches avaient été éliminées d'office et comment les autres avaient été soumises à une série de critères objectifs pour finalement réduire la liste à vingt et un noms.

— Si je vous suis bien, notre fameux émissaire se trouve au milieu de ces vingt et un suspects, c'est bien ça ?

Autour de la table, tous acquiescèrent en baissant la tête, n'osant ni prendre la parole ni croiser le regard du capitaine, que le compte rendu de leurs efforts n'avait visiblement pas attendri.

— Et maintenant, reprit-il, comment je fais pour le trouver ? Je tire une carte au hasard, ou j'appelle une diseuse de bonne aventure ?

Nesrine faillit intervenir pour lui signifier que c'était déjà fait, mais elle s'abstint, ses rapports avec Madkour étant déjà suffisamment envenimés pour qu'elle n'eût pas besoin d'en rajouter. C'est d'ailleurs lui qui reprit la parole :

— Vous devez savoir qu'aucun des suspects n'est fiché comme activiste, on a fait ce qu'on a pu sur la base d'informations très réduites. À vrai dire, patron, on comptait un peu sur... votre intuition.

— Bon, bougonna Mounir, laissez-moi regarder ça.

C'est à un spectacle proprement stupéfiant qu'ils assistèrent alors : Mounir, après avoir placé ses deux mains en arc de cercle sur ses tempes, commença à passer en revue les fiches, s'arrêtant sur chacune d'entre elles pour parcourir les mentions manuscrites inscrites par le passager. Surtout, il fixait intensément sa photographie, n'attachant que très peu d'attention au court rapport agrafé à la fiche par ses hommes. Il ne semblait nullement gêné par le fait qu'il s'agissait d'images floues, délavées par les photocopies successives, et contrairement à ce qu'ils redoutaient, il ne leur fit aucune remarque à ce sujet. Apparemment, la mauvaise qualité des photos ne l'empêchait pas de lire directement l'âme du sujet.

Le capitaine se comportait comme s'il était soudainement seul dans la pièce, dont il semblait avoir absorbé tout l'oxygène. Certaines fiches ne lui prenaient que quelques secondes, un coup d'œil furtif au portrait lui suffisait pour les écarter sans hésitation. D'autres l'absorbaient pendant plusieurs minutes, avant de finir soit dans le tas des éliminés, soit dans la pile, bien moins épaisse, des candidats qu'il jugeait dignes d'intérêt. Après un premier tour, il posa les fiches de ces derniers devant lui et recommença un nouveau filtrage. À l'issue de cette deuxième sélection, la pile des éliminés avait encore grossi, incluant toutes les fiches à l'exception de quatre d'entre elles.

Repoussant toutes les autres loin sur la table, il rassembla ces quatre fiches entre ses mains et entreprit de s'en imprégner entièrement, avant de finalement lever la tête vers ses hommes, comme s'il redécouvrait subitement leur présence. Ces derniers, suspendus à ses lèvres, retenaient leur souffle en attendant son verdict.

— Jimmy.

D'ordinaire, le capitaine leur parlait d'une voix tonnante, mais là, il avait presque chuchoté. Certains, qui n'avaient pas entendu, durent se pencher sur leur voisin pour demander ce que le patron avait marmonné.

Une demi-minute se passa encore avant que le capitaine revienne complètement à lui et brandisse l'une des fiches en répétant :

— Le voilà, notre Jimmy, j'en mets ma tête à couper !

Comme ils le regardaient, interloqués, il consentit à en dire un peu plus :

— Je connais ce type, reprit-il. À son arrivée je l'ai fait convoquer dans mon bureau parce que je trouvais son regard pas net. On a bavardé tous les deux, et il m'a fait son petit numéro du gars qui revient en Égypte pour renouer avec le pays après une longue absence. Pour un peu, il m'aurait récité un poème – et vous savez tous l'estime que j'ai pour ces tantouses adeptes de la rime embrassée... Je vais tâcher de retrouver les notes que j'avais prises, mais je me souviens parfaitement de notre discussion. Il m'a dit qu'il n'avait pas prévenu ses proches de son arrivée ; sur le coup, j'ai trouvé ça bizarre, je lui ai même demandé s'il n'était pas un peu tordu, mais j'ai mis ça sur le compte d'une quelconque querelle de famille. Avec les éléments dont nous disposons à présent, ce détail prend toute son importance...

— Absolument ! enchaîna Madkour pour montrer qu'il suivait le raisonnement de son patron au quart de tour. Cette histoire de ponts coupés avec sa famille, ça le dispensait de nous donner une adresse où on l'aurait retrouvé facilement.

— Tout juste. Il a précisé sur sa fiche qu'il comptait résider au Sémiramis, mais je mettrais ma main au feu qu'il n'y a même pas mis les pieds et qu'il s'est évanoui dans la nature.

— Je m'occupe de faire vérifier ça tout de suite, patron, lança Madkour un peu trop fort, non sans avoir adressé un regard supérieur à Nesrine.

— C'est ça, lieutenant, vérifiez, vérifiez, mais je connais d'avance le résultat...

Pour la première fois depuis le début de la réunion, le front du capitaine Mounir parut se détendre, d'une manière infime certes, mais tout de même indiscutable.

— Bon, il nous reste les chauffeurs de taxi. Le type n'est pas parti d'ici à pied, et si effectivement personne ne l'attendait – sur ce point-là, je pense qu'il ne nous a pas menti –, il a forcément pris un taxi. Prenez du renfort et interrogez-moi un par un tous les chauffeurs qui opèrent sur l'aéroport. Montrez-leur la photo et faites-leur bien comprendre que si la mémoire ne leur revient pas, ils peuvent dire adieu à leur licence! Quant à toi, Nesrine, je veux que tu m'épluches tout ce que nous avons sur ce type : les dates précises de ses séjours en Égypte, ses contacts éventuels avec les réseaux nassériens, s'il s'est recueilli sur la tombe du défunt raïs, ce genre de choses. Si ce type est bien Jimmy, je vous jure qu'on va le coincer…

X

Une fois à l'air libre, il avait pris une grande inspiration avant de se mettre en marche vers le consulat. En cette heure matinale, il soufflait encore une brise fraîche et vivifiante. C'était le moment où les employés des bureaux environnants se pressaient pour être à l'heure à leur travail. Ceux qui n'avaient pas eu le temps de prendre leur petit-déjeuner avalaient rapidement un thé ou s'arrêtaient devant les gargotes pour engloutir à la va-vite un sandwich de *foul* ou de *falafel*.

Lorsqu'il arriva devant le consulat, au frontispice duquel flottait le drapeau français, il fut surpris de l'affluence qui régnait déjà. Des barrières métalliques canalisaient la foule en deux files d'attente, l'une pour ceux qui venaient déposer une demande de visa, l'autre, plus courte, pour ceux qui venaient récupérer leur passeport muni du précieux tampon. La plupart des postulants devaient avoir entre dix-huit et vingt-cinq ans.

Que pouvait signifier la France dans l'imaginaire de ces jeunes Égyptiens de l'ère mondialisée ? Peu d'entre eux lisaient – certains se targuaient même de n'avoir jamais lu un livre ; même les plus cultivés étaient arrivés trop tard après les existentialistes et les surréalistes, et ignoraient sans doute tout, hors du cercle des spécialistes, des apports considérables de la pensée française aux sciences humaines. En fait, leur connaissance du monde passait essentiellement par le cinéma. Or, dans ce domaine, leur univers était presque entièrement façonné par les films que l'industrie hollywoodienne déversait sans relâche sur les écrans cairotes. S'ils avaient jamais vu des films français, ceux-ci avaient dû les conforter dans l'idée que ces Français étaient des êtres tourmentés, davantage enclins au spleen ressassé durant d'interminables plans-séquences qu'à la frénésie bagarreuse d'un inspecteur Harry ou d'un Indiana Jones, soulignée par un montage haletant.

Mais alors, pourquoi attachaient-ils autant d'importance à l'obtention de ce blanc-seing ? Sans doute la réponse tenait-elle en partie à l'évolution économique des dernières années. Vu à travers ce prisme, tout pays européen faisait figure d'eldorado aux yeux de cette jeunesse désireuse de s'extraire par n'importe quel moyen d'un quotidien morne, où les perspectives d'ascension sociale se heurtaient à maints obstacles.

Sur la carte européenne, la France occupait cependant une place particulière : elle charriait le fantasme de relations désinhibées entre hommes et femmes. Lui-même l'avait souvent perçu lorsque, de retour au pays pour les vacances d'été, il avait été pressé par des cousins ou des amis de raconter comment « ça se passait là-bas ». Était-il vrai que les filles ne cachaient rien de leur désir, qu'elles allaient spontanément vers les garçons qui leur plaisaient et effectuaient sans complexe le premier pas ?

Ces questions l'avaient toujours gêné parce qu'il hésitait, pour y répondre, entre deux attitudes. D'un côté, il était tenté de ne pas décevoir leurs attentes, voire de les conforter dans les fantasmes qu'ils entretenaient sur la vie amoureuse d'un étalon arabe soudainement lâché au paradis de la liberté sexuelle. Ça l'avait amusé un temps de voir leurs regards s'allumer lorsqu'il leur racontait qu'à Paris il n'était pas rare d'être abordé sur les Champs-Élysées par un groupe de trois superbes blondes « belles comme des soleils qui, sous prétexte de te demander l'heure, ne tardent pas à t'inviter chez elles pour faire plus ample connaissance ».

De l'autre, leurs questions pressantes lui rappelaient que, dans ce domaine, son expérience personnelle s'était plutôt faite à rebours de ce fantasme, même s'il avait pu mesurer à quel point ses origines égyptiennes exerçaient un pouvoir d'attraction sur des Occidentales en mal d'exotisme. Ce pouvoir d'attraction, un de ses livres de chevet l'avait porté à son point d'incandescence…

Le narrateur, de retour au Soudan après une vie d'exil, est confronté à la présence au village d'un personnage énigmatique, Moustafa Saïd. Bien que celui-ci semble partager en tout point la vie des paysans, sans autre ambition que de cultiver son lopin de terre, il est visiblement d'une autre trempe et dissimule un secret. Le narrateur a hâte d'en savoir plus sur cet homme dont il sent confusément qu'il a à voir avec ses propres démons…

Un soir qu'il se trouve chez son ami Mahjoub, le hasard amène justement chez ce dernier le fameux Moustafa Saïd, qui souhaite s'entretenir avec lui d'une affaire agricole. Comme Mahjoub presse le nouveau venu de boire d'abord avec eux, ce dernier commence par refuser, mais devant l'insistance butée de son hôte, il finit par accepter à contrecœur un premier whisky, puis un deuxième, puis… Libéré par l'effet de la boisson, il perd bientôt tout contrôle sur lui-même et, dans un moment de larmoyante euphorie, se met subitement à déclamer, dans un anglais parfait, des vers mélancoliques :

Voici les femmes des Flandres
Qui attendent les disparus
Qui jamais le port ne quitteront.
Que jamais les trains ne ramèneront,
Entre les bras de leurs épouses au visage livide.
Elles attendent des disparus qui gisent,
Morts, dans la boue des tranchées,
Au plus noir de la nuit.
Voici la gare de Charing Cross,
Il est plus d'une heure du matin.
Il y a là une lumière si ténue.
Il y a là tant de douleur aiguë.

Le lendemain, le narrateur confrontait Moustafa Saïd à son égarement de la veille et l'obligeait à lui faire le récit de son fascinant parcours, l'enfance tourmentée d'un petit garçon affectivement esseulé mais intellectuellement surdoué, puis le départ pour l'étranger, sur les conseils du directeur d'école l'encourageant à quitter un pays devenu trop étroit pour lui. Après une halte de quelques mois au Caire, il atterrissait finalement à Londres, où l'attendait une vie de débats intellectuels et de joutes amoureuses.

La façon dont Moustafa attirait l'une de ses proies, Ann Hammond, dans ses filets inversait le schéma de la prédation coloniale : c'est la proie blanche qui tombait entre les griffes du Noir dandy, à la séduction décuplée par son positionnement à la confluence de trois mondes également effrayants et fascinants – le monde arabe, l'islam et l'Afrique.

Qu'avais-je pour séduire Ann Hammond? Son père était officier du génie et sa mère appartenait au milieu riche de Liverpool. Ce fut une proie facile. Elle avait grandi dans un collège religieux. Sa tante était femme de député. Dans mon lit, j'en fis une putain. Ma chambre à coucher, une tombe donnant sur un jardin. Rideaux roses, tapis en laine chaude, lit large avec des coussins de plumes d'autruche. De petites ampoules électriques rouges, bleues et mauves, disposées dans les angles de la pièce. Aux murs, de grands miroirs : coucher avec une femme me donnait l'impression d'avoir un harem. La chambre était parfumée de bois de santal brûlé et d'ambre gris. Dans la salle de bains s'entassaient les parfums orientaux, les drogues, les onguents, les poudres et les cachets.

Il reprit soudain ses esprits sur un bruit de tumulte entrecoupé de cris. Le consulat venait d'ouvrir ses portes et les gardes postés à l'entrée avaient toutes les peines du monde à contenir le flot humain qui tentait de s'engouffrer à l'intérieur.

Comment ses pensées l'avaient-elles amené jusque-là? Ah oui, l'attrait exercé par l'Orient... Mais son parcours à lui ne l'avait pas conduit, du moins pas qu'il sache, aussi loin que Moustafa Saïd, lequel avait fini par assassiner son épouse britannique ainsi que plusieurs de ses amantes, sans compter les maîtresses qu'il avait poussées au suicide. Il faut dire qu'à l'inverse de ce personnage – pour lequel la femme blanche était ce sésame censé lui ouvrir les portes d'un nouveau monde –, lui s'était retrouvé en Occident sans y avoir aspiré. Ce nouveau monde, il n'avait pas eu à le conquérir de haute lutte, pour la bonne raison qu'il lui avait été donné en héritage. Dans son cas, la question s'était donc posée différemment : son eldorado à lui, c'était le monde ancien dont il avait été extrait trop tôt pour pouvoir en vivre la plénitude. Après cela, toute sa vie avait consisté à essayer de renouer avec cette vie rêvée, sans jamais y parvenir.

Bien sûr, il avait eu des aventures avec des Françaises, des Italiennes, des Espagnoles... Mais souvent ces histoires s'étaient bâties sur un malentendu. Au commencement, il était séduit par leur grâce, leur décontraction, leur curiosité sincère. Ces filles vivaient l'instant présent sans demander de gages préalables ni engager tout leur destin dans une relation qui durerait ce qu'elle durerait. C'était un jeu, mais un jeu dont les règles étaient claires, et cela lui convenait. En revanche, dès lors qu'elles quittaient le terrain des sentiments pour celui des idées, il se rendait compte que leur univers mental était incompatible avec le sien. Une ombre tissée de préjugés et d'incompréhensions mutuelles venait obscurcir ses relations amoureuses et dissiper la connivence qu'il avait cru initialement déceler. Au fond, ces aventures n'avaient servi qu'à creuser le fossé entre lui et le pays d'accueil, sa sensation d'être perpétuellement en porte-à-faux.

Il s'avança vers l'employé du consulat qui filtrait les entrées.

— Monsieur, pour les visas, vous devez faire la queue à l'extérieur. Vous avez déjà déposé votre demande ?

Tout dépendrait de ce qu'il allait dire maintenant :

— Non. En réalité, je...

— Si vous n'avez pas encore déposé de demande, il faut faire la queue. Vous avez la liste des documents à fournir ?

— Attendez... Ce n'est pas pour une demande de visa.

— Ah bon ? Mais c'est pour quoi, alors ?

— Monsieur, je... je suis... je suis ressortissant français.

Le visage du fonctionnaire s'éclaira d'un sourire.

— Ah mais fallait commencer par là ! Qu'est-ce qui vous amène ?

— En fait, c'est un peu compliqué. J'ai égaré mon passeport et je... je ne sais pas du tout comment faire.

— Pas besoin de tirer cette tête ! Il vous suffit de remplir une déclaration de perte, je vais vous donner le formulaire. Bien sûr, il vous faudra patienter quelques jours, le temps qu'on fasse les recherches. Z'êtes pas le premier, vous savez. Tenez, pas plus tard qu'hier, on a eu un couple de touristes qui avaient cru bon de partir faire une excursion à cheval à Saqqarah. Au retour, ils se sont aperçus que leur portefeuille avait dû glisser à terre lors d'un galop. Heureusement, la réception de leur hôtel avait gardé une photocopie de leur passeport.

— Monsieur, vous ne comprenez pas : je n'ai aucun moyen de justifier mon identité... Je voudrais rencontrer une personne habilitée, pour pouvoir lui exposer ma situation de vive voix – j'ai peur que les procédures standard ne s'appliquent pas à mon cas. S'il vous plaît, soyez gentil...

— Bon, installez-vous dans la petite salle d'attente, là-bas, je vais voir ce que je peux faire.

Les derniers mots de l'employé l'avaient inquiété. Peut-être avait-il instruction de procéder ainsi en présence de tels cas. L'idée était d'obtenir la coopération du suspect, de l'amadouer le temps de faire venir la sécurité. C'est ainsi qu'on procédait désormais avec les étrangers en situation irrégulière qui venaient frapper aux portes de l'espace européen. À l'homme qui se présentait dans quelque commissariat ou préfecture de police en vue d'effectuer des démarches de régularisation, on demandait de patienter quelques instants. L'employé s'absentait, soi-disant pour lui chercher un formulaire, et, une fois disparu dans la pièce d'à côté, téléphonait discrètement aux policiers pour qu'ils viennent cueillir l'indésirable à la sortie du bureau. Dans le climat de criminalisation des étrangers en séjour irrégulier qui prévalait de plus en plus au sein des pays nantis, ces poussées de zèle bureaucratique ne choquaient plus grand monde. Les arrêtés de rétention puis d'expulsion pris sur leur base se voyaient confirmés sans vergogne, les velléités de protestation écrasées sous l'argument fracassant de la situation irrégulière de l'intéressé. Il avait fallu rappeler les délations administratives de sinistre mémoire et invoquer rien moins que la Convention européenne des droits de l'homme pour obtenir, dans quelques rares cas, un retour à la décence.

Toutes ces pensées lui traversaient l'esprit tandis qu'il parcourait anxieusement les quelques mètres du corridor.

— Et vous, vous êtes là pourquoi ?

En arrivant dans la petite salle d'attente, il avait opté par prudence pour le fauteuil situé tout près de la porte – ainsi, il serait mieux placé pour s'éclipser s'il voyait le fonctionnaire revenir encadré de deux vigiles – et n'avait guère prêté attention à celui qui occupait le fauteuil voisin. Celui-ci, un grand blond, barbe de trois jours et visage émacié, avait si visiblement besoin de parler qu'il ne lui laissa même pas le temps de répondre – ce qui, pour l'heure, arrangeait bien ses affaires.

— Leroy, reprit-il en lui tendant la main, je suis archéologue et je vous avoue que j'ai ces endroits en horreur…

Il lui expliqua que son équipe et lui étaient chargés d'un chantier de fouilles dans la zone de Saqqarah et qu'ils avaient un mal fou à obtenir du tout-puissant Conseil suprême des antiquités égyptiennes l'autorisation d'élargir le périmètre de leurs fouilles. Ses collègues l'avaient envoyé en mission pour essayer d'obtenir le soutien des autorités françaises.

— Et pourquoi avez-vous autant de difficultés à les obtenir, ces autorisations ?

— Dans le temps, les fouilles étaient comme un gros gâteau que se partageaient la France et l'Angleterre. Mais aujourd'hui, les choses ont changé. D'une part, les Égyptiens veulent garder le contrôle sur les découvertes, afin de les inscrire dans la légende nationale. D'autre part, les fouilles font appel à des technologies toujours plus avancées, de sorte que de nouveaux pays, comme les États-Unis et le Japon, se sont frayé une place dans la course. Avec une telle concurrence, l'équipe qui remporte le permis est celle qui est capable de vendre la meilleure histoire aux autorités.

— Vendre la meilleure histoire ?! Comment ça ?

— Oui, vous comprenez, autrefois, les recherches étaient évaluées exclusivement en fonction de leur intérêt historique. Aujourd'hui, ça ne suffit pas, il faut en plus que la découverte potentielle soit suffisamment porteuse de mythe pour être vulgarisée auprès du grand public. Pour vous donner un exemple, les médecins appelés au chevet de la momie de Ramsès II, ça plaît bien plus que la découverte d'une tombe décisive pour comprendre un tournant de la civilisation égyptienne.

— En parlant de tournant, l'intermède monothéiste m'a toujours particulièrement fasciné.

— Et malgré toutes les découvertes faites au sujet d'Akhenaton, il y a quand même des pans entiers qui nous demeurent inconnus. Il faut dire qu'avec la manie qu'ils avaient, aussitôt arrivés au pouvoir, d'effacer les signes de leurs prédécesseurs, les pharaons égyptiens nous donnent bien du fil à retordre. Et quand je dis effacer, c'était encore un moindre mal ; au moins, on a pu mettre au jour de nombreuses fresques en grattant des couches de plâtre dont elles avaient été recouvertes…

— Mais qu'y avait-il de pire qu'être ainsi effacé et condamné aux oubliettes ?

— Ah mais ça pouvait être bien plus violent ! Saviez-vous qu'après l'implantation du christianisme en Égypte, les fidèles de la nouvelle religion ont renié le culte de leurs ancêtres et ont décidé de les tuer une nouvelle fois ? C'est ainsi que sur de nombreuses fresques murales, à Abydos par exemple, on peut voir des pharaons consciencieusement défigurés au niveau des yeux et du nez...

— Pourquoi spécialement les yeux et le nez ? Pour les priver symboliquement de leurs sens – la vue et l'odorat ?

— Bien sûr, mais pas seulement. Les Égyptiens avaient étudié mieux que quiconque le processus de décomposition des corps et ils avaient constaté que, de tous les os du squelette, le nez est le dernier à tomber en poussière. Donc, cet organe était perçu comme le lieu emblématique de la vie, un peu comme aujourd'hui on considère le cœur comme le siège des émotions. Comme il y avait énormément d'ennemis à abattre, il fallait s'en prendre à l'essentiel, et s'attaquer au nez était le plus sûr moyen d'en finir une fois pour toutes avec ces ancêtres encombrants. Le paradoxe, c'est que, pour détruire les traces de la croyance égyptienne antique, ils sont partis d'un postulat directement inspiré de cette croyance.

— Cette période a tant de choses à nous apprendre ! Hélas, c'est un pan de notre histoire que nous avons peine à nous approprier... À en écouter certains, on pourrait croire que notre civilisation n'a véritablement émergé qu'au septième siècle.

— Vous êtes un peu archéologue vous-même ?

Il lui fit signe que non ; tandis qu'il secouait la tête, cependant, l'idée lui vint qu'à sa manière lui aussi était en mission d'archéologie – n'essayait-il pas de déterrer son passé des limbes dans lesquels celui-ci avait sombré ? Par certains côtés, cette pensée le stimulait, mais elle lui inspirait aussi de l'accablement, de sorte qu'il préféra la remiser pour interroger l'archéologue :

— Vous n'avez pas d'Égyptiens, dans votre équipe ?

— Pourquoi, vous voulez nous rejoindre ?

— J'aimerais bien, mais je ne connais pas grand-chose à l'archéologie. C'est juste une fascination de jeunesse...

— Cette fascination-là, elle nous travaille tous à un degré ou à un autre. On ne fait pas ce métier – rester accroupi au soleil des jours durant à ratisser le sable avec un pinceau fin, une truelle et un burin, ou bien passer des heures à tenter de reconstituer une statue brisée en mille morceaux – si l'on n'est pas resté quelque part un enfant. Vous seriez partant pour vous joindre à nous ? Nous avons énormément de tractations avec les autorités locales, des documents à traduire en arabe, et avoir dans notre équipe quelqu'un qui possède les deux langues serait pour nous un atout précieux.

— J'allais justement vous proposer mes services dans ce domaine, mais je suis ravi que ça soit venu de vous. Quel genre de documents avez-vous besoin de faire traduire ?

— Essentiellement les rapports destinés à présenter nos intentions aux autorités au moment d'ouvrir un nouveau chantier, et plus tard, si nous sommes chanceux, ceux qui font état de nos découvertes… Le Conseil des antiquités exige qu'on lui fournisse ces documents en arabe pour pouvoir les soumettre à son Comité des autorisations.

— Je pense que je suis votre homme – j'aurai peut-être besoin d'un peu d'aide au début pour la terminologie scientifique, mais j'ai quand même de bonnes bases, j'ai un peu lu sur la question.

— Tenez, voici ma carte. Téléphonez-moi, je vous expliquerai comment venir sur notre chantier. Comme je vois que ça vous intéresse, je vous montrerai un peu notre travail, et puis je vous donnerai quelques documents à traduire – là-dessus, nous avons du retard et la pile a atteint une hauteur dangereuse. Pour ce qui est de la rémunération, ne vous en faites pas : si votre travail donne satisfaction, notre direction n'hésitera pas à mettre la main au portefeuille.

— Je vous appellerai, lui dit-il en prenant la carte, je vous le promets, monsieur… – il lut le nom inscrit sur le bristol : *Jean-Daniel Leroy, archéologue* – … monsieur Leroy. Aussitôt que j'aurai remis de l'ordre dans ma situation.

Il lui serra la main et exhala un soupir de satisfaction. En tout cas, il n'avait pas perdu son temps… Son idée initiale – proposer ses services linguistiques au consulat – lui apparaissait maintenant dans toute sa déraison : comment une instance étatique aurait-elle accepté de faire travailler un fantôme sans nom ni identité ? Au moins, les archéologues, habitués aux généalogies incertaines, ne lui demanderaient pas ses papiers…

Il jeta un coup d'œil à sa montre. Cela faisait bien quarante minutes qu'on l'avait conduit dans la salle d'attente. Qu'est-ce qu'ils pouvaient bien fabriquer ? Ils avaient dû avertir les autorités de la présence dans leurs locaux d'un type plutôt louche. D'un moment à l'autre, il allait voir débarquer les gardes du consulat… Ceux-ci n'auraient plus qu'à le livrer pieds et poings liés aux policiers venus le cueillir à l'extérieur…

Pour finir cependant, le préposé de l'accueil se présenta seul, pour lui annoncer qu'il allait être entendu par un agent consulaire…

— Si vous voulez bien remplir ça, lui dit-il en lui remettant un formulaire ; ensuite, revenez me voir à l'accueil et je vous conduirai auprès de monsieur de Boisdouvre, notre deuxième secrétaire…

Le formulaire fit brutalement ressurgir ses démons. Il se rendit compte que, depuis qu'il avait repris conscience à la pension, c'était la première fois qu'on lui demandait de décliner son identité sur un papier officiel. Même Sett Baheyya, que la loi obligeait pourtant à tenir à jour le registre des pensionnaires, lui avait jusque-là épargné cette épreuve.

Il examina attentivement les différentes rubriques. Nom de famille. Prénom. Date et lieu de naissance. Nationalité. Adresse en Égypte. Motif de la demande. Pour ce qui est du nom, il n'avait que « Nassi », le prénom d'adoption que les autres pensionnaires lui avaient attribué ; il l'inscrivit à la rubrique *Nom de famille*. Quant à l'adresse – indispensable pour permettre au consulat de le contacter en cas de recherche fructueuse –, il indiqua celle du café, qu'il avait opportunément demandée à 'Amm Ibrahim avant de sortir. Il préférait ne pas mêler Sett Baheyya à tout ça.

Là-dessus, il se leva et prit congé de Leroy, lui promettant de lui téléphoner bientôt, et se dirigea d'un pas hésitant vers le bureau d'accueil.

— Voilà, dit-il au préposé, j'ai rempli tout ce que je pouvais.

Le préposé jeta un coup d'œil au formulaire et fronça les sourcils, mais préféra ne pas insister.

— Suivez-moi, lui dit-il, je vous conduis.

L'homme le précéda dans un long corridor. Comme ils arrivaient devant la troisième porte, il lui demanda de patienter un instant, y frappa un bref coup avant de s'introduire seul dans le bureau, refermant soigneusement la porte derrière lui.

Il entendit des éclats de voix : « Mahmoud, je t'ai dit mille fois de ne pas m'apporter de formulaires incomplets. Tu as pris sa pièce d'identité, au moins? — Mais, monsieur, c'est qu'il a perdu ses papiers! — Bon, grommela la voix de l'agent consulaire, fais-le entrer, mais tu feras attention la prochaine fois!»

Mahmoud ressortit, une grimace sur le visage, et lui fit signe qu'il pouvait y aller.

Il entra doucement dans le bureau, prenant soin de refermer la porte avant de se retourner vers l'homme qui siégeait derrière une table élégante, sur laquelle ne traînait aucun papier.

— Je suis Alain de Boisdouvre, deuxième secrétaire. En quoi puis-je vous être utile?

— Bonjour monsieur, merci de me recevoir. Comme vous avez pu le constater, les données que j'ai indiquées sont incomplètes... Je préfère vous prévenir que ma demande sort un peu de l'ordinaire.

— Oui, Mahmoud m'a informé que vous aviez perdu vos papiers – c'est bien ça?

— Exactement, mais... ce n'est pas tout. À vrai dire, j'ai subi un accident il y a quelques jours, et quand j'ai repris connaissance, je n'avais plus ni documents d'identité, ni souvenirs. J'ai perdu la mémoire, enfin, pas complètement. Je...

— Excusez-moi, monsieur... – il jeta un coup d'œil au formulaire – ... monsieur Nassi, mais c'est le consulat de France ici, pourquoi vous adressez-vous à nous et non à un commissariat de la police égyptienne? Vous êtes français?

— Eh bien, je... je n'en suis pas absolument sûr; en revanche, je suis certain d'avoir résidé en France pendant plusieurs années. Malheureusement, je n'ai pas de documents pour vous en apporter la preuve.

— Et Nassi, c'est votre nom? Vous n'avez pas indiqué de prénom. Ce que je peux vous proposer, c'est que nous cherchions dans notre fichier des résidents à partir de votre nom complet, mais si nous trouvons quelque chose, je ne pourrai vous communiquer les informations correspondantes qu'une fois votre identité établie.

Il se rendit compte qu'il était en train de s'enfoncer dans une impasse. L'avenir était un corridor noyé dans l'obscurité, au bout duquel ne pointait pas la moindre lueur.

— Hum... comme je vous l'ai dit, je me souviens de très peu de choses, excepté cette connexion avec la France. Il est probable que je sois arrivé de Paris au cours des dernières semaines, peut-être pourrait-on faire une recherche à partir des visas ?

— Mais je crois comprendre que vous êtes originaire d'ici, reprit l'attaché en le fixant droit dans les yeux et en guettant sa réaction.

Voyant qu'il hochait la tête, il poursuivit :

— Si tel est le cas, je dois vous dire que les Français d'origine égyptienne sont dispensés de visa d'entrée en Égypte. Quand bien même il aurait fallu un visa, celui-ci aurait été sollicité auprès du consulat d'Égypte en France, pas chez nous. Non, aucune chance de ce côté-là. C'est plutôt lors de votre départ pour la France que vous auriez été amené à nous solliciter. Seriez-vous disposé à vous soumettre à un relevé d'empreintes ?

— …

— Je m'explique : depuis une dizaine d'années, nous prenons systématiquement les empreintes de tous les candidats à l'entrée en France. Si vous nous laissez les vôtres, nous pourrons les comparer à celle des demandeurs de visa enregistrés chez nous. Tout cela se fait maintenant informatiquement. Évidemment, tout dépend de la date à laquelle vous avez émigré dans notre pays.

— Je n'ai aucun problème pour vous laisser mes empreintes, mais mon départ pour la France a eu lieu bien avant la date que vous évoquez.

— Ah bon ?! Dans ce cas, je crains que votre histoire ne soit bien mal partie… Je veux dire, l'affaire pour laquelle vous nous sollicitez aujourd'hui. En plus, je m'excuse de vous le dire aussi crûment, mais rien ne nous assure que votre histoire d'amnésie est véridique. Nous avons régulièrement des demandes d'émigration émanant d'Égyptiens qui sont prêts à inventer des histoires abracadabrantes pour partir en France. Je ne prétends pas que ce soit votre cas – en plus, votre aisance à vous exprimer dans notre langue semble corroborer vos dires –, mais nous avons ordre d'agir avec la plus grande méfiance dans l'instruction de ce genre de…

Tandis qu'il l'écoutait, son esprit se mit à vagabonder. Il avait déjà lu quelque chose à propos d'un homme qui perd son passeport, mais quoi ? Soudain, les mots se mirent à défiler dans sa tête comme s'il lisait un livre ouvert :

Le désespoir s'empara de lui, il s'écria que seule la malchance l'avait jeté ici – si son collègue n'était pas tombé malade, il n'y aurait jamais mis les pieds. […] L'autre croisa les doigts.

— Vous, mais qui êtes-vous ?

Il répéta laborieusement son nom complet – prénom, patronyme, nom de famille – précédé de son titre académique, sans oublier de mentionner la fonction qu'il occupait, là-bas, dans son pays. […]

— Prouvez-le-nous…

— Que me demandez-vous exactement de prouver ?

— Que vous êtes bien celui que nous avons invité.

Il le regarda, interloqué, tandis que l'autre renchérissait :

— Parfaitement, prouvez-nous que vous êtes bien celui que vous dites être !

Il émergea de sa distraction alors que l'attaché finissait sa phrase :

— … Vous comprenez bien qu'il nous est difficile d'intervenir sans documents officiels, ce serait la porte ouverte aux déclarations les plus fantaisistes…

— Je vous remercie de votre franchise, monsieur, et je conçois très bien que ma démarche puisse apparaître comme suspecte. Mais je vous supplie de croire que je suis de bonne foi. J'avais même écrit une lettre pour le consul général… Tenez, la voici, pourriez-vous la lui remettre ? Peut-être sera-t-il en mesure de…

Sans lui laisser le temps de finir, l'attaché consulaire lui prit l'enveloppe des mains et l'examina avec attention, la tenant avec circonspection comme si elle risquait de lui exploser au visage. Il relisait la mention du destinataire : *À l'attention de M. le consul général de France en Égypte*, cherchant une faille qui lui aurait permis de la rendre au demandeur en feignant d'être désolé. Ainsi il s'épargnerait d'entendre le grand diplomate lui faire la leçon sur la conduite qu'il aurait fallu tenir en pareil cas. Bien sûr, il pouvait également la faire disparaître aussitôt que l'importun serait sorti du bureau, mais c'était trop risqué. Si le consul apprenait qu'une lettre rédigée à son intention ne lui était pas parvenue, il était bien capable de signaler l'incident au Quai d'Orsay. Dans ce cas, il pouvait mettre une croix sur la brillante carrière diplomatique qu'il briguait. Oh, il ne serait pas exclu du corps, bien sûr, mais on prendrait un malin plaisir à l'affecter dans les régions les plus hostiles : Baloutchistan, Kurdistan, Afghanistan…

— Je la lui remettrai sans faute, finit-il par lâcher à contrecœur. En plus, je dois vous dire que notre consul adore la correspondance – c'est à croire que s'il n'avait pas été diplomate, il se serait fait épistolier !

Là-dessus, le diplomate se leva pour lui signifier la fin de l'entrevue.

En repassant devant le bureau d'accueil, il remercia le préposé et lui serra la main, s'attirant de sa part un sourire reconnaissant – d'ordinaire les gens se montraient déférents à leur arrivée mais repartaient, leurs formalités accomplies, sans même lui jeter un regard.

Il ressortit à l'air libre. Cela lui fit du bien de retrouver le soleil après la pénombre des bureaux lambrissés. À l'extérieur, on se battait plus que jamais pour garder son rang dans la file des demandeurs de visas qui s'allongeait à chaque minute.

Tandis qu'il longeait la rangée pour reprendre la direction de la pension, un jeune homme brun et râblé, aux traits anguleux, le héla brusquement :

— Excuse-moi, mon pacha, tu pourrais pas m'aider ?

— Que puis-je faire pour toi, l'ami ?

— Écoute, mon cousin vit en France, dans la région parisienne, et il veut bien m'accueillir chez lui quelque temps, mais ma demande a déjà été rejetée trois fois. Ils se méfient comme la peste des gens de mon âge : pour eux, aussitôt arrivés, on va s'évaporer dans la nature – « comme un grain de sel qui a fondu », tu connais l'expression. Pour obtenir le visa, il faut leur prouver qu'on n'est pas un crève-la-faim qui serait mieux là-bas comme balayeur qu'ici comme chômeur. Le seul moyen, pour les gens comme moi, c'est d'y aller comme sportif.

— Et quel sport pratiques-tu, l'ami ?

— Un peu de tout, mais mon cousin m'a dit qu'en France ils cherchaient de bons boxeurs pour les faire participer à des combats – il paraît que là-bas, tu trouves des amateurs disposés à parier sur toi des sommes folles et tu peux mener une vie de rêve.

De bons boxeurs. Des sommes folles. Une vie de rêve. Les mots appelèrent aussitôt le souvenir d'un film…

Synopsis : 'Ali, fils de maraîcher, travaille comme comptable dans une boucherie, mais ne rêve que d'échapper à son métier fastidieux pour poursuivre sa seule ambition : devenir comédien. Pressé de fuir une réalité devenue trop étroite pour lui, il part pour Paris. Là, un intermédiaire louche, Rochdi, le recrute pour participer à des matchs de boxe truqués, qui permettent aux organisateurs de mettre la main sur l'argent des paris. Un jour, 'Ali refuse de jouer le jeu et, au lieu de perdre le match comme convenu, boxe pour de vrai, terrassant son adversaire. Pour lui faire payer l'affront, les organisateurs lui foncent dessus en voiture à la sortie du gymnase. À sa sortie d'hôpital, il découvre que Rochdi a profité de son absence pour lui voler ses économies et son passeport. Déjà frappé d'amnésie et désormais sans identité, il perd définitivement la tête.

Il reprit ses esprits sur le visage du jeune homme qui le fixait, plein d'espoir… Il prit son air le plus grave.

— Ne fais pas ça. Tu veux finir comme punching-ball avec le cerveau en compote ?

— Hein ? Mais qu'est-ce que tu racontes ?!

— Rien, je te dis juste : ne fais pas ça. Tu peux être footballeur, tennisman ou même pilote de course automobile si ça te chante, mais n'offre jamais, au grand jamais, ton corps en pâture – ils en feraient de la bouillie.

L'autre le regarda comme s'il lui avait tenu des propos d'illuminé. En repartant, il l'entendit qui pestait :

— Vous alors, vous êtes bien tous les mêmes ! Vous avez réussi à partir là-bas, mais quand on vous demande conseil, vous prenez votre air le plus dégoûté pour nous convaincre que c'est un véritable enfer. Qu'est-ce que vous avez tous, à la fin ?! Nous on en veut bien, de votre enfer. Et puis l'enfer, on s'y connaît, on y goûte tous les jours de toutes les manières possibles. Vous nous rabâchez qu'en Europe nous allons perdre notre âme. Toi, tu fais encore mieux : tu prétends qu'on va y laisser aussi notre corps ! Mais si la vie là-bas est si terrible que ça, monseigneur, pourrais-tu m'expliquer pourquoi vous y êtes restés ?!!!

XI

Dans son bureau de la Sécurité territoriale, Mounir se faisait un sang d'encre. Il avait mis tous ses hommes sur l'enquête, mais pour l'instant la seule avancée avait été la confirmation apportée par le lieutenant Madkour.

— Bon alors, j'ai vérifié, patron, vous aviez vu juste. Notre client ne s'est jamais rendu au Sémiramis. Aucun type de ce nom n'est arrivé chez eux ce jour-là.

— Le fumier ! avait sifflé Mounir.

— Je ne vous le fais pas dire, capitaine. Par acquit de conscience, les sous-lieutenants Gamil et Radwan ont épluché le registre de l'hôtel, pour le cas où le suspect se serait enregistré sous un autre nom, mais les seuls types qui ont pris une chambre individuelle ce jour-là étaient un Saoudien bien connu des services de l'hôtel et un Égyptien de soixante-dix-huit ans.

Par la suite, le lieutenant était revenu périodiquement l'informer sur l'avancement de son enquête auprès des chauffeurs de taxi, mais celle-ci ne progressait que très lentement. Il y avait énormément de conducteurs, et il fallait recouper leurs déclarations fantaisistes avec les feuilles de route déposées à la direction de l'aéroport, bien souvent remplies à la va-vite et incomplètes. Mounir rongeait son frein, se demandant comment ils allaient bien pouvoir retrouver leur gibier dans cette mégapole frénétique frôlant les vingt millions d'habitants.

Plus étonnant, Nesrine n'avait encore donné aucun signe de vie. Il était surpris qu'elle ne lui fût pas encore revenue, ne serait-ce qu'avec des premières indications. Il avait songé à la relancer mais, après réflexion, avait opté pour la laisser travailler : il savait que quand elle avait une mission à accomplir, elle ne renonçait jamais avant d'être allée jusqu'au bout, qu'elle ne trouverait pas le sommeil tant qu'elle n'aurait pas exhumé la moindre information de valeur ayant trait au suspect.

Le troisième jour, alors qu'il n'y croyait plus, des coups discrets furent frappés à sa porte ; Mounir sut que Nesrine avait enfin du nouveau. Tandis qu'il la regardait s'avancer lentement jusqu'au milieu du bureau, il remarqua son air moins assuré qu'à l'habitude. Pis, elle gardait le silence, attendant sans doute un signal pour faire ses révélations.

— Alors Nesrine, tu l'as retrouvé ? lui lança-t-il en forme de provocation.

Un éclair de rage passa dans les yeux de la jeune femme qui parut s'obliger à apaiser sa nervosité avant de répondre :

— Non, patron, mais je me suis souvenue d'un détail qui pourrait nous aider à cerner son profil.

— Je t'écoute.

— Il y a environ vingt-cinq ans, la télévision a diffusé un feuilleton qui…

— Nesrine, coupa Mounir, t'as rien de mieux à faire que me parler des programmes télé de la préhistoire ?

— Patience, patron, vous allez voir… Le feuilleton s'appelait *Le frère des filles* et racontait l'histoire d'un type qui rentre en Égypte après de longues années en Europe.

— Ah oui, je me souviens, le personnage principal était joué par Mahmoud Yassine qui, dans la vraie vie, est encore plus torturé que dans ses rôles. À ma connaissance, c'est quand même le seul acteur qui a réussi à accomplir toute sa carrière sans jamais rire à l'écran ! Une seule fois, il a souri, mais son sourire était tellement forcé que les spectateurs se sont tous demandé si c'était pas une grimace de douleur… Bon, et alors ?

— Eh bien, le jour prévu pour son arrivée au Caire, on voit ses cinq sœurs en train de l'attendre impatiemment au domicile familial. C'est normal, elles sont orphelines et n'ont que lui au monde. Mais il n'y a pas que ça : depuis son départ, le foyer est parti en débandade – de la cadette qui ne pense qu'à tomber amoureuse de ses camarades de lycée jusqu'aux autres sœurs qui passent leur temps à se crêper le chignon – et toutes misent sur lui pour ramener la sagesse et l'autorité à la maison. Or, le type n'a pas plus tôt atterri qu'il trouve rien de mieux à faire qu'aller s'installer à l'hôtel ! Ça vous rappelle rien, patron ?

Mounir tapa lentement dans ses mains pour marquer son appréciation.

— Bien joué, Nesrine, c'est bien la première fois que la télévision nous sert dans une de nos enquêtes !

— Vous me flattez, mais je ne vous ai pas encore tout dit. J'ai visionné en vitesse quelques épisodes hier soir – il se trouve que ma sœur collectionne pieusement les cassettes vidéo de ces vieilles séries. Il apparaît que la raison pour laquelle le grand frère s'abstient de rentrer à la maison, c'est qu'en exil il a développé une sorte de phobie, au point qu'il a une peur bleue des effusions que ses sœurs ne vont pas manquer de lui témoigner à son arrivée. Je me suis dit que notre ami a très bien pu être marqué par ce feuilleton, ce qui l'a amené – consciemment ou non – à reproduire le même schéma vingt-cinq ans plus tard.

— Hum… mais qui te dit qu'il était en Égypte à l'époque de la diffusion. Les dates concordent ?

— J'ai vérifié, le feuilleton a été diffusé en juillet 1984. À l'époque, notre ami passait tous ses étés au Caire – on le sait parce qu'à l'époque les Égyptiens en visite au pays devaient se faire enregistrer auprès des antennes de police locales. D'ailleurs, ce détail m'a donné l'idée de rechercher toutes les autres traces administratives qu'il a pu laisser lors de ces visites, et j'ai découvert qu'il avait accompli une foule de démarches.

— Quel genre de démarches ?

— Eh bien, par exemple, nous avons retrouvé au Mugammaa des documents à son nom ; comme le dossier était vieux de vingt-cinq ans, il a fallu le faire remonter des archives. Il s'agissait d'une demande d'équivalence déposée par notre homme alors qu'il venait d'obtenir son diplôme en France – peut-être qu'il envisageait de revenir s'installer en Égypte… Apparemment, il a fait des études assez brillantes, une classe préparatoire dans un lycée parisien huppé au nom bizarre, quelque chose comme « Ferdinand de Lesseps » (elle avait prononcé ça *Ferrdinaned di Lissibs*) ou non, attendez, « Janson de Sailly » (*Yansoun di Zaillih*), avant d'être admis avec les honneurs dans une institution qui s'appelle… qui s'appelle… – Nesrine jeta un coup d'œil sur le bloc-notes quelle tenait à la main – … *Heytchissi*.

Mounir fronça les sourcils.

— Je sais, patron, ça ressemble un peu au cri du serpent à sonnette, mais je me suis renseignée. HEC, poursuivit-elle en détachant bien les lettres, c'est le sigle d'une prestigieuse *business school* française, qui forme des grands patrons de la finance et des gourous du marketing. Le plus étonnant, c'est que malgré ce cursus sans tache, l'équivalence lui a finalement été refusée. La préposée a fait valoir que les années préparatoires ne faisaient pas partie de la formation, et qu'il pouvait tout au plus prétendre à un bac + 3. D'après elle, il ne s'agissait en aucun cas d'études supérieures : « Regardez vous-même le diplôme, lui répétait-elle avec obstination, c'est écrit "école" – é-co-le –, comment voulez-vous que je vous délivre une équivalence avec une université ?! » Elle refusait d'en démordre et voulait sérieusement le convaincre que sa formation valait tout juste un « diplôme » (un *dèblomme*, dans sa prononciation à elle) d'un de ces instituts commerciaux destinés aux cancres pas fichus d'intégrer une fac.

« Là-dessus, il a claqué la porte du Mugammaa, non sans se fendre d'une lettre de protestation que nous avons retrouvée dans le dossier. La lettre nous a rendu un fier service : sans elle, il aurait été impossible de reconstituer tous ces détails. Mais, à lui, elle n'a servi à rien – l'employée en question s'est abstenue de la transmettre à sa hiérarchie, et pour cause : notre ami jugeait bon d'y préciser qu'à aucun moment, tandis qu'elle lui opposait ces arguments, elle n'avait cessé de peler ses courgettes pour les rapporter prêtes à cuire à la maison.

— Ha ! s'esclaffa Mounir, pourtant il était bien tombé ! Encore un peu, il aurait eu droit à la préparation d'un *mahchi* de choux… Quoi d'autre ?

— En faisant des recherches sur son statut vis-à-vis du service militaire, j'ai découvert que notre homme avait bénéficié, du fait de ses longues études, de plusieurs reports successifs. Or, 1984 est également l'année où son dernier report arrivait à expiration ; en théorie, il aurait donc dû se présenter chez nous l'année suivante pour être incorporé. On manque d'éléments pour reconstituer ce qui s'est passé, mais on a retrouvé dans son dossier un certificat, postérieur de deux ans, attestant qu'il avait accompli ses obligations militaires en France. Apparemment, il avait acquis la nationalité de ce pays quelques années plus tôt. Aujourd'hui, les doubles nationaux sont exemptés d'office mais, à l'époque, un ressortissant égyptien possédant une autre nationalité ne pouvait se libérer de ses obligations qu'en accomplissant son service militaire dans l'un des deux pays.

« Là encore, on ne sait pas exactement ce qui s'est passé dans sa tête, mais toujours est-il que cette reculade a pu être vécue par lui comme une lâcheté, voire une trahison à l'égard de son pays d'origine, et créer chez lui une sorte de ressentiment envers lui-même et envers les autres…

Cette fois, Mounir n'eut pas besoin d'interroger Nesrine pour deviner la suite, il était désormais animé par une énergie propre.

— C'est bon, je vois le tableau. Tu veux mon avis ? Ça ne m'étonne pas qu'il se soit défilé de notre service militaire. Quant à celui qu'il a dû effectuer en France, je ne te fais pas le topo : respect des droits du soldat, casernements VIP et *tutti quanti*. Pff… et ça se veut patriote ! Dès qu'il est entré dans mon bureau, j'ai senti qu'il y avait une faille chez ce type, mais j'avais beau tourner autour, je n'arrivais pas à mettre le doigt dessus, alors j'ai dû le laisser repartir. J'ai pensé un instant dire à mes hommes de le suivre, mais comme mes soupçons étaient trop vagues, j'ai fini par laisser tomber. Maintenant que j'y repense, on voyait bien dans son regard qu'il portait les stigmates de son exil, comme si quelque chose en lui s'était brisé… En tout cas, le profil de personnalité concorde… Au fait, est-ce qu'on sait quel type de boulot il faisait en France ?

Nesrine, qui redoutait visiblement cette question, prit un air penaud.

— Là-dessus, mes recherches ne sont pas encore terminées, mais je m'engage à vous en dire plus d'ici deux jours…

XII

Les mots du boxeur résonnaient encore dans sa tête tandis qu'il arrivait en vue de la pension. D'une certaine façon, le jeune homme n'avait pas tort. Il se souvenait de discussions passionnées qu'il avait eues sur le sujet avec ses cousins. Il s'épuisait à leur démontrer qu'ils avaient de la chance de vivre en Égypte, qu'au moins ici les gens étaient solidaires, les malades recevaient des centaines de visites, les personnes âgées n'étaient pas jetées dans des mouroirs au premier signe de fléchissement. Ce genre de remarques, rétorquaient-ils, c'était du luxe de nantis, de ceux qui mangent à s'en faire péter la panse et viennent ensuite faire l'apologie du lien social exceptionnel qui existe dans les pays de misère.

N'empêche, son rôle était de les mettre en garde contre le mirage d'une vie facile que leurs compatriotes émigrés leur faisaient miroiter, souvent pour ne pas avouer leur propre défaite. Combien d'entre eux ne s'étaient-ils pas fait photographier à côté d'une superbe limousine, avant d'expédier le cliché à leur mère restée au pays, avec au dos quelques lignes griffonnées : « Ton fils préféré devant la voiture qu'il vient de s'acheter, grâce à Dieu… Je vous enverrai de l'argent dès que j'aurais mis mes affaires au clair. Mère, prie pour ma réussite. »

Si la mère en question avait lu attentivement ces derniers mots et qu'elle n'avait pas été sa mère, justement, elle aurait vite compris que la « chair de sa chair » se payait sa tête, qu'il fanfaronnait pour dissimuler un échec cuisant, qu'au fond la seule chose qui le retenait encore là-bas, c'était la honte à l'idée de rentrer du Paradis sans même avoir goûté aux houris, d'avoir nagé dans les fleuves de miel sans jamais pouvoir en avaler une seule lampée. À supposer même qu'il fût vraiment au Paradis, il faisait plutôt partie du petit personnel, des surnuméraires recrutés à la journée pour veiller au confort des résidents en titre, dont en retour il ne recevait au mieux qu'un sourire d'indifférence polie, au pire qu'une moue d'indicible mépris.

Comme il pénétrait dans le hall ombreux de la pension, il aperçut 'Amm Ibrahim qui le sondait du regard.

— Tu vois, lui dit-il en souriant, je suis revenu sain et sauf ! D'ailleurs, je ne risquais pas grand-chose – les Français n'ont pas l'air enchantés à l'idée de me récupérer.

— Allons, Nassi Effendi, dites donc pas des choses pareilles. Sûr qu'ils ne connaissent pas votre vraie valeur !

— Peut-être bien, 'Amm Ibrahim, mais ma vraie valeur, comme tu dis, je ne sais plus trop dans quelle devise elle est libellée…

— Soyez donc patient – vous connaissez le dicton : « La patience est la clef de la délivrance. » En attendant qu'elle arrive, ladite délivrance, je m'en vais vous préparer un thé qui va vous réconcilier avec la vie.

— Avec plaisir ! Je monte me rafraîchir et je redescends dans dix minutes.

Il grimpa rapidement au deuxième et alla se passer la tête sous le robinet de la salle de bains, laissant l'eau dégouliner dans son cou. Sa matinée au consulat l'avait épuisé et il avait besoin d'un sursaut d'énergie. Il retourna ensuite dans sa chambre pour passer une tenue plus décontractée, puis descendit retrouver 'Amm Ibrahim dans le hall.

Celui-ci avait préparé deux verres de thé brûlant et, après lui avoir déposé le sien sur la table basse du salon, s'apprêtait à repartir vaquer à ses occupations. Il le rattrapa par la manche :

— Allons, 'Amm Ibrahim, fais-moi donc l'honneur de t'asseoir avec moi, personne ne viendra à cette heure.

— Possible, mais ma place est derrière le comptoir. Que va dire Sett Baheyya si elle me voit en train de boire le thé avec les pensionnaires ?

— Je suis sûr qu'elle sera ravie que tu t'accordes une pause dans cette longue journée !

— Bon, mais alors j'avale mon verre et je file.

— Entendu. Parle-moi donc un peu de toi, ça fait combien de temps que tu travailles ici ?

— Oh, je compte plus, vous savez. J'étais déjà au service de Sett Baheyya et de feu son mari avant que la maison soit convertie en pension.

— Toi qui l'as connue autrefois, dis-moi, comment était-elle ? Je veux dire, avant de…

Il allait ajouter « perdre son fils », mais quelque chose le retint, il aurait eu l'impression de s'immiscer dans la vie privée de cette femme si délicate. De toute façon, 'Amm Ibrahim avait compris.

— Je l'ai vue se transformer sous mes yeux. Oh, c'est pas qu'elle ait changé d'attitude vis-à-vis de nous – au contraire, elle était encore plus attentive à notre bien-être. Exigeante, ça oui, mais tout de même attentive. Avant de travailler pour elle, j'avais exercé une ribambelle de métiers : chauffeur routier, vendeur de mouchoirs à la sauvette, coursier, factotum, porteur…

— Porteur ?! Ah, je comprends mieux maintenant pourquoi tu es taillé comme un lutteur.

— Un lutteur, peut-être, mais les muscles sont bien rouillés ! D'ailleurs, c'est comme porteur que je l'ai connue. Son train du Saïd l'avait déposée à la gare centrale, et c'est moi qui lui ai porté ses bagages. Après le départ du taxi, je me suis aperçu que le chauffeur avait oublié une des valises sur le trottoir, et je l'ai conservée pour elle dans le local que la compagnie mettait à notre disposition. Le lendemain, elle est venue se renseigner aux objets trouvés, sans trop y croire. Aussitôt que je l'ai vue, je me suis précipité vers elle pour lui rendre la valise – je sais pas ce qu'elle contenait, mais c'est comme si je lui avais rendu la vie. Comme je refusais mordicus qu'elle me paie la moindre piastre, elle m'a demandé du tac au tac si ça ne me disait pas de travailler à son service – elle venait de s'installer au Caire avec son mari et ils cherchaient un gardien pour la maison. J'ai accepté sur-le-champ et je l'ai jamais regretté.

— Tu disais que tu l'as sentie se transformer…

— Oui. Oh bien sûr, elle continuait de croire à la vie et d'assumer ses responsabilités comme si rien s'était passé, mais moi, je sais lire dans le regard d'un être humain. Après la mort de son fils, la petite lumière qui brillait dans ses yeux s'est éteinte.

— Justement, 'Amm Ibrahim, je voulais te demander. Que sais-tu au juste de son…

Ils furent interrompus par l'arrivée de Faouzi, qui s'adressa à lui avec un sourire radieux :

— Nassi, j'ai pas perdu mon temps… Tu te souviens que pour l'estimation de ton âge, je t'avais dit que j'en parlerais à mon prof d'histologie ?? Eh bien, le professeur Sabri vient de me donner les coordonnées d'un confrère à lui – il paraît que c'est un expert dans la discipline. J'ai fait ni une ni deux, je l'ai aussitôt appelé et j'ai réussi à décrocher un rendez-vous pour quinze heures trente.

— Quinze heures trente – tu veux dire cet après-midi ?... Si tôt que ça ?!

— Ben quoi, t'es plus pressé de connaître ton âge ?

— Si, si, bien sûr, mais c'est que... tout a été si vite !

Tous trois continuèrent à bavarder un peu dans la pénombre du salon, après quoi 'Amm Ibrahim se leva pour retourner à son comptoir.

— Ton thé à la menthe était magnifique, lança-t-il au vieil homme, je n'en avais pas goûté de pareil depuis des années.

— Tu savais pas ? enchaîna Faouzi. 'Amm Ibrahim doit faire le meilleur thé de la capitale, il y glisse des feuilles de menthe – enfin, j'espère que c'est de la menthe – amoureusement cultivées sur le rebord de sa fenêtre. Mais méfie-toi, l'OMS a classé son breuvage dans la catégorie des drogues. Douces, certes, mais drogues tout de même ! Bon, je te laisse redescendre tranquillement de ton trip, et je monte te chercher vers quinze heures.

Des coups discrètement frappés à sa porte le réveillèrent alors qu'il somnolait sur son lit. Un coup d'œil vers la pendule murale lui révéla qu'il était déjà quinze heures dix. Il enfila son blouson et sortit rapidement de la chambre. Après un détour par la salle de bains pour s'asperger le visage d'eau froide, il rejoignit Faouzi qui l'attendait devant l'entrée de la pension.

— Alors, le jeune marié, on y va ? Ton grand jour est arrivé...

— Allons, Faouzi, n'en rajoute pas, je suis aussi angoissé que si on m'obligeait à repasser un examen.

— En fait d'examen, c'est juste une visite médicale. On va enfin savoir si tu es accepté.

— Accepté où, exactement ?

— Mais chez nous, en Égypte ! Qu'est-ce que tu crois, c'est très convoité ici, il paraît même que la nationalité égyptienne est l'une des plus difficiles à obtenir au monde !

Il allait répliquer mais le large sourire de son compagnon décourageait toute repartie. Ils se mirent en route.

En chemin, il profita de la bonne humeur de Faouzi pour l'interroger sur les autres pensionnaires.

— Dis-moi, je voulais te poser une question… Sélim, tu le connais bien, n'est-ce pas ?

— Si je connais bien Sélim ? À peu près autant qu'on peut connaître quelqu'un avec qui on a mangé le pain et le sel et partagé de multiples galères. Pourquoi tu me demandes ça ?

— Non, rien, c'est juste que je le trouve un peu froid avec moi. Alors je me demandais s'il m'en voulait pour quelque chose, ou si c'est juste que je suis pas habitué à son caractère.

— Tu dis ça parce qu'il a pas l'air d'avaler ton histoire ? Faut pas le prendre pour toi, tu sais, je crois que ce type est un sceptique né. Il commence par douter de tout, et seulement après il essaie de raisonner ou de s'instruire pour voir si y a moyen de surmonter ses doutes. Il a une curiosité encyclopédique qui fait qu'il est capable de te parler d'un nombre incroyable de sujets. Avec 'Azza, ils font la paire !

— Et 'Azza… ?

— Quoi, 'Azza, elle te plaît ?

— Mais non, qu'est-ce que tu vas chercher ? Enfin, c'est sûr que c'est une femme impressionnante…

— Tellement impressionnante que tous ceux qui ont tenté leur chance – à commencer par ton serviteur – s'y sont cassé les dents. Et puis, vu qu'elle passe ses journées entourée de gens ultra-brillants, il faut avoir au moins un QI de 190 pour passer les éliminatoires.

— Un QI de 190 ? Dans ce cas, répliqua-t-il en riant, je suis définitivement hors course : ces temps-ci, le mien doit se balader quelque part en dessous de zéro…

Au bout d'une dizaine de minutes de marche, ils arrivèrent devant un vieil immeuble décati du centre-ville. À chacune des fenêtres ou presque, une plaque indiquait, en caractères blancs calligraphiés sur fond noir, le nom d'un médecin et sa spécialité. Faouzi lui désigna l'une des pancartes du deuxième étage – *Dr Khalil al-Mergani, professeur à la faculté de médecine de 'Aïn Chams, expert agréé en évaluation de l'âge.*

— Si j'avais imaginé qu'un jour je serais amené à consulter ce genre de spécialiste ! lâcha-t-il d'un air désabusé.

— T'exagères, répliqua Faouzi, ça vaut quand même mieux que le cardiologue ou le cancérologue, non ?

Ils montèrent à pied les deux étages et furent introduits dans une salle d'attente pleine à craquer, principalement des mères accompagnées de leurs filles adolescentes. Khadra ne s'était pas trompée…

L'assistante qui gérait les rendez-vous revint leur dire que le Dr Khalil les prendrait aussitôt achevée la consultation en cours. Faouzi la remercia et se pencha pour lui glisser deux mots à l'oreille :

— Traitement VIP, réservé aux relations du Dr Faouzi… C'est bien la première fois que mon carnet d'adresses me sert à quelque chose !

Quelques minutes plus tard, la porte du cabinet s'ouvrit, et une jeune fille en sortit – on ne lui donnait guère plus de quinze ans. Une femme plus âgée qui devait être sa mère la tenait par le bras :

— Allons, pourquoi pleures-tu, Amal, est-ce qu'on pleure à la veille d'un si beau jour ?

Derrière eux apparut le médecin qui les raccompagna jusqu'à la porte avec des mots rassurants.

C'était un homme d'assez grande taille, un peu dégarni, avec des lunettes rondes perchées sur un nez massif. La blouse blanche immaculée et le stéthoscope autour de son cou lui donnaient un air professoral, que démentait le regard profondément humain de celui qui devait frayer autant avec les drames de la vie quotidienne qu'avec les énigmes de la science. Une fois la jeune patiente et sa mère ressorties, l'homme en blanc retourna dans son cabinet, glissant au passage à l'assistante :

— Cas suivant, s'il vous plaît.

— C'est à vous ! lança-t-elle à l'intention de Faouzi.

Ce dernier se leva précipitamment, mais voyant que son compagnon était resté assis, il lui adressa un regard interrogateur.

Au prix d'immenses efforts, il parvint à se lever, mais quand il fallut avancer, il se sentit soudain paralysé – c'est à peine si ses jambes le portaient.

— Donne-moi juste deux minutes, plaida-t-il auprès de Faouzi, je ne sais pas ce qui m'arrive… Il s'expliquait mal son appréhension ; certes cette démarche était importante, c'était une première étape dans l'enquête qui lui permettrait peut-être de recouvrer sa personnalité perdue, mais ce n'était pas une raison pour y engager ainsi tout son être. Du reste, quand bien même l'homme de l'art parviendrait à évaluer son âge avec précision, la route était encore longue avant qu'on puisse lui restituer un nom, un parcours, une identité. Ces réflexions le rassurèrent et il put enfin se remettre en marche.

Le docteur Khalil les accueillit avec un large sourire :

— Installez-vous donc. Ainsi donc, Faouzi, vous êtes un élève de mon excellent ami le professeur Sabri ? Il m'a téléphoné l'autre jour pour me dire qu'il avait un problème intéressant à me soumettre.

— À vrai dire, le professeur ne tarit pas d'éloges sur vous, répliqua Faouzi, il m'a assuré que vous êtes capable de déterminer l'âge de n'importe quel organisme vivant avec une précision redoutable…

— Ha ha, sacré Sabri, il en fait toujours trop ! Si seulement les choses étaient aussi simples ! Vois-tu, mon garçon, c'est une drôle de spécialité que la mienne. Oh, bien sûr, elle s'appuie sur les progrès des techniques scientifiques, mais celles-ci laissent encore une marge d'erreur bien trop grande. C'est pourquoi les analyses médicales doivent être complétées par des examens approfondis du patient.

— Faites tous les examens que vous voudrez, docteur, on s'en remet entièrement à vous : l'avenir de mon cousin Nassi, ici présent, est entre vos mains.

— Eh bien voyons ça. Je vous explique comment nous allons procéder. Je vais d'abord soumettre votre cousin à un examen morphologique destiné à mesurer le degré de sclérose des principales zones du corps sujettes au vieillissement. Après cela, je procéderai à son interrogatoire à l'aide d'un formulaire spécialement conçu pour évaluer les antécédents du sujet, son niveau de scolarité, sa maturité. En repartant, vous passerez par le laboratoire au premier étage, et vous lui ferez faire un certain nombre d'analyses histologiques et radiologiques – je vous donnerai une ordonnance pour ça.

Faouzi, qui buvait littéralement les paroles du médecin, intervint :

— Excusez-moi, docteur, mais vous avez bien dit histologiques et radiologiques ?

— Voyez-vous, l'examen morphologique seul ne suffit pas ; pour obtenir le résultat le plus fiable possible, il faut utiliser différentes méthodes qui se complètent. Les méthodes histologiques visent principalement à effectuer le comptage des ostéons – la plus petite unité dénombrable dans la structure osseuse – à partir d'une coupe microscopique de l'os cortical. Quant aux radios, elles permettent d'évaluer les marqueurs présents dans les extrémités des os longs, de la clavicule et du plastron sternal.

L'excitation de Faouzi avait cédé la place à une sorte d'accablement.

— Mais tous ces examens vont prendre des mois, non ?

— Rassurez-vous, répliqua le docteur Khalil, ces méthodes sont très rodées, vous n'imaginez pas le nombre de patients qu'on soumet à ces examens. Mais généralement, il s'agit de jeunes sujets : l'objectif est de déterminer si une jeune fille est nubile ou si un délinquant est mineur ou non. Dans ces cas-là, l'examen de la dentition et la radiographie du poignet gauche suffisent, mais chez les patients d'âge mûr, ces indicateurs ne sont plus d'aucun secours et l'estimation est donc bien plus difficile. Une fois tous les examens effectués, je compilerai les résultats pour produire mon rapport, et vous pourrez passer le prendre d'ici une petite semaine. Ça vous va ?

— On ne peut mieux, monsieur le professeur, et merci encore d'avoir accepté de nous prendre en urgence.

— Oh, ce n'est rien, ce bon vieux Sabri m'a déjà sorti plusieurs fois de l'ornière, depuis que nous usions ensemble nos fonds de culotte sur les bancs de la faculté de 'Aïn Chams. Je suis bien content de pouvoir lui renvoyer l'ascenseur.

La demi-heure qui suivit fut consacrée à l'examen morphologique. Il abandonna son corps aux mains du médecin qui procédait à des palpations diverses avant de noter fiévreusement le résultat de ses observations sur un bloc-notes. L'homme semblait attacher une importance particulière à la constitution de ses os, aux attaches de ses doigts et plus encore aux fines ridules qui marquaient son visage. Au moment où le docteur Khalil passait lentement un doigt sur ses paupières, après lui avoir demandé de fermer les yeux, il se sentit envahi par une douce léthargie…

Cette année-là, on soumit le père à une visite médicale pour permettre à un médecin d'État d'évaluer son âge, examen indispensable pour compléter son dossier d'admission dans la fonction publique. Le médecin ausculta le cœur, qu'il trouva vigoureux et sain, il examina et palpa, après quoi il décida et trancha : le patient était âgé de trente ans. Or, si l'on en croit les hommes de Guhayna, notamment les plus âgés d'entre eux, à cette date le père avait déjà la cinquantaine bien sonnée. Je me suis fait la réflexion que ce médecin avait assurément omis d'examiner le pourtour des yeux : s'il avait vu ces ombres diffuses, s'il avait pu dater cette nostalgie inondant ses prunelles, cette gravité qui ne s'accomplit jamais avant l'âge de cinquante ou soixante ans, voire soixante-dix ans, une fois qu'on a déjà derrière soi la plus grande partie du voyage, s'il avait vu tout cela, donc, s'il s'était montré plus attentif, nul doute qu'il l'aurait mis à la retraite d'office.

Cette scène qui l'avait tant frappé à la lecture n'était-elle pas appelée à se répéter ? Le médecin d'aujourd'hui n'allait-il pas réitérer avec lui l'erreur commise avec le père du narrateur, lui assigner bien moins d'années qu'il n'en avait en réalité ? À moins que, cette fois, l'erreur ne jouât en sens inverse. « J'ai l'impression d'avoir déjà vécu mille ans… » – cette phrase qu'il aimait à répéter et qui traduisait son étonnement d'avoir déjà traversé tant de choses n'allait-elle pas contaminer l'objectivité du médecin et l'inciter à lui prêter un âge bien plus avancé que le sien ?

Il revint à la réalité alors que le docteur Khalil l'invitait à se rhabiller et à se rasseoir sur la chaise lui faisant face.

— À présent, lui annonça le médecin, je vais vous poser quelques questions pour essayer de préciser avec vous la perception que vous avez de votre âge.

— Je veux bien, docteur, mais je dois vous prévenir que j'ai été un peu secoué ces derniers temps, j'ai du mal à me souvenir de certaines choses…

L'interrogatoire qui suivit ne leur permit guère de progresser, il était incapable de répondre à la plupart des questions que le médecin lui posait. Il cherchait des repères à lui donner, mais se rendait maintenant compte à quel point ceux-ci étaient liés à des personnalités dont le nom le fuyait, ce qui enlevait à ses réponses une grande partie de leur pertinence. Une autre difficulté était que, même avant son amnésie, il avait toujours eu du mal à établir une hiérarchie entre les événements : un fait divers local lui paraissait aussi important qu'une conflagration internationale, le balbutiement d'une étoile à des millions d'années-lumière d'ici valait un crissement de pneus au bas de sa rue, la souffrance d'un enfant était tout aussi digne d'attention que les dégâts d'un cyclone. Comme il expliquait cela au Dr Khalil, l'œil de ce dernier s'alluma, il rapprocha sa chaise du bureau et lui demanda de citer des événements qui l'avaient marqué dans ses premières années, aussi insignifiants qu'ils lui paraissent.

— Le premier événement d'importance dont je me souvienne, c'est quand l'homme a marché sur la Lune. Nous étions rivés devant notre écran de télé noir et blanc. Je crois que c'est cette image-là qui m'a donné par la suite envie de dévorer des livres de science-fiction. J'avais toujours été attiré par les astres et les planètes, mais le fait qu'on puisse atteindre un autre corps céleste, quand bien même ce n'était qu'un satellite de la Terre, me semblait ouvrir des possibilités infinies. Et puis ces noms – « Mer de la tranquillité », « Océan des tempêtes » – me faisaient frissonner, je m'imaginais d'immenses nappes liquides battues par les vents et noyées dans l'obscurité. Je m'amusais même à dessiner les monstres marins qui devaient hanter leurs abysses. D'ailleurs, j'ai été très déçu quand les expéditions suivantes ont conclu à l'absence d'eau ; mais je suis convaincu qu'on découvrira un jour d'infimes particules de glace enfouies en profondeur sous la surface.

— Qui sait, en effet... D'après vous, quel était votre âge quand vous avez vu ces images ?

— Je ne saurais dire, mais j'étais sans doute dans les dernières années du primaire : je me souviens que, le lendemain, notre maître avait mis ça à l'ordre du jour de sa « leçon de choses ».

— Mmmm, de quoi vous souvenez-vous encore ?

— Je ne sais pas si c'était après ou avant, mais il y a eu la guerre des Six Jours. J'étais enfant à l'époque, et je ne comprenais pas bien ce qui se passait. Il se trouve qu'au moment où l'armée israélienne a déclenché les hostilités militaires, mon père se trouvait aux États-Unis ; il participait à une conférence internationale sur l'aide aux enfants du monde, où d'innombrables nationalités étaient représentées. Quand les premières dépêches sont tombées, les Arabes ont cessé de monter à la cafétéria prendre leurs repas avec les autres délégations : ils étaient morts de honte et préféraient se morfondre seuls dans leur chambre. Il faut dire que la presse américaine pavoisait littéralement au spectacle de notre aviation clouée au sol sans même avoir pu livrer bataille. Les nerfs de mon père ont lâché et il est rentré de là-bas avec une telle dépression que les médecins lui ont prescrit des pilules à vie.

— Et puis?

— Je me souviens de choses vues à la télévision, certaines en noir et blanc, comme cette série où un fugitif était poursuivi par un manchot – j'en ai fait des cauchemars pendant des années –, d'autres en couleurs. Nous avons eu notre premier téléviseur couleur pile au moment de la coupe du monde de football de Mexico, et nous étions fascinés par les tenues chamarrées des joueurs sud-américains.

— Quel âge aviez-vous à l'époque?

— Aucune idée. En vous parlant, je me rends compte que je n'ai aucune notion du moment où ces événements se sont produits et que je serais tout à fait incapable de les classer par ordre chronologique. Tout ce que je sais, c'est que chacun d'entre eux a laissé une trace dans ma mémoire...

— En tout cas, ne croyez pas que ces détails soient inutiles! Même ceux qui vous paraissent futiles peuvent nous aider à préciser la fourchette d'évaluation. Bon, j'en ai fini avec vous; tenez, voici ma carte et – comme on dit dans les films policiers – n'hésitez pas à m'appeler si quelque chose vous revient.

En repartant, ils s'arrêtèrent au premier étage où il fut soumis à une batterie d'examens – radios, scanners, prélèvements de tissu; il présentait l'ordonnance du Dr Khalil comme un viatique sur la foi duquel on le promenait de département en département.

Tandis qu'ils retournaient à la pension, Faouzi s'efforçait de parler de tout et de rien, il devait sentir à quel point l'interrogatoire de son compagnon l'avait éprouvé. Il lui en sut gré et tenta de faire bonne figure. Un peu plus tard cependant, Faouzi remit le sujet sur le tapis.

— Dis-moi, Nassi, tout à l'heure, j'ai écouté tes réponses au médecin, et ça m'a fait un drôle d'effet. Je me disais que notre génération à nous n'avait rien connu de ces bouleversements : les événements politiques majeurs, les révolutions technologiques, les guerres successives… Nous, tout ça, on le connaît que par les livres d'histoire, un peu comme si on avait grandi dans une sorte de vide historique. Quelque part, je t'envie, tu sais…

Pour la première fois depuis qu'il avait repris connaissance à la pension, il se sentit retrouver confiance en lui : Faouzi s'était adressé à lui comme à un aîné, quelqu'un qui dispose d'une expérience plus large de la vie – alors que jusqu'ici son amnésie l'avait quelque peu infantilisé, le contraignant en permanence à avouer son ignorance et à s'en remettre à la sagacité de ces étudiants pourtant bien plus jeunes que lui. Peut-être ce regain de confiance était-il un premier pas sur la voie de la guérison ?

TROISIÈME PARTIE

I

Depuis sa mésaventure avec le client de l'aéroport, Sayyed ne dormait plus que quelques heures par nuit. Il se repassait en boucle le film des événements qu'il avait vécus à partir de son arrivée au Caire, quelques années plus tôt.

Il avait d'abord travaillé comme planton dans une administration publique, mais son traitement officiel ne suffisait pas à boucler ses fins de mois et, contrairement à ses collègues peu regardants, il se refusait à rechercher un complément de revenu en rendant des faveurs humiliantes ou en extorquant des pots-de-vin aux usagers en détresse. Il avait bien essayé de prendre un « deuxième métier », comme le faisaient beaucoup de fonctionnaires qui, aussitôt quitté leur emploi public, enchaînaient une seconde journée de travail. Mais, outre le fait qu'il ne se sentait plus exister, il n'était jamais arrivé à s'entendre avec ses patrons, qui lui en voulaient secrètement de n'être pas entièrement soumis à leur bon vouloir et le lui faisaient payer en brimades et vexations en tous genres.

Un jour que, au café, il confiait sa lassitude à l'un de ses amis tout en tirant de longues bouffées de son narghilé, l'homme assis à la table voisine s'était immiscé dans la conversation :

— Moi, mon patron n'oserait pas mettre les pieds sur mon lieu de travail…

Lui et son ami avaient dévisagé l'inconnu, qui les observait avec un large sourire…

— Et ça serait quoi, ce bureau où votre boss est interdit de territoire ? avait lancé l'ami de Sayyed.

— C'est un bureau tout équipé, appareils électriques, moyens de communication modernes, tout le confort. Je peux vous le faire visiter, si vous voulez… Il est garé devant le café.

Ah, c'était donc ça ! L'homme leur avait ensuite fait une peinture idyllique de la vie de taxi, il n'y avait pas de meilleur observatoire pour savoir ce qui se passait dans le monde, on y rencontrait des gens de toutes origines et de toutes nationalités, des gens de la haute comme d'authentiques culs-terreux tout juste montés de leur province. Oh, certes, on ne risquait guère de faire fortune, mais au moins on était seul maître à bord. Et puis quand bien même on tombait sur un client grincheux, cela ne durait que le temps d'une course.

Au commencement, Sayyed avait écarté l'idée d'un revers de la main : allons donc, passer sa vie dans une voiture! Mais bientôt elle était revenue lui trotter dans la tête et, deux semaines plus tard, tandis qu'il fumait son narghilé au café, il avait reparlé au conducteur de taxi, lui demandant s'il n'avait pas connaissance d'une voiture se cherchant un chauffeur.

— Vous pouvez pas mieux tomber! avait rétorqué l'autre. Mon patron a décidé de mettre une seconde voiture en circulation. Bon, c'est pas une limousine, c'est une vieille caisse qu'il utilise depuis des années pour transporter sa marchandise, mais il a décidé de s'offrir une de ces camionnettes japonaises et de convertir l'ancienne en taxi. Si vous voulez, je lui parle de vous, il me fait confiance. Entre nous, je pourrais en faire profiter d'autres personnes, mais je préfère que cette chance aille à vous plutôt qu'à quelqu'un qui fréquente un autre café que le mien.

En moins d'une semaine, l'affaire était conclue. Tous les jours, en sortant du bureau, il allait prendre possession de la voiture chez le propriétaire, un négociant en fruits et légumes opérant sur les marchés de Sayyeda Zaynab et de Boulaq el-Dakrour, et entamait une seconde journée qui le conduisait jusque tard dans la nuit. Après avoir un peu tâtonné du côté de Bab el-Hadid, la gare centrale, il s'était découvert une prédilection pour l'aéroport. C'était un lieu comme il les affectionnait, là où se croisaient et se déterminaient tant de destinées, et qui l'avait toujours fait rêver. Là-bas, il avait l'impression de s'approcher de son ambition de toujours, celle de partir un jour à bord d'un long-courrier pour refaire sa vie dans un autre pays.

Les chauffeurs de taxi qui opéraient de longue date sur l'aéroport avaient vu d'un mauvais œil l'arrivée de cet homme doux et timide, et il avait fait de son mieux pour éviter la confrontation. Comme eux n'hésitaient pas à harceler les passagers aussitôt qu'ils franchissaient la porte de sortie, il avait opté pour la stratégie inverse : il se tenait à l'écart, attendant que le passager, excédé par les sollicitations incessantes, se soit éloigné de l'agitation. Là, il s'avançait tout doucement et, d'une voix à peine audible, proposait ses services.

Cette technique avait parfaitement fonctionné et il parvenait à remporter des courses au nez et à la barbe de ses concurrents établis. Jusqu'à ce que ce client de malheur, tombé dans les pommes au premier souffle d'air chaud, vienne remettre en cause le précaire équilibre qu'il avait trouvé.

Il n'avait parlé à personne de sa récente mésaventure, pas même à ses amis du café. Il préférait que l'affaire ne s'ébruite pas le temps qu'il en efface complètement les traces. Avant de rentrer chez lui, il s'était arrêté sur le bord d'une route désertée et avait ouvert le coffre de la voiture pour vérifier que la valise de son client était bien là. Puis il était allé prendre la veste restée sur la banquette arrière, non sans en inspecter le contenu : outre un passeport étranger – il ne pouvait déchiffrer la langue mais croyait savoir que la couleur bordeaux était réservée aux passeports européens –, il y avait un portefeuille gonflé de livres égyptiennes et de devises étrangères – des euros. Les billets, qui représentaient plusieurs mois de son salaire, lui avaient fait de l'œil un instant, mais… Non ! Ses parents avaient peu d'éducation, mais s'ils ne lui avaient enseigné qu'une chose, c'était bien de ne jamais mettre la main sur ce qui ne lui appartenait pas. Et puis il se sentait déjà bien assez coupable d'avoir abandonné l'homme en peine au lieu de le secourir. Il avait glissé le portefeuille et le passeport dans une enveloppe, et enfoui précipitamment la veste dans la valise. Une fois terminée sa journée de travail, il avait retiré le bagage du coffre et l'avait rapporté chez lui, où il l'avait fourré sous son lit en attendant de savoir ce qu'il allait en faire.

Même s'il s'en voulait d'avoir cédé à la panique, il se trouvait cependant, à bien y réfléchir, des circonstances atténuantes. Il lui suffisait d'imaginer l'accueil qu'il aurait reçu de la part des policiers s'il s'était présenté spontanément à eux. « Alors, pouilleux, qu'est-ce qui t'amène ? — Oh, pas grand-chose, mon client s'est assommé lui-même dans mon taxi, et moi, je ne savais pas trop quoi faire, alors je l'ai mis à sécher au soleil… — Très bien, mets-toi à l'aise, on va s'occuper de toi… » Là-dessus, les flics l'auraient tabassé copieusement, ils lui auraient collé une de ces dérouillées – quelle était cette expression déjà ? Ah oui !… – « comme même un âne peinant dans une côte n'en a jamais mangé». Ensuite, ils l'auraient placé au frais quelques jours, pour l'aider à trouver une version plus crédible.

Non, décidément, ça ne lui aurait rien rapporté de bon. Il n'empêche, la mauvaise conscience le tenaillait quand il pensait au sort de l'inconnu. C'est vrai qu'il ne l'avait côtoyé que quelques dizaines de minutes, mais il avait été touché par la mélancolie de cet homme et son émotion visible à redécouvrir la capitale après une longue absence.

Il se promit de retourner sur les lieux et de tenter de glaner discrètement des informations... Oui, demain, avant de récupérer le taxi, il se rendrait du côté de la pension. Il croyait se souvenir qu'il y avait un café juste en face de l'établissement, les tables à l'extérieur devaient fournir un poste d'observation idéal pour épier les allées et venues. Avec un peu de chance, il réussirait à découvrir ce qu'il était advenu de son client d'un jour...

En arrivant le lendemain après-midi aux abords de la pension, Sayyed fut tout de suite frappé par l'effervescence du lieu, qui lui avait paru si désert l'autre jour. Au fond, cette agitation l'arrangeait bien, il lui serait plus facile de passer inaperçu. C'était l'heure où, émergeant de leur sieste de l'après-midi, les hommes du quartier se retrouvaient autour d'un thé à la menthe ou d'un café turc.

Il s'installa à l'une des tables du café et adressa un grand sourire au garçon qui s'approchait d'un pas nonchalant.

— Qu'y a-t-il pour le service de notre effendi ?

Il commanda un thé et en profita pour l'interroger :

— Dis-moi, frère, tu connais bien les habitants de la pension d'en face ?

— Qui est-ce qui demande ?

— Ah, oui, excuse-moi, je m'appelle Sayyed et je suis taxi. En fait, l'autre jour, j'ai déposé un type un peu louche devant la pension, et comme ce quartier a l'air de n'abriter que de bonnes gens, j'ai eu des remords à l'idée qu'il pourrait causer du grabuge. Vous l'auriez pas vu roder dans les parages, par hasard ?

— Du grabuge dans la pension de Sett Baheyya ? Cette femme est la bénédiction du quartier, et je peux vous dire que si quiconque l'avait inquiétée, il se serait trouvé au moins dix hommes vaillants pour lui régler son compte. Mais pourquoi vous iriez pas vous renseigner directement à la réception ? 'Amm Ibrahim pourra certainement vous en dire plus que moi.

— C'est que… j'ai peur de les inquiéter pour rien et je me suis dit que personne n'était mieux placé que vous autres au café pour savoir ce qui se passe dans le quartier. J'imagine que si une fourmi se prend les pieds dans l'escalier à deux kilomètres à la ronde, vous devez être les premiers au courant !

— Ha… c'est pas faux ! Mais apparemment, votre client a fait moins de bruit qu'une fourmi. En tout cas, j'ai rien remarqué d'anormal.

Sayyed le remercia chaleureusement et affecta de se plonger dans la lecture de son journal. Il passa ainsi les deux heures suivantes à épier discrètement l'entrée de la pension tout en sirotant les verres de thé qu'il commandait à la chaîne. Certes, il aurait pu passer tout l'après-midi sans nouvelle consommation et personne ne se serait avisé de le lui reprocher, mais le thé était vraiment délicieux, et manifester son appréciation ne pouvait que disposer favorablement le cafetier à son égard. Il put ainsi observer le vieux réceptionniste de la pension qui sortait de temps en temps fumer une cigarette sur le pas de la porte avant de retourner à l'intérieur, les allées et venues de jeunes gens – tous avaient l'air d'étudiants assez peu fortunés. Cependant, aucune trace de son client. Était-il soigné dans une des chambres ? Peut-être après tout était-il dans un état grave et avait-il été transporté à l'hôpital !

Il finit par partir, se promettant de revenir les jours suivants jusqu'à ce qu'il en ait le cœur net…

C'est ainsi que, trois jours durant, Sayyed revint prendre son poste d'observation au café, variant les heures afin d'augmenter ses chances. À présent, il avait l'impression de connaître tous les pensionnaires, il avait même aperçu, à l'une des fenêtres, une femme d'âge mûr, avec un foulard dont s'échappaient des mèches gris et châtain. Au mélange de bonté et d'autorité qui émanait de sa personne, il comprit qu'il devait s'agir de la patronne, la fameuse Sett Baheyya. Le seul qui restait désespérément invisible était son client… Il commençait à perdre espoir, peut-être allait-il devoir interroger directement le réceptionniste, mais l'idée lui répugnait d'abattre ainsi ses cartes avant de savoir de quoi il retournait.

Il allait repartir quand son attention fut attirée par le manège qui se livrait de l'autre côté de la rue : l'un des étudiants, un jeune homme courtaud vêtu d'un pantalon de toile et d'une veste élimée, était sorti fumer une cigarette sur le perron de la pension. Périodiquement, il consultait sa montre et jetait des coups d'œil vers le hall ; visiblement il attendait quelqu'un... Quand il fut enfin rejoint par un homme d'âge moyen, vêtu d'un blouson de jean et d'un pantalon un peu trop court pour lui, Sayyed sentit son pouls s'accélérer. Il écarquilla les yeux pour scruter plus intensément le nouvel arrivant, et ce qu'il vit ne lui laissa aucun doute : c'était bien son homme. Or non seulement celui-ci n'était pas à l'agonie, mais il semblait en pleine forme. Lui et le jeune étudiant devisaient gaiement, comme s'ils se connaissaient depuis des années. Leur conversation était émaillée de regards complices, d'éclats de rire, de plaisanteries ponctuées de tapes dans les mains.

Rien qu'à les observer, Sayyed en souriait – visiblement, son client sujet aux vertiges avait bien récupéré, et sa mésaventure n'avait guère laissé de traces. Il n'empêche, il avait dû déclarer la perte de ses papiers et de ses bagages et fournir une description précise du taxi et de son conducteur. S'agissant d'un passager arrivant de l'étranger, l'affaire serait prise très au sérieux : les autorités ne plaisantaient pas avec une délinquance qui, impunie, risquait de nuire à la réputation touristique du pays et, partant, de tarir l'afflux de devises étrangères qui était une manne pour le régime. À cette heure, les limiers de la police égyptienne devaient déjà être en train de reconstituer l'emploi du temps de l'individu depuis le moment où son avion avait atterri, et ils ne tarderaient pas à orienter les soupçons vers le taxi qui l'avait pris en charge.

Le mieux était qu'il se débarrasse sans tarder de la valise, le seul lien susceptible de les faire remonter un jour jusqu'à lui...

II

Ce matin-là, les autres pensionnaires n'étaient pas présents au petit-déjeuner. Même Khadra demeurait invisible – c'était sans doute son jour de congé. Il en profita pour bavarder un peu avec Sett Baheyya, qui lui témoignait comme d'habitude une affection toute maternelle.

Au moment où il s'apprêtait à remonter dans sa chambre, verre de thé à la main, il aperçut en haut de l'escalier Sélim et 'Azza qui dévalaient les marches quatre à quatre tout en devisant vivement entre eux ; visiblement, il était arrivé quelque chose d'important.

Il allait les interpeller quand Sélim le devança :

— Désolé, Nassi, mais on doit y aller, on te racontera plus tard : les étudiants de plusieurs facs organisent une manifestation-surprise pour soutenir la Palestine et protester contre la normalisation avec Israël…

La Palestine… Ah ce qu'il avait pu s'attacher à la cause palestinienne, s'enflammer, pleurer, hurler, dans ces années de militance et de luttes où changer le monde paraissait encore possible !

En fait, cette conscience-là lui est venue assez tard, vers la fin de l'adolescence, lorsqu'il est tombé par hasard sur un livre. Après s'être consacré pendant un temps à la littérature française et à la littérature russe, il avait envie d'autre chose. C'est alors qu'il a repéré sur l'étal d'une librairie parisienne un ouvrage dont la couverture d'un jaune criard tranchait sur toutes les autres ; calligraphiés en noir au milieu de polygones de couleur rouge, des caractères arabes formaient le mot *Filastin* – « Palestine ». Il ne pouvait alors se douter qu'avec les années la teinte jaune canari s'estomperait pour se muer en un vert beaucoup plus pâle, composant avec le noir des caractères et le rouge des polygones les couleurs du drapeau national palestinien. Sur le moment, il s'était senti hypnotisé par le livre, feuilletant les pages imprimées dans une élégante police, sur un magnifique papier vergé dont il pouvait voir les veinules par transparence. Il a été happé par le début de la longue nouvelle qui ouvrait le livre, où l'on voyait un Palestinien, Abou Qays, soudé dans une étreinte amoureuse à la terre dont il prétendait entendre le cœur battre, provoquant les railleries de son voisin paysan : « C'est le bruit de ton cœur, le tien, que tu entends ! » Plus encore, Abou Qays affirmait que l'odeur de la terre lui rappelait les cheveux de sa femme quand elle sortait du bain, « l'odeur d'une femme ruisselante d'eau froide, cheveux défaits sur son visage... » Ce récit l'a tellement impressionné que, dans son imaginaire à lui aussi, la Palestine a d'abord été cela : une terre à l'odeur de femme sortant du bain...

Par la suite, d'autres icônes sont venues incarner cette terre-là : les femmes qu'on voyait quelquefois crier leur colère face aux caméras. Cette clairvoyance, cette détermination, cet espoir au cœur même de la tragédie, quand elles poussaient des youyous pour saluer leur fils mort au combat et signifier qu'un autre prendrait aussitôt sa place, la conscience absolue de leur bon droit qu'elles revendiquaient avec virulence, sans jamais rien perdre de leur générosité... quoi d'étonnant à ce qu'il ait succombé corps et âme ?

Pour elles, il aurait voulu, afin de leur témoigner son attachement, emprunter les mots tressés par le poète des poètes palestiniens :

Fais de moi, si je rentre un jour,
Une ombrelle pour tes paupières.
Recouvre mes os de cette herbe
Baptisée sous tes talons innocents.
Attache-moi avec une mèche de tes cheveux,
Un fil qui pend à l'ourlet de ta robe...
Ainsi serai-je, peut-être, un dieu,
Si je parviens à effleurer ton cœur !

Les plus grands poèmes naissent quelquefois d'un malentendu : ces vers-là, le poète les avait conçus comme les mots de la réconciliation avec une mère qui – pensait-il – l'avait délaissé enfant. Cependant, du moment où une affaire, fût-elle privée, se drapait des habits de la poésie, elle devenait publique et universelle, et c'est ce qui s'était produit : ce poème était devenu la quintessence de l'amour que, dans la culture arabe, les fils – tous les fils – portent à leur mère.

Comme les vers résonnaient encore dans sa tête, il eut une pensée pour sa mère, désormais si lointaine... Il fut tiré de sa torpeur par la voix de Sélim, en grande conversation avec 'Amm Ibrahim...

— ... Vois-tu, l'oncle, expliquait Sélim, l'ennemi exige que nous l'acceptions comme ami alors même qu'il continue de massacrer nos frères palestiniens et de démolir leurs maisons à coups de bulldozers ! Eh bien nous allons faire savoir à notre gouvernement qu'il ne doit pas compter sur nous pour participer à cette mascarade...

Il sentit les larmes lui monter aux yeux au souvenir de ces scènes de démolition vues à la télévision ou relatées dans leurs récits par des auteurs palestiniens...

— Allons, Nassi, ne fais pas cette tête ! lui souffla 'Azza. Tu sais, on t'aurait bien proposé de venir avec nous, mais c'est trop risqué : il y a de grandes chances qu'on se fasse arrêter et, si tu étais embarqué avec nous, tu ferais comment pour justifier de ton identité ?

Sa voix légèrement enrouée s'était insinuée dans ses veines, provoquant en lui un frisson. Le regard qu'elle posait sur lui était chargé d'une intensité inhabituelle, et l'idée qu'il pût un tant soit peu compter pour elle l'effleura un instant, mais il la repoussa aussitôt. Sans doute ne fallait-il y voir que l'exaltation de la militante à l'idée de défier les autorités.

— Dommage, murmura-t-il finalement, je vous aurais bien accompagnés. En tout cas, mon cœur sera avec vous.

C'est tout ce qu'il avait réussi à articuler. Tandis qu'ils sortaient précipitamment de la pension, on entendit tonner la voix d'Ibrahim :

— Et dites-leur bien, à nos éminences qui décident de tout, qu'on adore la paix. Plus pacifiques que nous, y a pas, on se laisse marcher dessus depuis des milliers d'années et on sourit quand même. La paix, on sera ravis de la faire le jour où les Palestiniens pourront rentrer chez eux. Ce jour-là, on se contentera pas de la... *normalitude* ou de la *normalition*, enfin je sais pas comment ils appellent ça, on prendra les Juifs dans nos bras et on leur fera la bise par-dessus le marché !

Sidéré, il se tourna vers le vieil homme :

— Eh bien, ʻAmm Ibrahim, je ne savais pas que cette affaire te tenait autant à cœur…

— C'est que l'une de mes filles a épousé un Palestinien, et j'aimerais vraiment qu'un jour il puisse emmener mes petits-enfants voir le village où il est né.

Retourner en Palestine… Autrefois, c'était simple : cette tragédie devait être un malentendu, il était impossible que les hommes de cœur, les défenseurs de la liberté et des droits de l'homme continuent d'opposer un tel déni de justice aux Palestiniens. Encore eût-il fallu qu'ils sachent la réalité de ce qui s'était passé là-bas…

En feuilletant une revue beyrouthine, un poète de Ramallah était un jour tombé sur les déclarations d'un géant de la poésie russe et n'en avait pas cru ses yeux. Ce dernier y confessait en effet « ne pas connaître la vérité dans l'affaire de la Palestine et du drame des réfugiés ». Comme on était entre gens de poésie, le poète de Ramallah lui avait répondu, depuis l'enfer de la Cisjordanie, par une lettre ouverte en forme de poème, « qui parviendra peut-être au poète soviétique ».

Tout d'abord, il lui disait que les informations véhiculées par les médias occidentaux auraient pu lui donner une image déformée du chantre russe en voyageur blasé, aux paupières alourdies, aux loyautés incertaines. Cependant, tout avait changé quand il avait appris à le connaître et perçu, au-delà des distances, leur fraternité. Puisque ignorance il y avait, il se proposait de la dissiper :

Et maintenant, mon ami, prête-moi attention
Et ne m'en veuille pas si la blessure enfle un peu mes lèvres.
Nous sommes issus d'une terre – dit-on –,
Qui est un don des prophéties – dit-on –,
Et qui a inondé le monde de lumière et de savoir – dit-on.
Nous avons des plaines et des montagnes,
Des maisons et des ruisseaux,
Nous avons – ou plutôt nous avions – des orangeraies
Dont nous exportions les oranges jusqu'à vous.
Cependant, en nous réveillant un beau jour,
Nous avons découvert que c'était désormais nous…
Les produits d'exportation !

C'est pour cela, expliquait le poète de Ramallah à son homologue soviétique, qu'on trouvait désormais les Palestiniens « au bord du Nil et du Jourdain, au Liban, sur les rives de l'Euphrate, en Asie, en Afrique, en Europe, en Amérique, en Australie ». En manière d'hommage, il accueillait dans son propre poème quelques vers que le grand poète russe avait consacrés au massacre par les nazis des Juifs ukrainiens, édifiant à la mémoire de ces derniers un courageux mausolée poétique, à une époque où Moscou présentait les victimes comme des « citoyens soviétiques » sans jamais évoquer la dimension antijuive du pogrom.

Après avoir souligné que les Palestiniens avaient eux aussi subi massacres et souffrances, il concluait, de poète à poète :

Viens à moi, toi qui depuis la terre nordique
Chantes la gloire de l'amour magnifique
Viens, que nous puissions dialoguer
Par poésie interposée

Toutes ces pensées l'avaient épuisé. Il était tenté de dire à 'Amm Ibrahim que son petit-fils avait bien peu de chances de voir son père retourner dans son village, qu'il faudrait sans doute attendre encore plusieurs générations, mais il n'en fit rien et se contenta de lui jeter un regard bienveillant.

Il finissait de savourer son thé quand Faouzi fit son entrée, essoufflé.

— Dites, les amis, je viens de croiser Sélim et 'Azza qui partaient en coup de vent, ils n'ont pas voulu me dire où ils allaient.

— Il ne faut pas leur en vouloir, répliqua 'Amm Ibrahim, ils vont manifester pour la Palestine, alors ils ont voulu vous protéger – on ne sacrifie pas un étudiant en médecine qui a encore tout l'avenir devant lui.

— Tu ne crois pas si bien dire, 'Amm Ibrahim ! Mais ça leur ressemble bien, de penser qu'eux seuls sont capables d'affronter les fourgons de la Sécurité centrale… Bon Dieu, quand est-ce qu'ils me prendront au sérieux ?

III

Le capitaine Mounir était au bord du désespoir… L'enquête sur les chauffeurs de taxi n'avait jusqu'ici donné aucun résultat, et il commençait à se demander si, pour une fois, son intuition ne l'avait pas trompé au sujet du fameux Jimmy. Son dossier était bien maigre et, à supposer qu'ils le retrouvent, il ne se voyait pas aller soutenir au tribunal une accusation reposant sur la probabilité que le suspect ait visionné un feuilleton une trentaine d'années plus tôt. Il songeait même sérieusement à aller voir son mentor et à lui présenter ses excuses en plaidant ses bons états de service. Hélas, il connaissait d'avance la réponse : des types intuitifs, il y en avait plein les rues et s'il se croyait irremplaçable, il se fourrait le doigt dans l'œil.

Il en était là de ses réflexions quand trois coups sourds furent frappés à la porte de son bureau. Avant même de crier « Entrez », il savait que c'était Nesrine – la seule dans son service qui causait moins de vacarme qu'elle n'obtenait de résultats.

— Eh bien, Nesrine, c'est pas trop tôt, lâcha-t-il, je commençais à ne plus y croire ! Alors, tu as poursuivi ton enquête sur notre suspect ?

Nesrine esquissa un sourire carnassier avant de répondre :

— Non seulement j'ai poursuivi mon enquête, mais je crois bien que c'est maintenant que ça devient intéressant. Vous vous souvenez que je m'étais promis de creuser la question de ses activités en France…

— Et alors, ça donne quoi ? Il s'amusait à peindre toute la journée des fresques à la gloire du raïs ?

— Patience, patron… Avec le pedigree qu'il a, on se serait attendu à le trouver dans le *Who's who ?* de la finance, mais il n'est répertorié nulle part. En tout cas, s'il a eu une quelconque activité dans ce domaine, ça n'a laissé aucune marque. Les seules traces de lui qu'on retrouve sur le Net, ce sont des articles sur le cinéma, des critiques de livres, des traductions. Grâce à mes rudiments de français, j'ai épluché la liste et…

— Bref, la coupa impatiemment Mounir, y a quoi sur cette liste ?

— Oh, à première vue, pas de quoi fouetter un chat. J'ai passé en revue ses articles, du moins ceux qui sont accessibles en ligne. Je m'attendais à trouver des articles subversifs, des appels à la révolte, des diatribes enflammées contre le régime actuel, mais le type n'a rien d'un révolutionnaire – d'ailleurs, j'ai vérifié, il ne fait même pas partie des personnes surveillées par notre consulat en France, c'est dire. En revanche, il y avait quelque chose qui pourrait bien...

— Nesrine, tu pourrais pas arrêter tes effets de manche et aller droit au but ?!

— OK, j'en viens au fait. Ce qui m'a sauté aux yeux, c'est que, dans ses articles, il ne se limitait pas à l'Égypte, il a trouvé le moyen aussi bien d'écrire un papier géopolitique sur le Maroc que de recueillir les propos d'un écrivain libyen ; de même, il ne s'est pas contenté de traduire des auteurs égyptiens, il a fallu qu'il aille chercher des auteurs irakiens et même palestiniens !

— Ouais, le petit saligaud va nous refaire l'Union arabe à lui tout seul. Le panarabisme de grand-papa Nasser est mort et enterré depuis longtemps, mais y en a encore qui veulent pas comprendre que tout ça c'est fini, qu'on a beaucoup plus d'affinités avec les Européens ou les Indiens qu'avec ces putains de Saoudiens ou d'Algériens. Pourquoi pas les Mauritaniens, tant qu'on y est ? On est des pharaons, bordel !

— Bon, vous allez me dire, jusque-là, ça prouve rien, des hurluberlus qui croient encore à l'arabisme, y en a à la pelle. Mais la surprise est venue des traductions elles-mêmes. Au début, je n'y avais pas trop prêté attention, surtout en voyant qu'il s'agissait de romans et non d'essais politiques. Mais à tout hasard, j'ai quand même montré la liste à un de nos contacts à la faculté de lettres du Caire – un type très bien qui nous tient au courant des activités subversives des autres profs et des étudiants. Et là, bingo ! Notre contact était excité comme une puce ; le jour même, il m'a faxé un extrait d'un des romans en question, écrit par un certain... Ghitany – moi j'ai pas vraiment le temps de lire mais il paraît qu'il est connu dans les milieux littéraires. Il m'a dit que c'était juste un exemple, le bouquin fait plus de huit cents pages et contient des chapitres entiers du même tonneau. L'extrait en question est une sorte de délire – l'auteur lui-même appelle ça une « illumination », c'est vous dire ! – dans lequel un revenant ressurgit dans les années 1980 pour venir voir comment on se débrouille… Tenez, lisez vous-même.

Le capitaine Mounir, l'air visiblement dégoûté, prit la feuille qu'elle lui tendait. Il avait toujours détesté la littérature, les poètes, les philosophes, les scribouilleurs de tout poil. Et maintenant les traducteurs ! Pour qui se prenaient-ils, ces drogmans tout juste bons à accompagner les groupes de touristes dans leurs promenades en chameau ? Il maudit une fois de plus ce foutu job qui l'obligeait à se coltiner la production de tous ces pousse-crayon à l'esprit torturé, et commença à lire…

J'ai eu la vision de Gamal Abdel-Nasser, le lieu était déterminé, l'époque assignée : place Doqqi, au début des années 1980, journées déjà si lointaines qui aujourd'hui se sont évanouies tels des fantômes […].

Je m'élance vers lui ; décelant mon empressement, il tourne vers moi son regard dans lequel je lis l'accablement et la fatigue. Mettant dans ma voix toute la sympathie et la compassion dont je suis capable, fruits d'une nostalgie soudaine que je n'arrive pas à m'expliquer – mais les explications ne sont-elles pas justement requises quand les blessures sont enfouies ? – je l'interpelle :

— Eh bien, qu'est-ce qui ne va pas, que t'arrive-t-il ?

— Tu me connais ?

— Et qui donc ne connaîtrait pas celui qu'il n'est nul besoin de faire connaître ?

Il secoue la tête, c'est là que je remarque à quel point les cheveux blancs ont gagné toute sa chevelure.

— Alors, c'est que je suis bien en Égypte…

Tandis que je suis le coup de la surprise, il s'écrie :

— Pourtant… je vois des choses qui ne devraient pas être vues !

Mounir leva les yeux de la feuille, lâchant à part soi : « Et encore, mon lion, t'as presque rien vu… », puis resta un instant prostré.

— Bon, j'ai pas tout compris, laissa-t-il tomber à l'attention de Nesrine, mais ce qui ne fait pas un pli, c'est que ton… – comment s'appelle-t-il, déjà ? – Ghitany, là, il croit encore aux fantômes. Ou alors il prend ses désirs pour des réalités.

— Le paradoxe, c'est que Nasser, en son temps, l'avait emprisonné dans ses geôles. L'écrivain a expliqué que, s'il avait combattu le régime nassérien, c'est parce qu'il trouvait ses réformes « trop timides ».

Mounir s'esclaffa.

— Si, si, poursuivit-elle, il appartenait à une cellule de militants communistes pour qui le raïs n'était – tenez-vous bien – pas assez à gauche. Quand la cellule est tombée, il a passé plusieurs mois au pénitencier, à une époque où les méthodes de torture n'étaient pas aussi, comment dire... raffinées qu'aujourd'hui – ça a dû être un véritable enfer. Eh bien, malgré cela, il a continué de préférer Nasser à ses successeurs. En voilà un qui n'est pas du genre rancunier !

— Et notre traducteur dans tout ça ? En quoi est-ce qu'il est impliqué ? Il ne fait que traduire ce qu'on lui demande, non ?

— Justement non. Toujours d'après notre contact de la fac, il n'est pas du genre à faire des travaux de commande. En l'occurrence, il s'est lui-même démené pour que ce livre soit publié – même l'écrivain pensait que ce n'était pas transposable dans une autre langue et qu'il ne se trouverait pas un éditeur pour accepter de publier un ouvrage aussi ambitieux. On le sait parce qu'il a fait paraître après coup une espèce de « journal de bord » de sa traduction. Or, vu que le bouquin peut être considéré – entre autres élucubrations – comme un véritable hymne à Nasser, ça explique rétrospectivement tout le reste ! Créer depuis l'Europe un mouvement politique destiné à réimplanter le nassérisme en Égypte, c'est pas une autre manière de ressusciter Nasser ?

Mounir adressa à Nesrine des félicitations appuyées, qui la firent rougir jusqu'aux oreilles. Décidément, cette fille était une vraie perle. Désormais, il ne restait plus qu'à prier pour que le travail de Madkour auprès des chauffeurs de taxi de l'aéroport porte ses fruits et qu'ils retrouvent le suspect : avec ce que Nesrine avait rassemblé en quelques jours à peine, ils avaient un dossier suffisamment épais pour l'expédier, selon l'expression consacrée, « de l'autre côté du soleil »...

IV

Ses jours s'écoulaient maintenant avec indolence, après l'épreuve qu'avait été la consultation chez le médecin chargé d'évaluer son âge. L'interrogatoire conduit par ce dernier avait un peu réveillé sa mémoire, et des souvenirs de plus en plus nombreux lui revenaient de son existence passée, quoique toujours aussi indéterminés. Ces souvenirs venaient rejoindre dans sa conscience les poèmes, qui semblaient ne l'avoir jamais désertée, ainsi que les scènes de romans et de films, qui se reconstituaient peu à peu.

Plus étonnant, il lui arrivait désormais de rêver sans que la matière du songe s'évapore à son réveil, lui qui, dans son existence d'avant, n'avait jamais réussi à se souvenir d'un seul de ses rêves.

La nuit précédente, il avait ainsi rêvé qu'il passait un examen ; tandis qu'il patientait dans le couloir, un homme à la mine sévère ouvrait soudain une porte à quelques pas de lui et, après avoir vérifié son identité – « Vous êtes bien… ? » –, lui criait au visage : « Alors, qu'est-ce que vous fabriquez ??? Ça fait bien dix minutes qu'on vous attend ! » À l'intérieur de son rêve, un phénomène curieux s'était produit : en même temps qu'il vivait la scène comme sujet – l'étudiant qu'il avait été jadis –, il y assistait également comme témoin – l'homme mûr qu'il était aujourd'hui, pleinement conscient de son amnésie. En entendant l'examinateur l'interpeller nommément, il avait aussitôt pensé : « Il faut absolument que tu retiennes ce nom, à aucun prix tu ne dois l'oublier ! » Et de fait, il avait lutté de toutes ses forces pour s'y accrocher.

Tandis que le rêve se poursuivait et qu'il passait devant le jury, il avait continué à scander intérieurement son nom pour ne pas le laisser échapper. Mais leurs questions l'avaient déstabilisé et, à mesure que l'épreuve avançait, il suait de plus en plus. Il aurait voulu qu'ils se taisent enfin pour qu'il pût se concentrer sur la mémorisation de son nom, mais ils semblaient n'en avoir jamais assez. La dernière question était venue de la plus jeune des trois jurés, une petite blonde sèche aux cheveux rassemblés par un chignon : « Pour finir, je voudrais que vous nous disiez comment vous avez jugé votre prestation. — Eh bien, j'avoue que certaines des questions du jury m'ont un peu désarçonné, avait-il répondu en essayant de maîtriser le tremblement de sa voix, mais dans l'ensemble, j'ai eu l'impression que mes réponses étaient correctes... Enfin, je pense ? » Il avait fini sur cette touche interrogative pour ne pas paraître trop arrogant, mais elle s'était contentée de le fixer d'un air peu amène ; quant à leur chef – celui qui était venu le chercher dans le couloir –, il n'avait pu retenir un petit gloussement sardonique.

C'est là-dessus qu'il s'était réveillé en sursaut, le corps couvert de transpiration. Une fois n'est pas coutume, il se souvenait de tous les détails de son rêve, des moindres traits de ses examinateurs, de chacune des questions qu'ils lui avaient posées, de chacune des réponses qu'il avait fournies ; la seule chose qui s'était irrémédiablement évanouie, c'était son nom...

D'autres souvenirs lui revenaient à l'état de veille, des étapes de son existence qu'il exhumait d'un passé aujourd'hui enfoui très loin dans sa conscience...

Dès qu'il avait eu dix-huit ans, sa mère n'avait cessé de l'entreprendre sur le sujet de sa naturalisation. Au début, il ne voulait rien entendre – il était égyptien, un point c'est tout. Et puis ils vivaient dans un pays ouvert aux autres cultures, il y aurait toujours du travail pour lui s'il parvenait à faire de bonnes études. « C'est vrai, répliquait sa mère, aujourd'hui, les étrangers compétents trouvent facilement à s'employer. Mais demain, qui sait ce qu'il en sera ? Prendre la nationalité de ce pays te mettrait définitivement à l'abri des tracasseries. » Il avait continué à rechigner un temps, jusqu'au jour où, à deux ans de l'obtention de son diplôme, il avait fini par se laisser convaincre, non sans s'être assuré au passage qu'il ne perdrait pas sa nationalité d'origine.

Lorsqu'il l'avait annoncé à ses amis, ceux-ci avaient ironisé : « Et si on t'oblige à chanter l'hymne national, tu fais quoi ? — Je ne sais pas, je n'ai jamais réussi à assimiler les paroles, et puis cette histoire de sang impur qui se déverse dans nos sillons à gros bouillons m'est restée un peu en travers de la gorge. — Écoute, avait plaisanté l'un d'eux, je veux bien te faire réciter le texte, mais pour la mélodie, je peux rien pour toi... T'auras qu'à la chanter sur l'air de l'hymne égyptien ! »

En définitive, il n'y avait guère eu de cérémonial, et l'affaire s'était passée sans solennité particulière. Après quelques mois passés à constituer son dossier, il avait été reçu à la préfecture par un fonctionnaire charmant, façon vieille école, qui s'était contenté de lui poser quelques questions avant de lui indiquer qu'il n'avait plus qu'à attendre. Quelques mois plus tard, il avait obtenu le précieux décret, non sans une certaine émotion à l'idée de faire corps avec une culture qui chérissait la création, accueillait les artistes étrangers, sanctifiait le débat d'idées et, au moins virtuellement, défendait les droits de l'homme.

Ce traitement privilégié n'était pas le lot de tous : les malheureux qui en étaient encore à réclamer la délivrance d'un titre de séjour avaient droit, eux, à un cocktail de files d'attente interminables, de regards méprisants et de vexations administratives – l'employé qui quittait brusquement le guichet, sans un mot d'explication pour celui dont le tour était venu, et sortait dans la cour intérieure pour fumer une cigarette ou passer des appels privés sur son téléphone portable.

Encore cela se passait-il à une époque où il n'était pas entré dans les habitudes de criminaliser les immigrés en général et les sans-papiers en particulier. Avant son voyage, il avait d'ailleurs été frappé par la manière dont on parlait désormais d'eux dans les cercles du pouvoir et dans les principaux médias. Un jour viendra, avait-il immédiatement pensé, où ils seront traqués comme du gibier et où d'honorables citoyens trouveront normal de s'en prendre à eux. Et de fait, ça n'avait pas manqué : en Espagne, en Italie, en France, des immigrés avaient été agressés manifestement pour la seule raison qu'ils étaient immigrés…

Une fois sa nationalité en poche, il s'était trouvé confronté à un nouveau problème : depuis qu'il avait atteint l'âge de seize ans, il était appelable au service militaire égyptien et ne devait d'y avoir échappé jusqu'à présent qu'aux reports successifs dont il avait bénéficié. Or, son dernier report arrivait prochainement à échéance. Que faire : effectuer son service en Égypte, dont ses amis sur place lui avaient brossé un tableau apocalyptique et où il risquait fort d'en prendre pour trois ans, ce qui, avec les délais d'affectation et de démobilisation, signifiait près de quatre années gaspillées en pure perte ?

En Europe au moins, les choses seraient expédiées rapidement. Plus vite il en aurait fini, plus tôt il reviendrait à la vraie vie, où il pourrait sans doute servir l'Égypte d'une bien meilleure façon. Il s'était donc résigné à entamer la procédure d'incorporation dans son pays d'adoption. Peu après, il avait reçu une lettre lui enjoignant de se présenter dans une caserne à la périphérie de la capitale pour passer la sacro-sainte visite médicale. Une fois de plus, il s'était trouvé en porte-à-faux au milieu des appelés convoqués en même temps que lui, qui ne rêvaient, pour l'immense majorité d'entre eux, que d'être déclarés inaptes, quand lui devait à tout prix « réussir » sa visite médicale, sans quoi il serait bon pour aller tester en Égypte sa capacité à « tenir le soleil ».

Tendu depuis le matin, il n'a pas pris de petit-déjeuner, pas même avalé un verre d'eau, de sorte qu'au moment d'uriner dans le tube, il constate avec horreur que... rien ne vient. Pas une goutte. Un peu avant lui, un appelé confronté au même problème est allé, penaud, en référer à l'adjudante chargée de traiter les dossiers. « Un p'tit pipi, c'est quand même pas sorcier ! » a lancé celle-ci à tue-tête, avant de lui expliquer qu'on peut, s'il le souhaite, le convoquer à une date ultérieure, mais qu'il n'est pas question d'être dispensé de test.

Soudain, tandis qu'il songe à quel point la perspective de revenir dans cet endroit lui est insupportable, lui parvient de l'urinoir contigu le bruit d'un jet d'eau frappant l'émail dans un crépitement ininterrompu. Après avoir rempli sans difficulté son tube, son voisin a encore visiblement des réserves à ne plus savoir qu'en faire et s'applique à les vider consciencieusement, sans cesser de siffloter. Traversé par un éclair de folie, il l'interpelle : « Euh scuse... — Kestuveux ? répond le solide gaillard, interrompant simultanément son sifflotement guilleret et son arrosage pétaradant. — Écoute, j'y arrive pas, lui dit-il en agitant devant lui le récipient désespérément vide, et je peux pas me permettre de revenir une aut'fois, ma mère est à l'hosto. Tu voudrais pas, euh... ? » L'autre, après lui avoir jeté un regard un peu intrigué, lui prend le tube des mains et retourne à son affaire, avant de le lui rendre plein à ras bord, accompagné d'un sourire magnanime : « Quand on peut rendre service ! » Il se répand en remerciements, non sans jeter des regards inquiets à la ronde pour s'assurer que la manœuvre est passée inaperçue. Il veut bien croupir au mitard s'il le faut, mais pour un chef d'accusation auréolé d'un certain panache, non pour une humiliante « usurpation d'identité par substitution de fluides personnels en vue de tromper l'autorité militaire ».

Il croyait être le seul au monde à avoir recouru à un tel expédient, mais quelques années plus tard, en Égypte, il a entendu parler d'une histoire similaire...

La servante d'une de ses tantes a réussi à faire inscrire son fils dans un prestigieux lycée militaire du Caire. Dans cette famille désargentée dont la progéniture ne cesse d'augmenter – la mère est d'ailleurs une nouvelle fois enceinte –, c'est la promesse pour le rejeton de s'assurer un traitement décent pour le restant de son existence, sans parler du prestige de l'uniforme et de la reconnaissance sociale attachée au corps des officiers. Seul obstacle : le lycée soumet les nouveaux inscrits à une visite médicale implacable, or le fils, plus diabétique tu meurs. Lorsqu'ils vont lui faire passer son test d'urine, l'alarme ne va pas seulement sonner, elle va carillonner dans tout le voisinage! Que faire? Puisqu'ils veulent un échantillon d'urine, qu'à cela ne tienne : un de ses frères lui en fabriquera un sur mesure.

Le jour dit, l'affaire se passe à merveille : quand vient l'heure du prélèvement, le gamin s'isole aux toilettes et transvase prestement le précieux liquide, rapporté dans une bouteille de Seven Up, vers le tube qu'on vient de lui remettre, et passe l'épreuve haut la main. Ce qu'il ignore, c'est que l'urine n'est pas seulement utilisée pour tester le diabète, mais également pour une batterie d'autres analyses.

Une semaine plus tard, le médecin militaire du lycée le convoque dans son bureau : « Voilà, euh, comment dire ça, mon garçon, commence le major, visiblement fort embarrassé, une chose pareille ne nous est jamais arrivée : il semblerait que ton prélèvement présente, hum... des caractéristiques inhabituelles qui l'apparentent à... euh... à de l'urine féminine. »

Le major marque une pause avant de poursuivre : « En découvrant ça, j'ai commandé un test supplémentaire, et j'ai le plaisir d'être le premier à te féliciter : tu attends un heureux événement! Bon, trêve de plaisanteries, tu n'aurais pas une explication, par hasard? »

Quelques bégaiements plus tard, le garçon finit par avouer la supercherie : quand il a fallu produire l'échantillon, sa maman a juré que c'était à elle de se dévouer pour offrir à son fils – la chair de sa chaaaaiiiiir ! – cette preuve d'amour qui lui ouvrirait les portes de l'avenir. Elle était aussi fière et émue que s'il s'était agi d'une donation de poumon ou de rein, et nul n'avait osé la contredire. D'ailleurs, qui aurait pu imaginer qu'on pouvait lire le sexe d'une personne dans ses urines ?

Heureusement pour lui, le major l'a pris en sympathie et, après s'être esclaffé pendant cinq bonnes minutes, promet d'arranger l'affaire discrètement…

Et lui, n'aurait-il pas pu être aussi démasqué ? Auraient-ils pu démontrer que l'urine « de souche » du brave gars qui lui avait fait don de ses excédents de miction ne pouvait en aucun cas être la sienne, lui le transfuge étranger, fût-il établi dans le pays depuis des années ? C'était hautement improbable, mais allez savoir… Il se promit de poser la question à Faouzi ; même s'il en ignorait la réponse, ce dernier saurait certainement à qui la poser. Il se plut un instant à imaginer la tête de son ami quand il l'interrogerait, et c'est sur cette perspective plaisante qu'il s'endormit.

V

Plus d'une semaine s'était écoulée depuis sa consultation chez le médecin, quand un matin Faouzi lui annonça enfin qu'il avait du nouveau pour lui. La veille au soir, le Dr Khalil l'avait appelé pour lui indiquer que son rapport était prêt. Il avait eu un mal de chien à faire son estimation, car les différentes méthodes utilisées, au lieu de converger vers des résultats voisins, comme on le constatait habituellement, donnaient des écarts significatifs, avec une amplitude de plus de quinze ans. De toute sa carrière, il n'avait jamais vu ça. « Vous vous rendez compte, votre ami peut avoir trente-huit ans comme il peut en avoir cinquante-trois ! » s'était-il exclamé. Fort heureusement, il avait réussi, grâce aux réponses recueillies sur le questionnaire – en espérant que celles-ci n'étaient pas entièrement fantaisistes –, à ramener la fourchette à trois ans. « Vous pouvez passer prendre mon rapport à partir de demain, avait-il conclu, mais je peux d'ores et déjà vous dire que, selon moi, votre lascar est né entre 1958 et 1960. »

Comme Faouzi n'avait cours qu'à onze heures, ils avaient résolu d'aller sur-le-champ annoncer la nouvelle à Raouf Effendi, afin de permettre au vieux fonctionnaire d'orienter ses recherches. Arrivés sur place, ils avaient d'abord fait un détour par le cadastre où, avec l'adresse, ils espéraient récupérer des informations sur les anciens occupants de l'immeuble. Le préposé leur avait ri au nez : « On a déjà assez de mal avec les immeubles habités, vous imaginez tout de même pas qu'on va continuer à suivre les dossiers des logements murés ! — Mais enfin, ces dossiers doivent bien être quelque part ! s'était indigné Faouzi. — Eh bien allez donc demander aux rats, on a dû les leur donner à manger dès qu'on a su que la municipalité mettait le grappin sur les immeubles…

Quand ils se présentèrent à l'état civil, Raouf Effendi vint les chercher en personne pour les emmener avec lui dans une salle du sous-sol, où de hautes armoires couvraient entièrement les murs.

Après avoir entendu le récit de leur mésaventure au cadastre, le vieil homme était outré.

— Vous vous rendez compte, s'exclama-t-il, détruire des documents officiels ! De mon temps, ça leur aurait valu le conseil de discipline pour négligence grave, voire une condamnation pénale s'il était établi que la destruction était délibérée. Mais aujourd'hui, même l'État semble s'être fait à l'idée que tout part à vau-l'eau.

— Ça, je ne vous le fais pas dire, renchérit Faouzi. Enfin, nous ne sommes pas venus pour ça : nous avons du nouveau sur l'année de naissance de Nassi.

— Ah oui ? Dites-moi donc, je suis tout ouïe.

— Alors voilà, nous avons fait estimer son âge par un médecin, comme vous nous l'aviez suggéré. Apparemment, ça n'a pas été sans mal et l'homme de l'art n'a pas pu déterminer précisément l'année, mais il nous a tout de même communiqué une fourchette de trois années ; d'après lui, Nassi est très certainement né entre 1958 et 1960.

— Bon, ça n'est pas si mal, avec ces indications, les recherches vont être bien plus faciles. En croisant cette information avec l'adresse, on devrait pouvoir réduire substantiellement la liste des candidats possibles. Laissez-moi juste quelques jours, que je passe en revue nos dossiers ; ça tombe bien, mes adjoints sont tous malades – ces jeunes s'enrhument au premier souffle de vent ! –, donc j'aurai le champ libre.

Pour finir, il leva la tête vers eux :

— Dès que j'ai établi une première liste, je vous contacte pour vous soumettre mes trouvailles. Faouzi, je vous appelle sur le portable ? Je crois que j'ai gardé la carte de visite que vous m'aviez donnée la dernière fois – vous savez, ajouta-t-il avec un clin d'œil, celle où il est indiqué comme profession « étudiant en médecine »…

— Ben oui, répliqua Faouzi, c'est peut-être pas un vrai métier, mais au moins je peux le garder presque aussi longtemps que je veux : il suffit que je me laisse un peu aller, et mon contrat est renouvelé automatiquement…

Sur cette note plaisante, ils prirent congé du vieil homme et ressortirent de la salle. En arrivant en haut de l'escalier qui débouchait dans le hall principal, ils remarquèrent que plusieurs des employés les regardaient fixement. Sans doute étaient-ils intrigués que Raouf Effendi ait permis à des usagers d'accéder à son antre, lui qui d'ordinaire en barrait si jalousement l'accès. Au moment où ils émergeaient du bâtiment, un type un peu débraillé, en jean et baskets, les interpella :

— Ohé, qu'est-ce que je voulais dire… ?

Croyant avoir affaire à un mendiant, ils allaient passer leur chemin sans lui prêter attention, mais il se planta devant eux.

— Eh ben vous m'avez pas entendu ou quoi ? Je suis 'Abdelaziz, mais tout le monde m'appelle Zizo. Je me suis dit que vous pourriez avoir besoin de mes services…

— Ah oui, rétorqua Faouzi, et qu'est-ce qui te fait croire qu'on a besoin de quoi que ce soit ?

— Allons, tout doux, l'ami, pour l'instant tu le sais pas encore, mais si ça se trouve, tout à l'heure, tu seras bien content de m'avoir rencontré.

— Mais enfin, puisqu'on te répète qu'on n'a besoin de rien !

— C'est pas ce qu'on m'a dit. J'ai parlé un peu avec les employés ; bon, ils savent pas exactement ce que vous manigancez avec Raouf Effendi, mais apparemment, c'est une histoire de papiers à faire établir… Si vous pensez que ce vieil illuminé va vous retrouver quelque chose dans son capharnaüm, vous rêvez.

— Et en quoi ça te concerne, toi ?

— En quoi ça me concerne ? Des papiers, moi, je peux vous en fournir sur mesure. J'ai une gamme complète à vous proposer, tout dépend de votre budget.

— Notre budget ? Comment ça ?

C'est lui qui avait posé la question, s'attirant un regard furibond de Faouzi.

— Ben oui, poursuivit l'autre, les prix varient en fonction du lieu de naissance, de l'adresse, de la profession. Entre un manœuvre né à Sembellaouine et domicilié à Qanater ou Boulaq, et un ingénieur né à Garden City et habitant Zamalek ou Meadi, c'est pas le même prix !

— Et tes papiers, là, ils sont en règle ?

Il n'arrivait pas à dissimuler sa curiosité et ne comprenait pas les réticences de Faouzi – n'était-ce pas là le moyen de régler une fois pour toutes son problème ?

— En règle ? Non, là, vous allez m'faire d'la peine, vous m'prenez pour un faussaire ou quoi ? Renseignez-vous un peu dans le quartier, tout le monde vous dira qu'le travail de Zizo, y a pas plus fiable !

— Et comment on sait que…

Il allait poursuivre la discussion mais Faouzi l'interrompit et le tira par la manche :

— Dis, je peux te parler un moment à l'écart ?

— Bien sûr ! Euh, excusez-nous une minute… Mon cousin et moi, on va se concerter, et puis on revient vous voir.

Dès qu'ils se furent un peu éloignés, Faouzi laissa sa colère éclater :

— T'es pas un peu fou ? Tu sais ce que ce type essaie de nous fourguer ?

— Exactement ce dont j'ai besoin, non ? Quoi, tu penses que les papiers sont faux ?

— Nassi, je crois que tu comprends pas : depuis que l'administration a introduit les nouvelles cartes d'identité, il est quasiment impossible de les falsifier. Le problème de ces papiers-là, c'est justement qu'ils sont pas faux.

— Pas faux ?! Mais alors où est… ?

Son esprit tournait à toute allure, il essayait de deviner où Faouzi voulait en venir, mais ce dernier ne lui en laissa pas le temps.

— Ce type vend des papiers de macchabées, tu piges ?! C'est pour ça qu'il a un tel choix à sa disposition ; ils font les hôpitaux et les morgues, et s'arrangent pour récupérer les pièces d'identité des malheureux que le bon Dieu a rappelés auprès de Lui, après quoi ils les recyclent au plus offrant.

Ils passèrent encore trois bonnes minutes à parlementer, après quoi il se laissa convaincre, non sans regret, que ce n'était pas la bonne solution. D'accord, dans l'immédiat, il se retrouverait une identité pour un prix abordable, mais il n'allait tout de même pas passer sa vie dans la crainte d'être démasqué par la police ou retrouvé par la famille du défunt !

Finalement il se résolut à retourner auprès de Zizo pour lui dire qu'il n'était pas preneur. Le jeune homme le poursuivit un instant sur la chaussée tandis qu'il pressait le pas pour rattraper Faouzi.

— J'ai bien vu que vous étiez intéressé mais votre cousin, là, il vous a tourné la tête. Puisque je vous dis que mes papiers sont plus propres que propres ! D'ailleurs, j'assure même le service après-vente, en cas de souci, vous me les rapportez, et je vous en donne d'autres.

Ils n'en revenaient pas : le type ne prenait même pas de précautions et parlait de ça en pleine rue, sans se soucier d'être entendu. Le monde était-il devenu fou ?

En le voyant pénétrer seul dans la pension – Faouzi était reparti directement à la fac –, 'Amm Ibrahim le héla. « Nassi Effendi, attendez, j'ai quelque chose pour vous... — Qu'est-ce que c'est, s'enquit-il auprès du réceptionniste pendant que ce dernier se penchait pour attraper quelque chose sous son comptoir. — Ça vient du consulat de France, lui répondit le vieil homme en lui tendant une enveloppe, elle est arrivée à l'adresse du café mais il y a votre nom dessus ; Chaker l'a apportée ce matin, juste après que Faouzi et vous êtes partis. Espérons que ce sont des bonnes nouvelles. — Merci, 'Amm Ibrahim, mais tu sais, je ne me fais pas trop d'illusions. »

Arrivé dans sa chambre, il referma la porte derrière lui et s'allongea de tout son long sur le lit, fermant les yeux quelques secondes avant de décacheter la luxueuse enveloppe à l'en-tête du *Consulat de France en Égypte*. Puis il commença à lire :

Cher Monsieur,

C'est avec le plus grand intérêt que j'ai pris connaissance de votre missive. Tout d'abord, je dois vous dire que votre requête est hélas très loin de satisfaire aux conditions minimales de recevabilité. Certes, nous exerçons une mission hautement symbolique : la perpétuation des liens d'amitié et de fascination mutuelle qui, de tout temps, ont uni la France à l'Égypte ; notre passé commun est riche de magnifiques exemples, de Gustave Flaubert à Taha Husayn, de Jean-François Champollion à Rifa'a al-Tahtawi. Néanmoins, vous comprendrez que nous sommes avant tout une administration, qui ne saurait agir que sur la base de pièces dûment authentifiées. Or, si j'en crois le dossier que mes services m'ont communiqué, vous n'avez guère été en mesure de justifier de votre identité, et les quelques indications que vous nous avez fournies sont hélas trop vagues pour fonder une recherche.

Cependant, il y a dans votre démarche quelque chose d'éminemment sympathique. Passionné de poésie moi-même, j'ai été particulièrement sensible au fait que vous citiez dans votre lettre des vers derrière lesquels j'ai cru reconnaître Rimbaud, Mallarmé et René Char. Aussi me suis-je demandé comment nous pourrions accommoder, d'une façon ou d'une autre, votre aspiration à restaurer des attaches – réelles ou imaginaires – avec la France.

Mais je ne voudrais pas faire naître en vous d'espoirs insensés. Comme vous le savez, nous ne sommes plus aujourd'hui en mesure d'ouvrir nos bras pour – j'emprunte la formule à l'un de nos brillants ministres – « accueillir toute la misère du monde » ; au contraire, il nous faut inverser les flux migratoires, entreprendre un patient travail pédagogique pour expliquer à ceux qui nous aiment que l'émigration est aujourd'hui dépassée, qu'elle est source de désagrément pour les hôtes et de désillusion pour les invités. Il y a tant d'autres façons de participer à notre idéal commun !

À ceux qui se pressent toujours plus nombreux à nos portes, nous disons désormais : rejoignez-nous spirituellement et sentimentalement, au lieu de vous engager dans une aventure transcontinentale vouée à l'échec. C'est ce beau projet que je vous propose aujourd'hui. Et je vous le répète : dans notre cœur, vous êtes déjà des nôtres…

En espérant que vous accepterez d'y adhérer, je vous prie d'agréer, cher monsieur, l'assurance que la France vous porte haut dans son cœur.

Jacques-Marie de La Roseraie
Consul général de France en Égypte

Il dut relire la lettre plusieurs fois pour comprendre qu'il s'agissait d'une fin de non-recevoir. Même s'il n'y avait jamais vraiment cru, il sentit un pincement au cœur à l'idée qu'un des filets qu'il s'employait à lancer depuis plusieurs jours revenait vide. Un sombre pessimisme s'empara de lui à la pensée que cette scène risquait de se répéter, que les quelques pistes qu'il suivait pouvaient ainsi se refermer l'une après l'autre, le maintenant éternellement dans cette indétermination qui lui pesait de plus en plus. Il se força néanmoins à prendre les choses avec philosophie. Cette rebuffade avait au moins une utilité : elle l'obligeait à chercher son salut ici, parmi les siens, au lieu de compter sur l'intervention d'une ancienne marraine qui, aussi forts qu'aient été ses liens passés avec elle, n'était visiblement plus désireuse de lui tendre la main.

L'autre mérite de cette lettre, c'est qu'elle venait à point nommé lui rappeler sa rencontre avec Leroy, l'archéologue. La journée s'annonçait belle et une promenade au milieu des vieilles pierres et des dieux lui permettrait sûrement de dissiper ses très terrestres préoccupations. Descendu téléphoner à la réception, il y trouva Sélim en grande conversation avec 'Amm Ibrahim ; il attendit qu'ils en aient terminé pour s'avancer doucement vers le réceptionniste et lui demander s'il pouvait utiliser le téléphone. Comme ce dernier le sondait silencieusement du regard, il secoua doucement la tête et se força à esquisser un sourire, que 'Amm Ibrahim lui renvoya en écartant discrètement les paumes vers le haut pour signifier qu'il avait compris.

Comme Sélim, qui avait surpris leur manège, lui adressait un regard interrogateur, il le devança :

— Je t'expliquerai... En attendant, je vais rendre visite à un archéologue de mes connaissances sur son chantier de fouilles, ça te dirait de m'accompagner ? J'allais justement lui téléphoner ; si tu es partant, je lui dis que je viens avec mon cousin.

— Si c'est pour voir des fouilles, je veux bien être ton cousin, même celui du démon bleu s'il le faut ! Moi qui travaille plutôt sur l'écologie urbaine contemporaine, un bain d'histoire me fera du bien...

Sélim conduisait sa petite voiture d'une main sûre. Tout à l'heure, il avait pris le combiné afin que Leroy lui indique l'itinéraire – tous deux parlaient un anglais approximatif, mais suffisant pour se faire comprendre l'un de l'autre.

Étant fréquemment absent, son compagnon était assez peu au courant des multiples démarches que Faouzi et lui avaient récemment entreprises. Il résolut donc, tandis qu'ils roulaient, de lui faire un compte rendu des derniers développements : leur rencontre avec Raouf Effendi, la consultation chez le médecin en vue de faire estimer son âge, la disparition des dossiers au cadastre. Au milieu de son récit, il remarqua que Sélim ne prêtait qu'une attention distraite au détail de ses recherches, se contentant, de temps à autre, de lui retourner un sourire un peu forcé, mais résolut tout de même de poursuivre, lui parlant aussi du consulat et de la lettre de refus essuyée. Au bout d'un moment, cependant, il n'y tint plus :

— Eh bien, Sélim, je pensais que le récit de mes aventures te captiverait un peu plus...

— …

— Tu penses qu'on aurait dû s'y prendre autrement ?

— C'est ta barque, je te laisse la mener comme tu l'entends… Et puis Faouzi est tellement excité que je ne voudrais pas le décevoir, il se croit dans la peau d'un enquêteur du FBI !

— Mais tu trouves que j'ai le choix ? Je vais tout de même pas rester les bras croisés en attendant que la mémoire me revienne comme par enchantement ?

— Rester les bras croisés, non, mais peut-être prendre un peu de recul pour réfléchir à tout ça.

— Qu'est-ce que tu veux dire ?

— Non, non, laisse tomber, fais comme si je t'avais rien dit.

— Justement, tu en as trop dit, ou pas assez. Sois gentil, Sélim, j'ai besoin de votre aide à tous et, s'il y a quelque chose que je dois savoir, je préfère qu'on en parle ouvertement.

— Bon, d'accord, mais ne le prends pas mal, alors. Je ne t'accuse de rien et je suis même convaincu que tu nous as dépeint la situation comme tu la percevais. Tout ce que je dis, c'est que ta… hum, maladie… me paraît un peu étrange.

— Comment ça ?

— J'ai un peu lu sur l'amnésie, vois-tu, et dès le premier jour où je t'ai vu, j'ai eu l'impression que tes symptômes ne cadraient pas avec le tableau habituel. Quelque chose me turlupinait, mais je n'arrivais pas vraiment à mettre le doigt dessus… jusqu'à hier.

— Hier ? Mais il s'est passé quoi, hier ?

— Eh bien, pendant le dîner, tu as eu une remarque qui m'a littéralement sidéré.

Il lui lança un regard inquiet, d'autant que, dans son souvenir, le dîner de la veille s'était déroulé sans incident, dans une ambiance encore plus joyeuse que d'habitude. Le seul moment de gravité avait été celui où ‘Azza leur avait fait part de sa dernière idée. Jusqu'ici, avait-elle expliqué, ils s'étaient appuyés sur ses impressions floues pour conclure que son arrivée en Égypte remontait à plusieurs semaines, voire à plusieurs mois. Or, même si ça ne correspondait pas à sa perception, il était tout à fait possible qu'il fût entré sur le territoire égyptien tout récemment, probablement le jour même où il avait été déposé devant la pension. Si c'était bien le cas, il était urgent de se rendre à l'aéroport et de se faire connaître des autorités. Avec la date précise, celles-ci pourraient facilement retrouver sa fiche de débarquement. Peut-être avait-on même photographié son passeport.

L'idée n'était pas mauvaise, mais elle comportait des risques que les autres pensionnaires n'avaient pas manqué de soulever. Si l'hypothèse était correcte, on lui restituerait sans doute son identité son encombre ; mais dans le cas contraire, il n'en serait pas quitte pour autant. Les policiers le soumettraient à un interrogatoire minutieux et, pour peu que ses réponses ne soient pas suffisamment convaincantes, il risquait fort de ne pas ressortir libre de l'aéroport. Finalement, tous étaient tombés d'accord : on s'abstiendrait pour l'instant, tout en gardant cette solution comme dernier recours.

— Dans le feu de la conversation, ta remarque est passée un peu inaperçue, reprit Sélim, mais moi elle ne m'a pas échappé. Et depuis, je n'arrête pas d'y penser.

— Ma remarque ?

— Souviens-toi, on parlait avec Sett Baheyya et, à un moment, elle a évoqué une romance de jeunesse...

— Oui, je me souviens très bien. J'ai même eu l'impression qu'en revivant la scène elle était redevenue pour un instant une toute jeune fille – mais je ne vois pas où tu veux en venir...

— Patience, j'y arrive. Donc elle nous racontait cette histoire, tantôt en se moquant d'elle-même, tantôt avec les larmes aux yeux, et tout d'un coup, tu l'as interrompue en disant : « Sett Baheyya ! C'est fou ce que vous me faites penser à Marianna ! » La patronne s'est contentée de répliquer : « Marianna, c'est qui celle-là ??? », et puis elle a poursuivi son récit.

— À vrai dire, je sais même plus pourquoi j'ai dit ça. Ça m'est venu spontanément. Bon, mais... et alors ?

— Et alors ?! Moi je sais qui est Marianna, figure-toi. Je ne suis pas un inculte comme Faouzi ; quant à 'Azza, elle est excusable : elle ne lit que des essais d'économie politique et de sociologie. Marianna, c'était la tenancière de cette pension qui a donné son titre à l'un des plus fameux romans de Naguib Mahfouz – *Miramar*. Le fait que tu te sois souvenu de son nom signifie, mon cher Nassi, que ta mémoire n'est pas si dévastée qu'elle en a l'air, ou du moins que tu te souviens de certains noms et pas d'autres !

Son compagnon s'arrêta pour jauger l'impact produit sur lui par ses paroles puis, voyant qu'il gardait le silence, le pressa :

— Eh bien, qu'en dis-tu ?

— Pour l'instant, je n'en dis rien, pour la bonne raison que je suis aussi surpris que toi. On dirait bien que tu as raison, c'est un détail très intriguant. Mais il faudrait que je me creuse la tête pour savoir si c'était un accident ou si c'est un symptôme permanent…

Les propos de Sélim l'avaient ébranlé, et il demeura muet presque tout le restant du trajet. Il retournait dans sa tête les événements des derniers jours, essayant de remailler le tissu décousu de ses souvenirs pour essayer d'y trouver une explication.

VI

Quand ils arrivèrent enfin dans la zone décrite par Leroy, aux environs de Saqqarah, ils s'étaient déjà perdus deux ou trois fois et avaient dû demander leur chemin à des paysans, pour lesquels la notion de chantier de fouilles était quelque peu abstraite. Comme toujours avec les Égyptiens mais plus encore lorsqu'il s'agissait de fellahs, le plus grand obstacle quand on cherchait sa route était, paradoxalement, leur propension à… vous aider à tout prix.

Autrefois, quand un de ses amis proposait à la bande une virée en voiture, il leur arrivait de se perdre et d'interroger un passant qui, neuf fois sur dix, les envoyait… n'importe où.

Au commencement, la part occidentale en lui s'était insurgée : mais enfin, se disait-il, s'il ne sait pas, il ne pourrait pas juste la fermer ?! Il lui arrivait même de s'en plaindre à ses amis :

— Chaque fois qu'ici tu demandes ton chemin à quelqu'un, il hoche la tête plusieurs fois avant de se lancer dans une explication on ne peut plus précise : alors voilà, tu vas emprunter la route là-bas jusqu'à la prochaine *saneyya* (le « moule à gâteaux » qui servait de surnom gastronomique aux ronds-points), ensuite tu poursuis pendant environ cinq minutes ; normalement, tu vas voir un petit kiosque de fruits et légumes ; tu le laisses sur ta droite et tu continues jusqu'au troisième feu rouge ; au feu, tu prends la deuxième à gauche et, passé l'épicier, tu te gares : c'est là. Honnêtement, quand quelqu'un te donne une description aussi précise, tu te dis qu'il sait de quoi il parle, non ? Eh bien, tu suis les instructions scrupuleusement, tu arrives dans la petite rue en question, et là tu t'aperçois que non seulement ce n'est pas la bonne rue, mais qu'en plus tu n'es même pas dans le bon quartier !

Alors qu'il délivrait un jour son couplet à un Libanais d'Égypte, celui-ci l'avait écouté, amusé, avant de l'interrompre :

— Franchement, ce que tu dis n'est pas faux, mais tu mérites ce qui t'arrive.

— Comment ça, je mérite ? C'est un crime, quand on est perdu, de demander de l'aide sans que les gens vous envoient en Australie ?

— Non, bien sûr que non, mais je vais te poser une question : comment tu t'y prends, pour demander ton chemin ?

— Ben, normal, je leur indique l'adresse, et je leur demande où ça se trouve.

— C'est bien ce que je pensais... Ne fais jamais ça, malheureux ! Tu sais maintenant pourquoi tu n'as que ce que tu mérites ? Ton adresse, il y a neuf chances sur dix pour que ton interlocuteur ne la connaisse pas – tout ce qu'il sait, c'est qu'elle ne se trouve pas dans son périmètre familier. Mais comme il voit à ta tête que tu as vraiment envie d'un itinéraire et qu'il ne veut pas te faire de peine – pour lui, dire « je sais pas », ce serait comme répliquer... « je t'emmerde ! » –, il t'envoie dans cette zone lointaine, là-bas, qu'il n'a jamais explorée et où ton adresse pourrait bien se trouver.

» Bon, comme tu m'es sympathique, je vais te donner un tuyau qui te permettra d'éviter à l'avenir ce genre de désagréments. La bonne technique, c'est d'approcher l'objectif par petits pas. Pour commencer, tu donnes le nom du quartier, rien d'autre. Une fois arrivé sur place, tu vérifies que c'est le bon secteur en interrogeant les gens qui habitent là – pas les passants qui, souvent, n'en savent rien et risquent eux aussi de t'envoyer aux fraises. S'ils confirment, tu rétrécis le cercle un peu et tu recommences. C'est seulement à la dernière étape, quand tu es sûr d'être à portée de marche de ton objectif, que tu fournis ton adresse. Pigé ?

Ayant grandi à Beyrouth, Damas et au Caire – donc en avance d'au bas mot un demi-siècle sur quiconque en matière de compréhension des ressorts sociaux –, l'homme l'avait aidé à mieux saisir le pourquoi du phénomène. De son côté, il avait aussi effectué une partie du chemin. Longtemps, il avait déploré cette inconséquence qu'il aurait, pour un peu, rendue entièrement responsable du retard des pays sous-développés. N'apprendrait-on jamais la rigueur ? pestait-il. Mais peu à peu, le culte de la performance et de l'efficacité qu'on célébrait dans les pays occidentaux avait commencé à l'agacer prodigieusement. Poussé à son comble, il débouchait sur un individualisme forcené, le refus de prendre du temps pour les choses jugées improductives, comme l'écoute de l'autre ou l'aide aux gens en difficulté. Dans les grandes métropoles européennes, il n'était pas rare que votre interlocuteur s'éloigne à grands pas en vous voyant approcher ou, pour peu que vous ayez réussi à lui poser votre question, qu'il vous réponde sèchement « Aucune idée ! », avant de tourner les talons. Il portait désormais un regard plus indulgent sur cette aide certes peu efficace, mais tellement bien intentionnée...

Après maints détours, ils avaient donc fini par arriver à bon port. Leroy les attendait, en bermuda et chapeau de paille, assis sur un vieux 4 × 4 déglingué. Il leur fit de grands gestes en voyant la voiture approcher.

Mettant pied à terre le premier, il salua l'archéologue et lui présenta Sélim. À son tour, Leroy leur présenta les membres de son équipe : cinq archéologues – trois Français et deux Égyptiens –, ainsi qu'une demi-douzaine de porteurs recrutés aux alentours, qui aidaient aux travaux de déblaiement et au transport des lourdes charges. Bien sûr, il ne réussit pas à mémoriser tous ces nouveaux visages, mais son attention fut néanmoins attirée par le seul élément féminin du groupe, une jeune archéologue française au visage amical et volontaire, dont les cheveux étaient noués dans un bandana. Malgré l'absence de tout maquillage et la tenue fonctionnelle – elle portait une combinaison de toile sur des baskets dont elle n'avait pas noué les lacets –, elle dégageait une élégance naturelle. Il discuta un moment avec elle, et ils se promirent de s'appeler un jour pour prendre un verre ensemble – peut-être était-ce le début de la romance dont il avait rêvé à l'orée de son voyage.

Le Dr Zahran, l'un des deux archéologues égyptiens, se porta volontaire pour les emmener faire le tour du propriétaire, au grand soulagement de Sélim qui avait épuisé ses connaissances d'anglais et ne souhaitait pas perdre un mot des explications. Leroy, quant à lui, avait un rapport urgent à terminer, mais il leur promit qu'une fois leur visite terminée ils se retrouveraient pour prendre le thé tous les trois.

De fait, le tour du chantier qui leur était proposé se révéla passionnant. Zahran leur fit un panorama des principales découvertes réalisées sur le site de Saqqarah. Il évoqua les « textes des pyramides » – en fait un ensemble de quelque huit cents formules gravées en colonnes sur les murs du corridor, de l'antichambre et du passage reliant cette dernière à la chambre funéraire de la pyramide.

Lorsque la discussion avec leur guide se porta sur le culte du taureau Apis, il vit l'œil de Sélim s'allumer. Bêtement, il pensa que ce regain d'intérêt s'expliquait par la spécialisation de son compagnon en agronomie et s'apprêtait, en indécrottable citadin, à le titiller là-dessus – « Alors toi, dès qu'on parle de vaches et de taureaux ... » –, mais il se ravisa en se souvenant des propos de Faouzi au sujet de la curiosité encyclopédique de leur copensionnaire.

— Le taureau qui aurait l'honneur d'incarner la divinité Apis, expliqua Zahran, devait remplir un certain nombre de critères divins ; on dit qu'il y en avait vingt-neuf au total ! Cela allait du plus trivial – pelage noir, poils de la queue doubles – au plus élaboré – triangle blanc en forme de delta inversé sur le front, signe figurant un faucon aux ailes déployées sur le dos, marque évoquant un scarabée sous la langue. Les recherches devaient être longues...

« Une fois déniché, l'heureux élu était élevé dans une étable orientée vers le levant et, pendant quarante jours, seuls les prêtres étaient autorisés à l'approcher. Au bout de ces quarante jours, il était emmené pour quatre mois au temple de Nilopolis où toutes les femmes qui le désiraient pouvaient lui rendre visite, sa bénédiction étant réputée apporter la fécondité. Ensuite, on le hissait sur une barge sacrée. Le cortège, formé de la barge et de nombreuses barques, descendait ainsi le Nil en s'arrêtant dans chaque ville sacrée, sous les acclamations du peuple venu jeter sur son passage des offrandes.

« La mort du taureau Apis, quant à elle, était un événement majeur, avec un deuil de soixante-dix jours et des funérailles fastueuses : embaumé, le taureau était déposé dans un sarcophage puis inhumé à quelques pas d'ici, au Serapeum de Saqqarah.

Sélim, exalté, avait embrayé sur les résonances de ce culte dans les différentes religions monothéistes :

— On pense bien sûr à l'« épisode de la vache » – épisode qui a donné son nom à la deuxième sourate, la plus longue du texte coranique. Il s'agit en fait d'un miracle accompli par Dieu durant la période mosaïque en vue d'élucider un crime. Comme les Juifs se rejetaient ce crime les uns sur les autres, Moïse leur ordonna de sacrifier une vache. Après lui avoir demandé s'il se moquait d'eux, ils firent mine d'accepter l'idée, tout en exigeant de lui qu'il interroge son Seigneur sur ce que devait être la vache en question…

— J'ignorais que le Coran parlait de Moïse, intervint Leroy, qui l'avait écouté avec grand étonnement.

— Non seulement il en parle, mais c'est de loin le nom le plus fréquemment cité ! Il y est aussi abondamment question d'Abraham, de Zacharie, de Jean-Baptiste, de Jésus ; quant à Marie, une longue sourate lui est consacrée.

— Pardonnez mon ignorance, souffla l'archéologue en souriant, mais mes connaissances s'arrêtent à la vingtième dynastie ! Il faut dire qu'on ne nous parle de l'islam que comme d'une religion acharnée à faire table rase de tout ce qui l'a précédée. Poursuivez, je vous en prie…

— Par leurs questions, les Juifs croyaient embarrasser Moïse, aussi furent-ils très surpris de le voir revenir avec une description détaillée : la vache ne devait être ni jeune ni vieille, mais d'âge moyen, elle devait être rousse, d'une couleur franche et agréable à voir, et ne devait pas avoir été avilie par le labour de la terre : une vache sans marque ni défaut. Satisfaits, les hommes de la tribu surmontèrent leurs réticences initiales et immolèrent l'animal. Dieu ordonna alors qu'on frappe le cadavre avec un membre de la vache immolée. Aussitôt, la victime revint à la vie et désigna le vrai coupable…

— Les emprunts du judaïsme à la religion égyptienne antique ont donné lieu à une abondante littérature, confirma Zahran, et Freud lui-même nous a légué, avec *L'homme Moïse et la religion monothéiste*, une thèse audacieuse sur le sujet. Ce qui est moins connu, ce sont les influences de l'Égypte ancienne sur le christianisme. Vous seriez sans doute surpris des convergences entre certains dogmes chrétiens et la religion égyptienne antique. Osiris était représenté sur la terre par le taureau Apis, et comme lui-même était issu de manière surnaturelle de la déesse Nout, son incarnation terrestre devait également naître sans le secours d'aucun mâle. De fait, nous savons par Hérodote que la mère d'Apis a été fécondée par un rayon de soleil ou, selon Plutarque, par un rayon de lune. Or, que nous dit la doctrine chrétienne au sujet de Jésus ? Qu'il a été conçu sans père, par un rayon descendu du ciel…

Il avait écouté – sans intervenir ou presque – cette joute érudite entre l'archéologue et Sélim qui, d'ordinaire plutôt taciturne, s'était révélé sous un jour entièrement nouveau.

VII

Sayyed s'apprêtait à sortir quand il fut arrêté par la sonnerie du téléphone. Il tressaillit : se pouvait-il qu'ils soient déjà remontés jusqu'à lui ? Depuis qu'il avait un logement en propre, il s'était replié sur lui-même et ne voyait que de rares amis, qu'il rencontrait chaque jeudi soir au café. Leur rendez-vous étant immuable, ils n'avaient guère besoin de s'appeler, de sorte que le téléphone ne sonnait que très rarement. Après avoir joué quelques parties de domino et siroté leur thé tout en fumant un narghilé, ils rentraient chacun de son côté. Quant aux membres de sa famille restés au Saïd, c'est généralement lui qui les appelait.

Ces derniers jours, il avait suivi de loin les développements de l'affaire et il sentait le souffle des enquêteurs se rapprocher dangereusement. Par des indiscrétions à la cafétéria de l'aéroport, il avait appris que la police était en train de passer sur le gril tous les chauffeurs de taxi accrédités auprès des autorités aéroportuaires pour identifier lequel d'entre eux avait, dans les jours précédents, emmené un certain passager jusqu'au centre-ville. Sur ce passager couraient les rumeurs les plus folles, mais il était bien établi qu'il s'agissait d'une grosse huile – la preuve, presque tous les agents opérant sur l'aéroport étaient mobilisés sur l'affaire. Visiblement, ils étaient à cran, prêts à tout pour faire parler les témoins récalcitrants : on n'hésiterait pas à les passer au détecteur de mensonges, à les accrocher des heures durant par les pieds, à leur arracher les ongles des mains et des pieds, voire, s'il le fallait, à violenter leurs mères et leurs sœurs pour les faire plier.

Si personne ne l'avait encore inquiété, cela tenait sans doute à son statut de franc-tireur. Mais ce n'était probablement qu'une question de temps : en s'apercevant que leurs interrogatoires ne donnaient rien, les policiers ne tarderaient pas à élargir le champ de leurs investigations à des cas comme le sien. C'est pourquoi, après avoir tergiversé encore quelques jours, il avait décidé d'en finir au plus vite avec la valise de son inconnu ; le plus simple serait de la jeter avec tout son contenu dans l'une des décharges publiques du voisinage. C'est justement au moment où il s'apprêtait à s'acquitter de cette mission que le téléphone avait sonné…

VIII

Une fois la visite du site terminée, tous trois s'étaient remis à marcher sans cesser de deviser, jusqu'au moment où ils étaient passés devant une petite maison posée au bord du désert. Au fond du jardin, un vieil homme de haute taille, costume de lin et chapeau blanc vissé sur la tête, était solidement planté sur ses jambes ; en les voyant, il leur adressa un petit salut amical, que leur guide lui rendit avec un grand sourire.

— Qui est-ce ? demanda Sélim.

— Lui, mais c'est Jean-Philippe Lauer ! (Il avait prononcé ça à l'anglaise, *lower.*) Nous autres, on l'appelle l'« Oublié de Dieu » – c'est un de nos porteurs égyptiens qui a trouvé la formule, et je crois que l'intéressé l'a trouvée très juste ! Il est d'une gentillesse incroyable, mais têtu comme une mule. Il est arrivé ici il y a soixante-quinze ans – l'autre jour, on a fêté ça avec lui – et, depuis, il n'a plus jamais quitté Saqqarah. Seule exception : il a dû rentrer en France au moment de la révolution de Nasser, mais la disgrâce n'a pas duré : peu après, il a été rappelé comme conseiller auprès du gouvernement égyptien. De toute façon, rien n'aurait pu le détourner de son projet : il s'était mis en tête de rendre sa dignité à la pyramide à degrés d'Imhotep. À lui tout seul, ce type a remonté bloc après bloc le mur d'enceinte du complexe funéraire de Djoser, il a mis au jour, en sous-sol, une chambre funéraire et, excusez du peu, remis sur pied le temple du Ka. Rien ne peut l'arrêter : quand on lui a signifié, au bout de dix ans, que son contrat ne serait pas renouvelé, il a décidé de rester quand même. Dommage, je vous aurais bien proposé de bavarder un peu avec lui, mais j'ai promis à M. Leroy de ne pas vous ramener trop tard.

— Dommage en effet, murmura Sélim, encore sous le coup de tout ce qu'il venait d'apprendre. Mais ne vous inquiétez pas, la prochaine fois que Nassi revient, je l'accompagne et je rends une visite spéciale à votre ami l'« Oublié ».

Son entrevue avec Leroy s'était déroulée on ne peut mieux. Celui-ci lui avait remis une liasse de documents en arabe (comptes rendus de fouilles, demandes d'agrément circonstanciées, descriptions de projets) que l'équipe avait besoin de faire traduire en français. L'archéologue lui avait également donné une enveloppe contenant une somme confortable à titre d'acompte, précisant que ses superviseurs à Paris lui avaient expressément demandé de « ne pas lésiner sur la traduction ». Comme il remerciait l'archéologue, celui-ci avait répliqué : « C'est vous qui nous enlevez une grosse épine du pied », sans se douter du service inestimable qu'il venait de lui rendre…

Grâce à ce début d'indépendance financière, il allait pouvoir dûment payer son loyer à Sett Baheyya, qui s'était montrée si patiente avec lui, s'acheter des vêtements et rembourser l'argent que ses copensionnaires lui avaient si généreusement avancé. Plus important, ce travail lui redonnait, pour la première fois, un sentiment d'utilité ; il allait exercer une activité gratifiante dans laquelle il pourrait mettre tout son amour pour la langue et les mots, et cela dans un domaine, l'archéologie, qui l'avait toujours passionné. Il baignait donc dans une douce euphorie lorsque Sélim et lui reprirent la route du Caire.

IX

Faouzi et lui franchirent la porte du bar qui, comme la fois précédente, baignait dans une douce pénombre. Raouf Effendi leur avait téléphoné le matin même, très excité. Il avait conduit les recherches dans son fichier et avait déniché quelques profils susceptibles de faire l'affaire, mais avait maintenant besoin de leur aide pour avancer.

Leur vieil ami était déjà installé. Il les salua chaleureusement, expliquant qu'il était arrivé avec un quart d'heure d'avance, puis les présenta à Mourad Pacha, le patron du bar, avec qui il reprit la conversation que leur arrivée avait interrompue.

— Vraiment, Mourad Pacha, vous songez sérieusement à fermer l'établissement ?

— Pour l'instant, je ne me suis pas encore décidé, mais si ça continue, je ne vois pas d'autre solution. Voyez-vous, je me suis toujours considéré comme un bon musulman, et j'ai du mal à digérer qu'on me fasse maintenant passer pour un suppôt de Satan. Ça fait quarante ans que j'exerce ce métier et, jusqu'à la fin des années 1970, personne n'y trouvait à redire. Alors, si cette époque ne veut plus s'accommoder de mon activité, tant pis, je trouverai autre chose…

— Mais, demanda Raouf Effendi, qui sont ceux qui vous importunent exactement ?

— D'abord, il faut reconnaître que certains clients sont tellement contents de venir chez moi qu'ils en oublient toute prudence. Avant même d'avoir refermé la porte derrière eux, ils interpellent le barman à tue-tête : « Ohé, Ramzi, apporte-nous donc trois verres de ton meilleur cognac ! », ou bien « Brave homme, je voudrais des glaçons, avec tout ce qu'il faut de whisky autour ! » Ils ne se rendent pas compte qu'aujourd'hui de telles paroles entendues par un passant un peu dévot suffisent à faire classer votre établissement comme lieu de perdition – après, étonnez-vous qu'il devienne la cible d'actions musclées de « promotion de la vertu et de prévention du vice », comme ils appellent ça.

» La vertu ! Comme s'ils en avaient tellement à revendre qu'ils pouvaient la promouvoir ! Ces ignares ne rêvent que de devenir émirs de leur groupuscule pour jouir des avantages annexes : la vénération servile des adeptes, les dons des pays de l'or noir dont ils s'arrogent la plus grande part en gardant la menue monnaie pour quelques actions de charité, et surtout la possession de vierges sacrifiées par des pères bigots, trop heureux de les marier à un « homme pieux œuvrant au triomphe de l'islam ».

» Et le vice ! Comme si c'est en interdisant mon activité qu'ils allaient le prévenir ! Alors la corruption des gouvernants, et l'exploitation des miséreux, et l'ignorance crasse, ce sont des vices qu'on s'occupera de prévenir plus tard ?

— Mais enfin, Mourad Pacha, vous n'allez tout de même pas nier que l'alcool est nocif pour la santé ?!

— Ah, mille pardons, seulement à haute dose ! Or j'ai toujours mis un point d'honneur à guider les buveurs dans leur parcours et croyez-moi, quand je vois qu'ils dépassent les bornes, je les arrête. Doucement mais fermement. En plus, vous parlez des effets physiologiques, mais *quid* du bien-être mental que mes breuvages procurent ? Les gens qui viennent chez moi, humiliés par la vie, martyrisés par des épouses revêches, forcés de courber l'échine au travail devant des petits chefs incompétents, n'est-ce pas grâce à moi qu'ils arrivent à surmonter leurs frustrations et à reprendre espoir ? Est-ce que mon bar n'en a pas sauvé beaucoup des maladies contractées à la suite d'un deuil ou d'un stress, de la dépression, voire du suicide ? Ne prenez pas ça comme une provocation, mais je crois pouvoir dire que la fréquentation de mon bar a été pour certains… une véritable thérapie.

— Je dois vous dire, lâcha Raouf Effendi avec un petit rire, que vous prêchez un convaincu. Le problème, c'est que ces gens qui vous menacent n'entrent pas dans ce genre de considérations, c'est beaucoup trop subtil pour eux. Dans leur vision simpliste, la religion interdit l'alcool, point final. Paradoxalement, les théologiens qui ont une connaissance approfondie du Coran et de l'histoire de la civilisation arabo-musulmane sont bien plus nuancés que ces jeunes activistes qui veulent nous aligner sur les positions wahhabites les plus frustes, si vous me passez le pléonasme. Vous savez, à la faculté de droit, nous avons appris à décortiquer un texte de loi pour déterminer s'il comporte une interdiction ou pas, et je peux vous dire que, dans ce cas précis, la réponse n'est pas si simple.

— Là, vous m'intéressez, répliqua Mourad Pacha. Comment ça, pas si simple ?

— Eh bien oui, reprit Raouf Effendi, l'interdiction de l'alcool dans l'islam, que tout le monde tient aujourd'hui pour acquise, n'est pas toujours allée de soi. Tout d'abord, dans le Coran, l'interdit n'est pas tombé d'un coup, mais au long de trois versets successifs révélés sur un intervalle de plusieurs années. Si la consommation d'alcool avait été une telle abomination, Dieu, qui sait être impérieux quand Il le veut, n'aurait-Il pas été d'emblée plus catégorique ? Aurait-Il dicté, *via* son Messager, un verset aussi bienveillant que « Tenez-vous éloignés de la prière quand vous êtes ivres… » ? Sans parler des controverses sur ce qu'il faut entendre exactement par « alcool » : le vin, le moût de dattes, toutes les boissons fermentées ? Même les jurisconsultes les plus intransigeants admettent qu'en matière de religion, on ne saurait raisonner par extension : ce qui n'est pas expressément interdit est autorisé. Ils ont tenté de contourner la difficulté en arguant que l'interdit vise non les substances elles-mêmes, mais leurs effets, en vertu de quoi doit être banni tout ce qui fait perdre la tête. Mais est-ce que la disparition d'un être cher, ça ne vous fait pas perdre la tête ? Et une rupture amoureuse déchirante, ça ne vous fait pas perdre la tête ? Et la misère atroce, qui vous met une pierre à la place de l'estomac et vous creuse des océans de noirceur sous les yeux, ça ne vous fait pas perdre la tête ?!!!

Faouzi, sourire jusqu'aux oreilles, choisit ce moment pour intervenir :

— Raouf Effendi, si jamais vous vous lassez un jour de vos archives, je crois que vous vous reconvertirez sans peine dans les relations publiques – les fabricants de gnôle d'ici et d'ailleurs devraient vous offrir un pont d'or pour que vous preniez en charge leur communication !

Tous rirent de bon cœur, et même le propriétaire du bar, reparti après avoir pris la commande – Raouf Effendi avait demandé d'office du cognac pour tout le monde –, souriait encore tandis qu'il transmettait la consigne à son barman.

— Hum… commença Raouf Effendi après s'être tourné vers lui, l'heure est venue de parler de choses sérieuses. Si je vous ai demandé de venir avec Faouzi, c'est que, grâce à vos indications, mes recherches ont bien avancé. En principe, vous n'avez plus qu'à faire votre choix entre trois candidats possibles ; je vous propose que nous les passions en revue brièvement, en espérant que vous aurez un déclic sur l'un d'entre eux.

Il sortit de sa sacoche un dossier cartonné, dans lequel il avait glissé trois chemises transparentes remplies de documents.

— Commençons tout de suite par le premier : j'ai là son acte de naissance, au nom de Yehia Chaker Sarhan. Il est né en 1959 d'un père avocat et d'une mère sans profession, dans le gouvernorat de Guizeh – il n'est donc pas né ici. Cependant, ses parents ont bien été domiciliés par la suite au 8, rue du Dr 'Ali Ibrahim et ont demandé à l'état civil de transférer leur dossier chez nous. Bon, je vous passe les certificats de scolarité et les carnets de vaccination, tout ça ne nous dira pas grand-chose, et j'en viens directement aux documents suivants. Notre ami Yehia a entrepris des études d'ingénieur et obtenu plusieurs reports de service militaire, avant d'être finalement incorporé à Mansourah, dans un régiment d'infanterie de…

— Excusez-moi, interrompit Faouzi, vous avez bien dit qu'il était ingénieur ?

— Tout à fait, diplômé de la faculté du génie du Caire.

— Et vous pouvez voir combien de temps il a passé sous les drapeaux ? Je vous demande ça parce que les médecins et les ingénieurs ont beaucoup plus de chances d'être appelés comme officiers – un honneur dont ils se passeraient bien, d'ailleurs, car dans ce cas leur période d'incorporation est portée à trois ans, au lieu d'un an pour les simples soldats.

— Laissez-moi regarder… Il a été démobilisé en… attendez voir… en 1987. Vous avez raison, ça fait effectivement trois ans, avec une petite promotion au passage, puisqu'il est ressorti premier lieutenant.

— Ça confirme ce que je pensais, poursuivit Faouzi, et ça fournit un repère à Nassi : s'il a vraiment effectué trois ans de service militaire dans l'armée égyptienne, ce qui est rarement une partie de plaisir, je pense qu'il en a forcément gardé quelques souvenirs.

Son compagnon et le vieux fonctionnaire s'étaient tous deux tournés pour le scruter, guettant sa réaction. Fort heureusement, le rêve au cours duquel il avait revécu l'épisode du service militaire était encore frais dans sa mémoire.

— Désolé de vous décevoir, mais si j'en crois mes rêves... je veux dire mes souvenirs, je n'ai pas fait trois ans de service militaire en Égypte, ni même un an... Je pense que ce candidat peut être éliminé. Dommage, car ce prénom de Yehia résonnait bien à mes oreilles, je ne peux pas affirmer que c'était le mien, mais en tout cas je suis sûr d'avoir avec lui une sorte d'affinité...

À peine avait-il dit cela que le film lui revint en mémoire...

Synopsis : 1942. À la sortie d'une école anglaise huppée d'Alexandrie, un groupe d'adolescents rêvent de filles, de cinéma et de voyages transatlantiques. C'est un joyeux melting-pot qui rassemble des garçons de toutes origines – en témoignent leurs prénoms : Yehia, Mohsen, David ou Kutchuk –, issus de toutes les conditions sociales, depuis le fils de notable qu'un chauffeur dépose chaque matin en Bentley, jusqu'au fils de la classe moyenne contraint de jeter en travers de son épaule la veste que sa mère n'a pas eu le temps de rapiécer. Yehia n'a qu'un rêve : partir pour l'Amérique et étudier le cinéma.

Lorsque, vers la fin, une scène émouvante le réunissait avec sa mère venue le saluer sur le bateau, Yehia prenait soudain la mesure de l'absence à venir – « Tout a été si vite, j'ai l'impression de ne pas avoir eu le temps de bien vous voir. » Sa mère lui adressait une dernière prière : « L'important, c'est que tu ne tardes pas trop, Yehia, ton père a vieilli, je voudrais qu'il te voie... en homme important, avec un bon diplôme. Reviens-nous vite, Yehia. Reviens à Alexandrie... » Là, la sirène du bateau retentissait et la mère devait courir rejoindre le père resté sur le quai, agitant son mouchoir blanc – le code qu'ils avaient mis au point ensemble –, qui bientôt se confondrait avec les centaines de mouchoirs agités par tous les proches venus faire leurs adieux à une mère, un amant ou un fils.

Ah ! C'était donc ça ! Il était retourné voir le film quatorze fois d'affilée, rien d'étonnant donc à ce que le prénom de son héros, dont la passion pour le cinéma l'avait contaminé, lui soit resté familier.

— Pas grave, répliqua Raouf Effendi en sortant la deuxième chemise du dossier, j'ai encore deux candidats pour vous.

— Allez-y, lança Faouzi, j'ai un bon pressentiment pour celui que vous avez entre les mains…

X

Le fax était arrivé directement sur la machine de Mounir et son greffier l'avait aussitôt posé sur son bureau. Sans tarder, le capitaine avait donné ses instructions et attendu impatiemment, arpentant nerveusement son bureau.

Deux heures plus tard, il reçut enfin le coup de fil qu'il espérait ; il fit aussitôt appeler Nesrine pour lui communiquer la nouvelle.

— Nesrine, je maintiens que tu as fait du très bon boulot dans cette enquête. Malheureusement, il s'avère que Jimmy n'était pas notre traducteur fou – d'ailleurs, c'est dommage, je l'aurais cuisiné avec plaisir, celui-là, tu peux me croire que je lui aurais fait passer l'envie de traduire n'importe quoi ! Un des membres de la cellule parisienne a craqué à l'interrogatoire, et notre bureau européen m'a envoyé tout à l'heure les coordonnées complètes du fameux émissaire. Aussitôt le fax reçu, j'ai envoyé une équipe sur les lieux et ils viennent de le cueillir au saut du lit, dans sa chambre d'hôtel. Le lascar s'est laissé faire sans résistance et s'est mis à table dès qu'on a commencé à le chatouiller un peu…

XI

Après avoir passé en revue le contenu de la chemise, Raouf Effendi reprit :

— Bon, notre deuxième candidat est né à la bonne adresse, son acte de naissance est daté du 4 janvier 1960. Un peu plus jeune que le précédent, donc… Pour lui, je ne vois rien concernant le service militaire ; en revanche, j'ai pas mal de documents pour la suite : la photocopie d'un diplôme de pharmacie et – tiens, voilà un détail qui devrait vous intéresser – un acte de mariage avec une certaine Ahlam Karim Moustafa.

— Une photo peut-être ? s'enquit Faouzi, sourire aux lèvres.

— Mais non, répliqua le vieil homme, depuis quand les actes de mariage portent-ils la photo des conjoints ?

— Dommage, murmura Faouzi en se tournant vers lui, on aurait pu commencer à te constituer ton album photos. Je t'aurais bien vu en bon père de famille, entouré d'une ribambelle d'enfants… des filles, tiens, trois petites princesses se jetant au cou de leur père à son retour du travail. Qu'en dis-tu ?

— Eh bien, Faouzi, quelle imagination ! J'en dis que tu anticipes. Pour l'instant, notre candidat est seulement marié, et moi, je n'ai aucun souvenir d'avoir épousé qui que ce soit. Et puis, si j'avais partagé ma vie avec une créature répondant à ce prénom de rêve – Ahlam –, je pense que je m'en souviendrais.

Le vieux fonctionnaire intervint :

— Il vaudrait mieux ne pas éliminer ce candidat avant que vous entendiez la suite, c'est maintenant que ça devient intéressant…

— Je vous écoute, répondit-il, soudainement tétanisé.

— Voilà, après avoir fini sa fac de pharmacie, notre ami a déposé une demande d'émigration pour l'Angleterre. Le formulaire précise qu'il souhaitait compléter un troisième cycle là-bas et éventuellement s'y établir pour exercer à Londres.

— Mais c'est génial ! cria Faouzi. Ça colle, non ?

— Faouzi, pas si vite, s'il te plaît ! Question pharmacie, j'ai pas souvenir d'y connaître grand-chose, tout juste si je sais que le nom scientifique de l'aspirine est « acide acétylsalicylique ». Sorti de là…

— Oh, mais ça veut rien dire, on sait tous que ta mémoire a tendance à être sélective. Si ça se trouve, tu détestais tes études et tu nous as fait un petit refoulement…

— T'as raison, je peux rien affirmer. D'autant que, si mes idées sur le métier que j'exerçais sont très floues, j'ai le net souvenir d'une vie professionnelle sans éclat particulier – je crois que je trouvais plutôt mes raisons d'exister en dehors de la carrière.

Raouf le regarda pensivement, avant de poursuivre :

— Il n'empêche, mes jeunes amis, que si ces éléments ne suffisent pas à écarter notre deuxième impétrant, ils ne permettent pas non plus de le valider.

Il laissa le poids de ces paroles s'enfoncer en lui avant d'interroger le vieil homme :

— Au fait, Raouf Effendi, vous ne nous avez pas dit : comment s'appelle-t-il, l'impétrant en question ?

— Attendez… je vous dis ça tout de suite, lui répondit le vieil homme tout en farfouillant dans ses documents, il s'appelle… il s'appelle… Mikhaïl Guirguis Bichoy.

— Hein ?!

C'est Faouzi qui avait réagi le premier. Peinant à dissimuler sa stupéfaction, il était parti dans une quinte de toux, manquant à moitié s'étrangler.

— Hé, Nassi, t'es copte par-dessus le marché ? T'avais pas assez de problèmes comme ça ? Non, je blague, mais je sais pas pourquoi, j'étais parti de l'idée que t'étais, comment dire ? normal… Houlà, je suis en train d'aggraver mon cas. Enfin tu me comprends, je veux dire musulman, quoi !

Il sourit devant la confondante spontanéité de Faouzi. En France, ces questions de confession étaient taboues, au point qu'il était indécent d'interroger quelqu'un sur son appartenance religieuse. Mais l'incartade de son compagnon lui rappelait que, dans cette société égyptienne où le fait religieux était omniprésent, les gens parlaient de ces choses naturellement et se taquinaient sans complexe sur leurs rituels respectifs. « Ben alors, Teresa, t'es en retard, t'as mis du temps à faire tes ablutions ou quoi ? » ou bien « Dis donc, Ahmad, on va à l'église, ça te dit de venir avec nous ?

Comme ça, notre père te bénira et tu seras lavé de tes péchés qui n'ont ni commencement ni fin… » Une telle légèreté était devenue rare aujourd'hui. La montée des fondamentalismes et le rôle ambigu de l'État, qui souvent jouait les apprentis sorciers pour raffermir son emprise, avaient multiplié les incidents interconfessionnels. On en était même quelquefois arrivé à des crimes de sang, particulièrement en Haute-Égypte où ils se confondaient avec les crimes d'honneur d'une vendetta toujours très vivace.

Pourtant, au moins jusqu'à son arrivée dans l'âge adulte, il avait connu cet âge d'or où les deux communautés cohabitaient dans la douceur, où l'on se congratulait mutuellement à l'occasion des fêtes religieuses, où des histoires d'amour audacieuses se nouaient entre garçons et filles de confession différente. L'idée de s'appeler Mikhaïl Guirguis Bichoy n'était certes pas pour lui déplaire – il avait toujours admiré cette communauté qui s'accommodait souvent avec beaucoup d'intelligence de son statut de minorité.

De même, il n'avait aucun mal à s'identifier à ces Juifs d'Égypte – il en avait rencontré de merveilleux en France et ailleurs – que le régime de Nasser, en contrecoup de l'agression tripartite déclenchée par la France, la Grande-Bretagne et Israël au lendemain de la nationalisation du canal de Suez, avait poussés au départ. Ceux qui étaient extranationaux avaient été expulsés en même temps que les autres étrangers. Mais même ceux qui, égyptiens ou apatrides enracinés en Égypte, ne demandaient qu'à y vivre paisiblement avaient été soumis à des tracasseries administratives et policières, et n'avaient eu progressivement d'autre choix que de s'exiler. Certains avaient cédé aux sirènes de l'Agence juive, qui ne cessait de leur faire miroiter la vie de cocagne qu'ils pourraient mener en « Terre promise » (omettant de préciser que ladite terre avait été ethniquement nettoyée de ses habitants palestiniens). Au total, le régime égyptien s'était ainsi rendu coupable d'une injustice cruelle, doublée d'une faute politique majeure puisque, ce faisant, il avait privé la nation égyptienne d'une composante précieuse. Malgré tout, il avait de très bonnes raisons de penser qu'un profil copte ou juif ne pouvait lui correspondre…

Tout d'abord, son imaginaire était peuplé de fabuleux récits découverts à travers le prisme de l'islam. Ainsi des moments qui, selon la Tradition, pavaient le parcours du prophète Muhammad.

La prime enfance, où l'enfant avait été visité – plusieurs décennies avant la Révélation qui le désignerait comme Sceau des prophètes – par trois inconnus, qui lui avaient fendu la poitrine pour dégager son cœur et le plonger dans une eau purificatrice, avant de le remettre en place. Ou bien l'instant de la Révélation, quand l'ange Gabriel – incarné sous la forme d'une créature dont la ramure couvrait tout l'horizon visible – avait administré à l'homme mûr Muhammad une étreinte violente, puis une seconde, le menaçant d'une troisième pour l'obliger à réciter le premier verset révélé :

Lis, au nom de ton Seigneur qui a créé.
Il a créé l'homme d'un caillot de sang.

Et puis la version particulièrement saisissante que le Coran donnait de l'histoire de Joseph… Vendu au grand Intendant, l'un des hommes les plus influents d'Égypte, Joseph se retrouvait en butte aux assiduités de Zulaïkha, l'épouse de son maître. Apprenant que ses amies cancanaient sur son compte, celle-ci les avait invitées à un banquet, leur servant en dessert des oranges. Alors qu'elles s'affairaient, couteau à la main, à peler les fruits, Zulaïkha avait fait surgir devant elles son serviteur. Et toutes les rivales de se pâmer sur-le-champ, s'ensanglantant les mains face à la splendeur inégalée du jeune homme.

Outre la puissance d'évocation de ces récits, il avait été subjugué par la fulgurante éloquence de certaines sourates, comme celle de l'Étoile, ou bien par l'énergie déclamatoire des derniers fragments :

Par celles qui galopent, haletantes,
Qui font jaillir des étincelles,
Qui attaquent au matin,
Font ainsi voler la poussière,
Et pénètrent au cœur de la mêlée ennemie.
L'homme est, certes, ingrat envers son Seigneur ;
De tout cela il est, témoin,
Mais son amour des richesses est plus fort.
Ne sait-il donc pas que le jour où
Ce qui est dans les tombes sera bouleversé,

Où ce qui est dans les poitrines sera dévoilé,
Le Seigneur n'ignorera rien à son sujet?

En fermant les yeux, il pouvait presque imaginer l'impact du surgissement de cette parole au cœur du désert arabique peuplé de bergers hâves et de riches caravaniers, de prêtres consacrés aux cultes des idoles et de princes reclus dans leurs palais d'or et de myrrhe. De même, il s'était laissé transporter par les envolées spirituelles des maîtres soufis, leurs poèmes mystiques chargés d'ivresses extatiques, leurs saintes légendes tissées d'ascèse et d'abnégation.

— Hélas, je crains fort que ce Mikhaïl ne soit pas moi, lâcha-t-il avec un sourire désolé.

Comme ils réclamaient des explications, il entreprit de leur faire part de la fascination imprimée en lui par tous ces récits et fragments.

— Mais ça ne veut rien dire! objecta Faouzi. Dans ma classe, j'avais un copte qui prenait plaisir à entrer dans des débats de doctrine avec les musulmans, et il en savait plus que beaucoup d'entre eux sur l'islam.

Faouzi n'avait pas tort, cette familiarité qu'il se sentait avec l'islam pouvait fort bien résulter de son immersion dans une société où il était la religion dominante. Quant aux fragments qu'il avait retenus, peut-être ne s'y était-il intéressé que de l'extérieur, en amoureux du savoir épris de grands textes et de sagesse universelle. Cependant, il y avait des facteurs beaucoup plus personnels…

— C'est bien possible, mais j'ai un souvenir précis de nos repas de rupture du jeûne quand nos vacances en Égypte tombaient durant le ramadan…

En même temps qu'il disait cela défilaient dans sa tête les images qui lui étaient revenues de ces formidables festins…

La grand-mère est affairée depuis le matin à la cuisine, investie d'une responsabilité supplémentaire en cette période de l'année. Elle prend l'affaire très au sérieux, car il y va de sa crédibilité et de sa réputation. Pas question de déléguer la charge à quiconque : c'est à peine si elle accepte l'aide marginale de sa fille. Il ne lui viendrait pas à l'idée de se faire livrer des plats déjà préparés, comme cela commence à se pratiquer. De même, elle critique vertement celles de ses voisines qui choisissent la facilité en achetant toutes prêtes ces boissons gazeuses (prononcer *kazouza*) prisées, particulièrement pendant les mois d'été, par une clientèle grandissante. Il lui serait pourtant facile de se procurer du Cider (prononcer *Saydar*), une sorte de cidre local sans alcool, de la Miranda (prononcer *Merenda*), nom mélodieux qui dissimule une orangeade à la suspecte couleur vermillon, ou encore cette limonade très sucrée appelée Spatis (prononcer *Sbaatess*). Mais elle ne veut rien entendre : « Une maîtresse de maison qui se respecte fabrique ses jus de fruits elle-même. »

Dès le matin, donc, la grand-mère a lancé la préparation d'un nombre incalculable de plats, parmi lesquels reviennent fréquemment le *kochari*, la *moloukhieh* et le *mahchi*, organisant tout cela avec un sens de la logistique peaufiné avec les années. Tous ces plats doivent se côtoyer ou se relayer sur l'énorme cuisinière de manière que leurs temps de cuisson respectifs convergent tous vers le moment où ils devront se retrouver sur la table commune.

Quelques minutes avant l'heure dite, le grand-père grimpe sur le lit et se met sur la pointe des pieds pour allumer le vieux poste de radio brun, perché à bonne hauteur sur son support cloué au mur. Dans cette semi-pénombre du crépuscule tombant, les versets du Coran psalmodiés par un de ces mythiques récitants qui officiaient vers la fin des années 1960 prennent un relief saisissant. L'excitation qui régnait il y a encore quelques instants dans la rue, piétons et automobilistes se hâtant pour être chez eux à temps, a maintenant cédé la place à un calme presque surnaturel. Et soudain, c'est l'appel libérateur du muezzin. Il ne faut pas se jeter sur la nourriture, mais prendre soin de prononcer la formule rituelle « Au nom de Dieu, le clément, le miséricordieux », puis rompre son jeûne par quelques gorgées de *qamareddine*, cette boisson paradisiaque à base d'abricot, dont le nom signifie ni plus ni moins que « lune splendide de la religion ».

Le repas est un grand moment de convivialité, l'occasion de célébrer autour d'une même table les valeurs de fraternité et de partage. Il n'est pas rare que des parents ou des voisins se joignent à la fête. C'est le souvenir de mangeailles somptueuses, de conversations animées, d'éclats de rire partagés. On se dépêche de finir pour pouvoir suivre d'abord la pièce radiophonique, puis le feuilleton télévisé sur le vieux poste en noir et blanc…

Il leur résuma l'impression forte qu'il avait gardée de ces journées. Après l'avoir écouté, cependant, Faouzi ne voulait toujours pas s'avouer vaincu…

— Et si je te dis qu'il n'y a pas un chrétien en Égypte qui n'ait déjà participé à un repas d'*iftâr*, tu sais bien qu'entre chrétiens et musulmans on a l'habitude de s'inviter mutuellement à nos fêtes. Et puis, tu parles de ta grand-mère, mais si ça se trouve, c'était une vieille commère du voisinage !

— Dis donc, Faouzi, tu essaies de concurrencer Sélim dans le rôle du sceptique ? Bon, admettons, pour te faire plaisir. Ce n'était pas ma grand-mère, et moi, j'étais simplement invité par les voisins. Que fais-tu alors de mes gargouillements de ventre quand je passais la journée à lire pour oublier que j'aurais vendu mon âme pour un verre d'eau ?

Il se revoit, étendu sur le lit, s'efforçant de conjurer la soif et de détourner à tout prix ses pensées de la nourriture. Pour cela, rien de tel qu'un bon livre : les lectures accomplies le ventre vide prennent un relief saisissant, la faim décuple ses émotions et le place dans un état proche de l'apesanteur.

— Bon, j'avoue que ressentir des serrements d'estomac par solidarité avec tes voisins musulmans, ç'aurait été pousser l'entente interreligieuse un peu loin.

— Et pour achever de te convaincre, écoute ceci…

Il leur raconta la scène qu'il avait revécue pas plus tard que la nuit dernière, une scène qui se détachait dans sa mémoire avec la pureté d'un diamant : celle où, au jour suivant l'achèvement du mois de ramadan, son grand-père l'emmenait, un peu après l'aube, effectuer la prière de l'Aïd à la grande mosquée de leur quartier. Il se revoyait trottiner pour se maintenir à la hauteur de l'homme, déjà âgé mais encore plein de vigueur, s'agenouiller à ses côtés en imitant ses gestes, répéter avec lui les invocations à la suite de l'imam.

— Mais peut-être vas-tu me dire que ce type n'était pas mon grand-père, et que le petit garçon qu'il emmenait prier n'était pas moi ? lança-t-il triomphalement à Faouzi.

Cette fois-ci, ils durent bien admettre qu'il avait raison…

Le visage de Faouzi, d'ordinaire si jovial, s'était un peu assombri, reflétant leur inquiétude à tous trois : il ne restait plus qu'un candidat, et si celui-là n'était pas le bon, ils seraient impitoyablement renvoyés à la case départ... Quand Raouf Effendi se saisit de la troisième chemise et commença à parler, il crut déceler dans la voix du vieux fonctionnaire un léger tremblement...

XII

Un peu plus tard, Faouzi et lui marchaient d'un pas lent vers la pension. En sortant du bar, son jeune compagnon avait insisté pour qu'ils fassent le trajet à pied plutôt que de prendre un taxi, lui glissant qu'il voulait absolument lui parler. Bien qu'il restât silencieux, Faouzi ruminait visiblement ce qu'il se préparait à lui dire.

Il songeait à lui tendre une perche pour le tirer de son embarras, mais il n'en eut pas besoin car, quelques secondes après, Faouzi éclatait :

— Franchement, je te comprends plus ! Quand Raouf Effendi nous a présenté son troisième profil, j'ai vraiment cru qu'on tenait enfin notre gars. Les éléments de concordance avec tout ce que tu nous as raconté sont plus que troublants : le type a longtemps vécu en France où il est arrivé assez jeune, il a fait des séjours en Autriche et en Italie, il parle une ribambelle de langues étrangères, qu'est-ce qu'il te faut de plus ?

— …

— Ho, tu m'écoutes, là ?

— Bien sûr que je t'écoute, mais je sais pas comment t'expliquer. C'est vrai que l'individu en question a énormément de points communs avec moi, mais ça ne suffit pas. Même si son parcours paraît cadrer de manière plausible avec le mien, ou plutôt avec les bribes que ma mémoire en a gardées, je suis absolument certain que ce type n'est pas moi.

— Ah oui ? Et comment tu peux en être si sûr ? Tu dis toi-même que ta mémoire n'a conservé que des bribes !

— En fait, jusqu'ici on s'est tous – moi compris – focalisés sur les détails factuels : où j'habitais, quelles études j'ai suivies, dans quels pays j'ai vécu… Du coup, on a perdu de vue qu'un être humain ne se réduit pas à son parcours, surtout si les étapes de ce parcours sont faussées ou déformées par une mémoire défaillante. Ce qui ne ment pas, en revanche, ce sont les convictions, les valeurs, les principaux traits de caractère ! C'est pourquoi je te le dis et le répète : ce type n'est pas moi.

Faouzi allait objecter, mais il se força à prendre un moment de réflexion.

— Bon d'accord, finit-il par dire après avoir repris son calme, alors qu'ils s'engageaient sur la passerelle de la place Tahrir. J'ai du mal à croire que des impressions psychologiques puissent primer sur les faits objectifs, mais admettons… Dans ce cas, tu pourrais me dire ce qui, dans la description de notre troisième candidat, t'a convaincu que ce type n'était pas toi, assez sûrement pour que tu balaies l'hypothèse d'un revers de la main ?

— Tu n'y as pas trop prêté attention, mais le dossier comportait une lettre de l'ambassadeur d'Égypte en France, dans laquelle ce dernier remerciait notre type pour ses bons et loyaux services.

— Ben, j'ai trouvé ça plutôt pas mal, pas toi ?

— Justement non. Le type n'était en France que depuis un an, il parlait à peine le français et n'aurait sûrement pas eu le temps d'accomplir quoi que ce soit de significatif. Non, les seuls bons et loyaux services qu'il a pu rendre aux autorités consulaires, c'est de se glisser dans le cercle des exilés égyptiens et de surveiller leurs agissements. C'est un petit boulot tranquille : tu te mêles à la communauté, tu ouvres toutes grandes tes oreilles et de temps en temps, tu rédiges un petit rapport à l'intention du consulat.

— Mais, qu'est-ce qui pousserait quelqu'un à faire ça ?

— Il peut y avoir un tas de motivations différentes. Certains le font par conviction sincère, parce qu'ils aiment la loi et l'ordre. Ceux qui les recrutent jouent sur cette fibre-là, ils leur expliquent que repérer les opposants, fauteurs de troubles et autres communistes est un moyen de participer à la défense de leur pays. Ensuite, les rapports sont rétribués et, pour quelqu'un qui arrive en France sans le sou, ça peut être un moyen de subsistance, même si c'est payé au lance-pierres. Sans oublier que les autorités consulaires égyptiennes peuvent le récompenser en l'aidant à obtenir son titre de séjour en France, voire la nationalité.

— Tu n'extrapoles pas un peu ?

— Peut-être, mais c'est corroboré par le fait qu'il a obtenu sa nationalité française un peu trop rapidement, à une époque où les pays européens commençaient déjà à refermer le robinet. Mais le plus grave, c'est sans doute ce qui n'est pas dans le dossier : qui sait si, pour en arriver à ses fins, il n'a pas dénoncé des proches ou son meilleur ami ?

Alors même qu'il parlait à Faouzi, une scène du livre palestinien à la couverture jaune canari lui était revenue en mémoire, avec ses protagonistes accablés sous le poids de leur environnement : l'horloge, dont les aiguilles scandaient à la manière d'une béquille l'écoulement insoutenable du temps, et le désert, qui étendait sur eux sa présence écrasante. L'intrigue tournait autour de Hamed, jeune Palestinien des camps contraint par les circonstances de marier sa sœur Mariam à Zacharia, un lâche notoire. Le récit de la trahison était un modèle du genre :

Vers midi, l'officier israélien est arrivé, il a appelé : « Salem ! » Mais le rang, trempé jusqu'aux os, n'a pas bougé. [...] L'officier semblait ne plus pouvoir contenir son impatience. Derrière lui en fond sonore, on a entendu le cliquetis des culasses de mitraillettes. Comme au cinéma. Lentement il s'est écarté du champ de tir : « Nous savons qu'il est parmi vous ; puisque vous tenez tant à le cacher, nous allons tous vous envoyer en enfer. » Le gravier a crissé encore une fois, j'ai fermé les yeux, le monde s'éloignait devant moi... C'est alors que Zacharia est sorti du rang, il est tombé à genoux les poings serrés sur la poitrine et s'est mis à hurler. Les canons se sont relevés, hésitants. Les efforts conjugués de l'officier et de deux soldats n'ont pas été de trop pour le remettre debout, tant ses jambes étaient molles. « Je vais vous dire qui est Salem. » Mais sans lui en laisser le temps, Salem est sorti du rang lui aussi. Il s'est arrêté devant nous, et nous a balayés du regard en nous signifiant sa gratitude. Un regard inoubliable. Et puis ils l'ont emmené. Il s'est tourné vers Zacharia. Déjà la mort se lisait dans ses yeux. Glaciale.

— Vu comme ça, murmura Faouzi, le ramenant à la réalité, c'est sûr que j'ai plus trop envie que tu sois ce type...

— D'autant que j'ai toujours eu une répulsion instinctive, quasi physique, pour les traîtres. Même les dénonciations qui portaient le moins à conséquence – celles des petits camarades qui, sous la pression d'un professeur, finissaient par livrer le nom de leur « meneur » – m'ont toujours révulsé. Alors, tu comprends, maintenant, pourquoi ce type ne peut pas être moi ?!

Il passa les jours suivants à méditer et somnoler. D'une certaine manière, une boucle était bouclée. Les espoirs suscités par les pistes qu'il avait suivies – le consulat, le cadastre, l'état civil – avaient été déçus l'un après l'autre.

Bien sûr, cette quête n'avait pas été complètement vaine, elle l'avait obligé à rester sur le qui-vive et à sonder en profondeur sa mémoire, en vertu de quoi il avait récupéré quelques-uns de ses souvenirs. En outre, certains rêves l'avaient traversé qui l'avaient aidé à y voir plus clair en lui-même. Mais il n'était pas arrivé à élucider le curieux mécanisme par lequel certains souvenirs remontaient à sa mémoire et d'autres non. Sett Baheyya le lui avait bien dit, le jour de son arrivée : « Ce qui est sûr, c'est que nous, pauvres humains, n'avons pas la main dessus. » Un moment, il avait pensé que l'oubli frappait une période particulière de sa vie – peut-être en rapport avec quelque événement traumatique qu'il aurait vécu puis refoulé –, mais rien de tel ne lui était revenu et les réminiscences qui le submergeaient dans la veille ou dans le sommeil, de plus en plus nombreuses, semblaient appartenir à toutes les époques. D'ailleurs, comment aurait-il pu situer avec précision un tel événement, lui dont le sens de la chronologie – sa discussion avec le Dr Khalil l'avait prouvé – était désormais passablement brouillé ?

Jusqu'ici, il n'avait jamais véritablement considéré son amnésie comme une maladie chronique et, dans son esprit, les efforts qu'il déployait pour la surmonter ne visaient qu'à accélérer un processus de récupération par ailleurs inéluctable. Or, le temps passait inexorablement, et il était désormais clair que l'affection dont il souffrait n'était pas un mal passager. Il fallait qu'il en prenne acte et adapte son comportement à cette nouvelle donne… Même si, grâce au travail confié par l'archéologue, il ne se sentait plus comme un poids inutile, il se devait tout de même d'informer Sett Baheyya et ses pensionnaires. Eux aussi, qui l'avaient accueilli si gentiment, allaient devoir se faire à l'idée de cohabiter durablement avec un fantôme. Ce soir, au dîner, il tenterait de mettre le sujet sur la table… Sur cette perspective, il sombra dans un sommeil sans rêves.

XIII

Lorsqu'il arriva dans la salle à manger, Faouzi et 'Azza se chamaillaient comme à leur habitude. Sélim lisait le journal dans un coin et Sett Baheyya donnait à Khadra ses instructions pour le dîner.

C'est 'Azza qui s'adressa à lui en premier :

— Faouzi vient de me rapporter les derniers développements de ton affaire. Je suis vraiment désolée pour toi, j'aurais tellement voulu que tu trouves enfin la solution à ton énigme...

Elle avait dit ça au moment précis où Khadra revenait de la cuisine.

— Si vous permettez, intervint celle-ci tout en déposant devant eux le plat de *moussaka* fumant, je peux dire quelque chose ?

— Je t'écoute, lui glissa-t-il. Tu ne vas pas encore me parler de mon certificat d'aptitude ?

— Non, non, sourit-elle, j'oserais pas, Nassi Effendi. Mais je trouve que, jusqu'ici, vous avez fait un peu trop confiance à l'administration, et pas assez à la sagesse...

— Ah oui ? s'exclama Sélim qui, à ces mots, avait levé la tête de son journal. Et qu'est-ce qu'elle en dit, Khadra, ta sagesse ?

— Sélim Effendi, j'ai pas dit *ma* sagesse... Vous savez bien, je suis qu'une pauvre fille simple d'esprit. Tout ce que je dis, c'est que quand un problème de ce genre arrive dans notre région de Tanta, les gens ne s'adressent pas à l'administration.

— Mais alors, à qui ils s'adressent ? intervint-il, intrigué. Vous avez des détectives spécialisés dans ce genre d'affaires ?

Il avait dit ça spontanément, c'est seulement en l'articulant qu'il se rendit compte de l'absurdité de sa question.

— Pas des détectives, non, répliqua Khadra en riant. Quand quelqu'un est tout tourneboulé, qu'il est plus lui-même, on sait bien que ce sont les seigneurs qui sont derrière tout ça...

— Les seigneurs ?

— Ben oui, les seigneurs... Les djinns, quoi ! Dans ces cas-là, la seule solution est d'organiser une cérémonie de *zar* pour faire sortir le démon de son corps.

— Ah non, Khadra, tu vas pas recommencer avec ces balivernes ! s'exclama Sélim.

— Comment ça, des balivernes ? (Elle avait prononcé ça *badiferles*.) Oh, je vous en supplie, Sélim Effendi, parlez donc pas comme ça ; si les djinns vous entendaient, ils pourraient mal le prendre.

Sett Baheyya intervint soudain dans la discussion :

— Franchement, Sélim, je suis comme toi, mon esprit me dit que je ne devrais pas y croire, mais j'ai entendu tellement d'histoires de maladie subite et de guérison spectaculaire que mon cœur doute…

— Ça, confirma Faouzi, c'est pas moi qui dirais le contraire. Il est évident que, dans bien des cas, la médecine est impuissante, j'ai même parfois l'impression que les médecins ne maîtrisent qu'une toute petite partie des mystères du corps et de l'âme… Partant de là, je ne vois pas au nom de quoi on se priverait d'explorer d'autres méthodes.

— Allons bon, intervint 'Azza, si même nos plus brillants étudiants en médecine pensent comme ça, comment voulez-vous qu'on persuade les masses ignorantes de renoncer à ce genre de pratiques ?!

— Mais enfin, répliqua Faouzi, visiblement vexé par la pique que lui avait adressée la jeune fille, tu sais bien que c'est dans les facs scientifiques qu'on est le plus réceptif au message religieux ! Rien d'étonnant, d'ailleurs : les ingénieurs et les médecins sont bien placés pour connaître les limites de la science, au contraire des « masses ignorantes », comme tu dis, qui ont tendance à idéaliser le savant et à lui prêter plus de pouvoirs qu'il n'en a. Simple effet de balancier.

— Peut-être mais là, le balancier est allé tellement loin que beaucoup de ces étudiants se sont laissé charmer par les sirènes de l'extrémisme. Moi, je trouve ça grave pour des gens qui sont censés être l'élite de notre nation !

— Je crois que, là-dessus, nous sommes tous d'accord, intervint posément Sélim. Bien sûr, le premier coupable, c'est Sadate qui, en misant sur les islamistes pour se débarrasser de l'opposition de gauche, leur a ouvert un boulevard – il l'a d'ailleurs payé de sa vie, assassiné par ceux-là mêmes qu'il avait fait émerger. Par la suite, les gouvernements suivants se sont contentés d'enfermer les activistes qui menaçaient directement le pouvoir, tout en abandonnant aux partisans du tout-religieux les autres domaines de la société.

— Mais nous, pendant ce temps, qu'est-ce qu'on a fait ? Dans le meilleur des cas, on s'est contentés de recenser et de dénoncer les signes d'intolérance, la gangrène obscurantiste, la dégradation du climat interconfessionnel, en attendant que l'État vienne à la rescousse. Le problème, voyez-vous, c'est qu'on risque d'attendre longtemps : à force de se nourrir de nos hésitations, l'ennemi s'est tellement engraissé qu'il est devenu bien trop gros. En plus, il n'est pas du tout sûr que nos gouvernants, à supposer qu'ils en aient la capacité, aient véritablement envie de livrer cette bataille : plus leurs citoyens se déchirent entre eux, moins ils ont la tête à leur demander des comptes.

— C'est pour ça que, au lieu de gémir sur l'inaction de l'État, il appartient à chacun de nous, partout où il le peut – dans sa famille, à l'école ou à l'université, sur son lieu de travail –, de dire non, d'occuper le terrain, de ne pas laisser ces semi-lettrés monopoliser le discours comme s'ils étaient porteurs de la parole sacrée. Le Coran lui-même nous encourage sans cesse à raisonner, à étendre notre savoir, à scruter le monde pour réfléchir, pas à enfouir notre tête dans le sable dans la crainte du moindre rayon de lumière qui viendrait nous éclairer !

Sett Baheyya, qui s'était abandonnée un moment à ses pensées, reprit soudain la parole :

— Écoutez, je comprends rien à vos discussions d'intellectuels et je saurais pas dire où est la vérité dans tout ça – vous savez, j'ai pas eu comme vous tous la chance d'aller à l'école. En tout cas, je suis convaincue que quand quelque chose est écrit, rien ni personne n'y peuvent quoi que ce soit…

Sett Baheyya avait la larme à l'œil, et tous la regardaient sans comprendre ce qui l'avait mise dans un état pareil.

— Qu'avez-vous donc, Sett Baheyya ? risqua-t-il.

— Rien, je repensais juste à une histoire qui est arrivée très près de moi. Non, c'est pas ce que vous pensez : le destin de mon fils, je ne le vois pas comme une histoire, mais plutôt comme un coup de poignard qui m'a fendu les entrailles. Non, ce que je vais vous raconter est arrivé à une amie originaire comme moi du Saïd ; je l'ai rencontrée ici, peu après mon arrivée dans la capitale, et comme on était un peu dans la même situation, elle et moi, on a tout de suite sympathisé. Avec le temps, j'ai appris à bien la connaître, en tout cas suffisamment pour savoir qu'elle a jamais menti de sa vie et qu'elle est pas du genre à fabuler.

— Eh bien, maîtresse, s'exclama Khadra qui ne tenait plus en place, parlez donc, au lieu de titiller notre curiosité ! Vous me rappelez ces feuilletons télévisés où on fait mariner les spectateurs en gonflant interminablement les épisodes…

— Mais Khadra, répliqua Sett Baheyya en souriant, quand c'est un feuilleton, tu arrives très bien à patienter, il me semble ! Bon, toujours est-il que mon amie en question était la mère d'un pilote d'Egyptair. Le jeune homme était son fils unique et elle tenait à lui plus qu'à la prunelle de ses yeux. Or il se trouve que tôt le lendemain, il devait effectuer son premier vol Le Caire-New York, avec beaucoup de manœuvres délicates, et il n'était pas rassuré. Il avait bien essayé de cacher ses inquiétudes à sa mère, mais vous savez ce que c'est, les mères ont un sixième sens pour ce genre de choses.

« Avant d'aller se coucher, il a insisté auprès d'elle : qu'elle pense bien à le réveiller lorsqu'elle se lèverait pour la prière de l'aube – il avait réglé son réveil mais, depuis quelques mois, il dormait d'un sommeil de plomb et craignait de ne pas l'entendre…

« Plus inquiète que jamais, la mère met un temps fou à s'endormir. Dans son rêve, elle est visitée par un ange qui l'avertit que son fils est arrivé à la croisée des chemins et qu'un sort funeste l'attend pour le lendemain. Elle se réveille en sueur, le cœur qui bat à toute vitesse, désemparée. Après avoir tourné en rond une partie de la nuit, elle finit par se rendre dans la chambre de son fils pour désactiver le réveil, puis ressort sur la pointe des pieds.

« Au matin, en allant à la salle de bains faire ses ablutions, la mère jette un coup d'œil sur son fils et constate avec soulagement qu'il dort du sommeil du juste. Deux heures passent encore et comme le vol a maintenant dû décoller, elle se rend dans la chambre de son fils pour le réveiller. Elle compte lui avouer son méfait, espérant qu'il ne lui en voudra pas trop – après tout, elle n'a fait ça que pour le sauver. Elle le secoue, d'abord tout doucement, puis de plus en plus fort. Aucune réaction. Le médecin, appelé à la rescousse, ne peut que constater l'amère réalité : le jeune homme est mort dans son sommeil à l'heure approximative où son vol devait décoller.

Un grand silence suivit le récit de la patronne ; chacun était parti dans ses pensées. C'est lui qui le rompit le premier :

— Votre histoire, j'y crois, Sett Baheyya, mais pour moi, ça ne fait qu'illustrer ce qu'on sait tous déjà : quand ton heure est venue, rien ni personne ne peuvent l'empêcher. C'est pas parce qu'on rejette les charlataneries en tout genre qu'on doit mettre en doute la force du destin !

— Eh bien, intervint Sélim, malgré tes années passées au milieu des matérialistes, il semblerait qu'ils n'aient pas réussi à te convertir...

— Rassure-toi, répliqua-t-il, s'il y a une chose qu'ils n'avaient aucune chance de m'enlever, c'est mon fatalisme – je crois même que, là-dessus, je vous bats tous !

Ce disant, il repensait au passage d'une de ses lectures qui l'avait tant fait rire, lorsqu'un de ces fameux *futuwwat* – ces caïds qui, en échange de leur « protection », mettaient autrefois les quartiers du Caire en coupe réglée – se muait, l'espace d'un instant, en justicier immanent...

— *Nombreux sont ceux qui tiennent les* futuwwat *en mésestime, pourtant il y a beaucoup de braves gens parmi eux.*

— *Tu es le premier des braves gens, ironise l'imam.*

— *Oui j'avoue qu'en fait de bonté, je ne suis pas mal pourvu.*

— *Je veux bien te croire, maître Hammouda, mais pourrais-tu me donner un exemple ?*

— *Te souviens-tu de Ragab el-Foll, qui s'est illustré par la cour assidue qu'il faisait aux femmes mariées et respectables ? C'est moi qui ai organisé son exécution !*

— *Mais c'est un crime, maître !*

— *Point du tout. Et c'est encore moi qui ai tué Somaa el-Dench, qui avait assassiné son beau-fils.*

— *Mais cela n'a pas été prouvé et il a été innocenté par le tribunal.*

— *Au diable le tribunal ! Mon intuition était pour moi la meilleure preuve et le plus fiable des juges.*

Un peu plus loin, le *futuwwa* justicier démontrait qu'il était un peu chatouilleux sur la question de l'inconnaissable.

— *Au chapitre des crimes, je n'ai rien entendu de plus étrange que les circonstances de la mort de Farqouch el-'Abd. [...] Parle-moi donc de sa fin, maître Hammouda.*

— *J'étais assis à l'intérieur du café quand Farqouch est arrivé ; il n'y avait nul différend entre nous. Il a fumé son narghilé, bu son café, puis a pris congé en déclarant au cafetier : « Demain je serai là à la même heure, pile à la seconde, n'oublie pas notre rendez-vous ! » Je ne sais pourquoi, mais mon sang n'a fait qu'un tour, et j'ai décidé sur-le-champ de le tuer. [...]*

— *C'est tout ?*

— *Pas plus, pas moins !*

— *Mais il faut bien qu'il y ait une raison !*

— *Peut-être ai-je été agacé par la confiance excessive qu'il avait en lui-même et en son lendemain. Il parlait avec un peu trop d'assurance et de sérénité.*

La réaction avait beau être un peu excessive, elle ne manquait pas de panache. En tout cas, le brave *futuwwa* avait réussi, en n'écoutant que son intuition, à donner au fatalisme ses lettres de noblesse. Il reprit ses esprits alors que chacun y allait de son anecdote sur la force du destin. Ils furent brusquement interrompus par l'apparition de 'Amm Ibrahim, qui avait passé la tête dans l'embrasure de la porte :

— Sett Baheyya, de la visite pour vous. Un homme, dans le hall... Il n'a pas voulu dire son nom.

— Eh bien, si c'est pas un coup du destin, ça ?! Un bel inconnu qui me demande à cette heure – peut-être vient-il m'inviter à un dîner dansant ? Merci, Ibrahim, dis-lui que j'arrive tout de suite...

Il bavardait avec ses compagnons quand Sett Baheyya revint, accompagnée d'un jeune homme à la peau très brune qui s'avançait timidement, une sacoche à la main.

— Je vous présente...

Sett Baheyya avait commencé à parler, avant de s'interrompre pour se tourner vers l'invité.

— Sayyed... compléta le nouvel arrivant.

— Ah oui, c'est ça. Comme ce que Osta Sayyed a à nous dire nous concerne tous, et toi particulièrement – c'est à lui qu'elle s'adressait –, j'ai pensé que le mieux était de le faire venir ici. Tenez, prenez place, cher monsieur, je suis sûre que vous ne refuserez pas de goûter à ma *moussaka*.

— Bien aimable à vous, mais j'ai pas très faim.

— Tss tss, je ne veux pas le savoir, vous allez prendre votre repas avec nous, un point c'est tout – ou bien vous voulez qu'on arrête tous de manger à cause de vous ?

— Bon, bon, sourit Sayyed. Entendu, mais alors une toute petite part.

— Et si vous m'en réclamez une deuxième, je vous fais quoi ? Khadra, apporte donc à notre invité « une toute petite part ».

La vue de ce jeune homme à la peau noire et au visage paisible avait provoqué en lui un déclic, comme une petite décharge d'électricité dans le fond de son cerveau. Il en était là de ses réflexions quand l'intéressé se tourna vers lui.

— Eh bien, mon bey, vous me reconnaissez pas ou quoi ?

— Euh… j'avoue que… vos traits me disent vaguement quelque chose mais… désolé, je ne vois pas, non.

— Le taxi ! C'est moi qui vous ai ramené de l'aéroport, y a trois semaines. Vous vous rappelez pas ?

— …

C'est Sélim qui vint à sa rescousse :

— Il faut excuser notre ami, il a été un peu secoué ces derniers temps.

— Ça, je suis bien placé pour le savoir, c'est dans ma voiture que c'est arrivé. Il est tombé dans les pommes et sa tête a donné contre ma boîte à outils. J'avais jamais vu ça, et j'avoue que j'ai paniqué… J'espère que vous m'en voulez pas trop – c'est moi qui vous ai déposé sur le banc devant la pension.

— Ah ben, merci du cadeau, mon vieux ! s'esclaffa Faouzi.

— Ne riez pas : depuis ce jour-là, je ferme plus l'œil de la nuit, répliqua Sayyed. Je me suis débrouillé par mes propres moyens pour vérifier qu'il ne vous était rien arrivé de grave, n'empêche, j'avais pas la conscience tranquille. D'un autre côté, j'avais une peur bleue que la police m'accuse de vous avoir assommé pour vous dévaliser. J'ai même failli me débarrasser pour de bon de votre valise et de vos papiers, mais juste au moment où j'allais mettre mon plan à exécution, j'ai reçu un appel d'un de mes collègues taxis. Il m'a expliqué que vous risquiez pas de porter plainte contre moi, pour la bonne raison que la police, c'est pas après moi qu'elle en avait, mais… hum, sauf votre respect…

— Après qui, alors ?

— Après vous…

— Après moi ?!!!

— Oui, il m'a dit que la Sûreté de l'État était chargée de l'affaire et que les flics étaient tellement acharnés à vous coincer qu'ils n'hésiteraient pas à nous mettre un par un sur le gril, pas seulement jusqu'à ce qu'on parle, mais jusqu'à ce qu'on chante comme des canaris !

— Mais enfin, protesta Sett Baheyya, qu'est-ce qu'il a fait ?

— Aucune idée… La Sûreté de l'État n'a rien divulgué ; de toute façon, avec eux, ça peut être tout et n'importe quoi. Il suffit que le bey ait mécontenté un responsable ou fait de l'ombre à un homme d'affaires pour se retrouver dans leur collimateur. Moi, la politique, j'y comprends rien et je préfère ne rien savoir, mais y a quand même une chose dont je suis sûr, c'est que le bey n'a tué personne – quand un client a passé près d'une heure dans mon taxi, je suis capable de dire si c'est un criminel ou non.

« Toujours est-il que j'étais encore plus embarrassé qu'avant : je savais qu'on m'inquiéterait plus pour le vol, mais si j'étais surpris en train de vous rendre la valise, je risquais tout de même de me faire coffrer pour assistance à l'ennemi public numéro un. Pas besoin de vous dire : après ce coup de fil, mes nuits ont été encore plus agitées – si c'est seulement possible ! – que les précédentes.

« Bref, je vous la fais courte : ce matin je croise le collègue en question sur l'aéroport et le prends à l'écart pour le sonder discrètement. « Alors, je lui dis, c'est quand notre tour ? — Notre tour de quoi ? qu'il me fait. — Ben, l'enquête, les interrogatoires, le chant des canaris, t'es amnésique ou quoi ? — Ah, je t'ai pas dit ? Apparemment la Sûreté de l'État a ferré son poisson, et c'était pas ton client. Du coup, ils ont stoppé net les interrogatoires. Ils se sont même excusés pour le dérangement auprès du patron du syndicat – pour qu'ils s'excusent comme ça, fallait vraiment qu'ils soient contents ! »

« J'ai joué les indifférents, mais j'avais envie de le serrer dans mes bras et de l'embrasser. Moi qui ai jamais volé un bonbon, je voulais pas passer le restant de ma vie avec la culpabilité de vous avoir carotté votre argent et vos vêtements. Alors voilà, j'ai fini ma journée de travail et je suis venu aussi vite que j'ai pu.

Il farfouilla un instant dans la sacoche qu'il avait apportée.

— Tenez, reprit-il en lui tendant une grande enveloppe, là-dedans, vous trouverez votre portefeuille. Tout y est, les billets, les cartes de crédit, vous pouvez vérifier, j'ai touché à rien. Ah, j'oubliais, y a aussi votre passeport.

D'une main tremblante, il lui prit l'enveloppe des mains et la posa devant lui sur la table, la fixant un long moment avant de relever la tête vers lui :

— Je ne vérifierai rien du tout. De toute façon, vous ne seriez jamais venu jusqu'ici si vous n'aviez pas été un homme intègre. Quant à moi, je vous dois une récompense ; attendez-moi une minute, je fais un saut jusqu'à ma chambre et je vous...

— Ah non, hors de question ! Je fais que vous rendre votre dû ; d'ailleurs, quand je repartirai, faites-moi penser à vous rendre aussi votre valise – cette fois-ci je vais essayer de pas l'oublier dans mon coffre !

— Non, non, je tiens absolument à ce que vous acceptiez quelque chose.

— Eh bien, si vous y tenez, on va dire que ma récompense, ce sera une portion supplémentaire de cette délicieuse *moussaka*. Vous voyez, Sett Baheyya, j'en réclame de nouveau, vous pouvez donc faire de moi ce que vous voulez !

Sett Baheyya était aux anges. Elle appela Khadra, lui demandant de remplir à ras bord l'assiette de leur invité. Ah ! et qu'elle lui serve aussi du riz et de la *kofta* – car enfin, une *moussaka* sans riz et boulettes de viande était-elle seulement une *moussaka* ?!

Ensuite, ils avaient bu le thé tous ensemble ; en interrogeant Sayyed sur son parcours, Sett Baheyya avait découvert que les villages dont ils étaient originaires en Haute-Égypte étaient voisins ; quant à 'Azza, elle avait profité d'avoir un chauffeur de taxi sous la main pour parfaire sa connaissance du terrain, l'interrogeant sur les spécimens rares de population cairote qu'il avait rencontrés dans son activité.

À la fin de la soirée, tous le raccompagnèrent jusqu'à sa voiture où, comme promis, Sayyed lui remit sa valise. Après l'avoir salué chaleureusement, ils revinrent tous s'installer dans la salle à manger. Ce fut Faouzi qui, le premier, remarqua sa mine sombre :

— Eh bien, pour quelqu'un qui vient miraculeusement de récupérer son identité, tu en fais une tête!

— Pour l'instant, je n'ai rien récupéré du tout.

— Mais Nassi, il te suffit d'ouvrir ton passeport qui est posé là, sur la table! Je ne pense pas déformer la pensée de mes compagnons, ajouta solennellement Faouzi en lançant un coup d'œil à la ronde, si je dis que… nous mourons tous d'impatience d'apprendre enfin ton vrai nom. Compte tenu de ton âge avancé, ça doit être un de ces prénoms imbuvables qui étaient à la mode vers la fin des années 1950, du genre « Wahib » ou « Helmi ».

— Vous mourez peut-être d'envie de l'apprendre, mais moi, si je l'apprenais aussi subitement, je risquerais de mourir tout court. Alors vous ne m'en voudrez pas si je remets ça à plus tard.

— Hein, vous plaisantez?! protesta Khadra, avant de porter la main à sa bouche comme une gamine prise en faute. Oh pardon, c'est sorti tout seul – maintenant vous allez me prendre pour une petite insolente… Hum… ce que je voulais dire, Nassi Effendi, c'est que même les feuilletons les plus étirés ne se permettraient pas de gonfler leurs scènes dans des moments comme celui-là!

— Tu as raison, Khadra, mais là, il s'agit pas d'un feuilleton. C'est ma vie entière qui est enfermée dans ces documents et, vois-tu, je voudrais me donner le temps de décider si je tiens vraiment à tout savoir…

Il prit une longue inspiration avant d'ajouter :

— Écoutez, je comprends que vous soyez impatients, surtout après tout ce que vous avez fait pour m'aider à trouver qui je suis. Mais tout a été si vite ce soir, j'aurais peur de ne pas supporter un choc supplémentaire. Je vous promets que demain matin, au petit-déjeuner, je vous ferai part de ma décision, dans un sens ou dans l'autre. En attendant, Sett Baheyya, vous allez peut-être trouver ça étrange, mais je voudrais que vous me fassiez une faveur : prenez ces documents et gardez-les en lieu sûr, jusqu'à ce que je vous les demande expressément. Je suis certain qu'avec vous ils sont en bonnes mains…

Un éclair passa dans les yeux de Sett Baheyya, et elle lui retourna un sourire mélancolique :

— Au risque de décevoir nos pensionnaires et notre chère Khadra, sache que d'une certaine manière je te comprends. D'abord, avec ce que tu as déjà attendu, tu peux bien te permettre de réfléchir encore un peu…

— Mais ce n'est pas seulement ça, il y a aussi que… – une larme perla à son œil, l'interrompant quelques secondes – … excuse-moi, j'ai jamais été douée pour les discours ; de toute façon, tu connais mes sentiments. Il y a aussi que je me suis attachée à toi en tant que Nassi, et je crains qu'une fois récupéré ton nom véritable, tu nous oublies.

— Alors là, rassurez-vous, même la pire des amnésies ne pourra me faire oublier ce que vous avez fait pour moi, Sett Baheyya, ainsi que vous tous. Et dites-vous bien : que je reste Nassi ou que je devienne… Wahib ou Helmi – il fit un clin d'œil à Faouzi –, ça ne changera absolument rien à mes sentiments pour vous ! Là-dessus, si vous voulez bien m'excuser, je crois que je vais monter dans ma chambre, j'ai besoin d'absorber tout ça.

XIV

Il s'était assoupi et flottait dans une agréable léthargie quand il crut entendre des coups presque imperceptibles frappés à la porte de sa chambre. Dans un demi-sommeil, il se leva sans prendre la peine d'allumer et ouvrit. Le vestibule était plongé dans une obscurité épaisse. Quelques secondes passèrent ainsi avant que ses yeux puissent distinguer, au milieu de la gangue noire qui l'enveloppait, une silhouette immobile. Le frôlant – au passage, il sentit l'odeur d'un parfum capiteux –, la silhouette se glissa dans la chambre, non sans refermer soigneusement la porte derrière eux.

— 'Azza, c'est toi ?!

— Chhhhht... N'allume pas, je t'en prie.

— ...

— Désolée, je ne pensais pas que tu dormais déjà...

— Non, non, j'avais juste fermé les yeux quelques instants ; en entendant les coups à la porte, je me suis même demandé si je rêvais – je me demande toujours, d'ailleurs...

— Tu ne rêves pas... Cette nuit est notre dernière chance.

— Notre dernière chance ?

— Oui, demain tu recouvreras ton identité, et nous serons alors interdits l'un à l'autre. Je veux profiter de toi pour ces quelques heures où tu es encore un fantôme. Avec un fantôme, ça ne compte pas...

À présent, ses yeux s'étaient complètement faits à la pénombre. Pieds nus, 'Azza était vêtue d'une courte chemise de nuit brodée qui laissait presque tout deviner de son corps splendide. Le parfum capiteux continuait de lui titiller les narines.

— Quelle senteur !...

— Tu aimes ?

— Je me sens comme enivré...

— J'ai demandé à une amie saoudienne de me le rapporter spécialement ; c'est bien le seul domaine où les Arabes de la péninsule sont en avance sur nous – ils ont porté l'art de se parfumer le corps jusqu'à des limites insensées ! De mon côté, j'ai aussi apporté quelque chose, souffla-t-elle en levant un objet à sa hauteur.

Il aiguisa le regard pour mieux voir ce qu'elle tenait à la main. C'était une cassette audio.

— Qu'est-ce qu'il y a là-dessus ?

— *Raqq el-habib.*

Elle n'avait pas plus tôt prononcé ces mots qu'un flot de réminiscences surgirent à sa conscience. L'histoire de cette chanson, composée spécialement pour l'Astre de l'Orient par son joueur de *'oud* attitré, ne pouvait être dissociée de la passion déchirante – et à sens unique – qui avait uni ce dernier à la majestueuse diva.

À sa sortie, la chanson avait créé un cataclysme dans le monde de la musique arabe. Alors qu'on pensait que tout avait été dit, qu'il n'y avait plus aucun *maqam* – les modes mélodiques qui donnaient à cette musique sa chair délicate et émouvante – à frayer, plus aucun *iqaa* – les rythmes complexes qui lui donnaient son ossature – à inventer, du silence avait soudain surgi une chanson qui ne ressemblait à rien de connu, qui semblait avoir été composée pour le siècle suivant tant l'innovation s'y manifestait à chaque mesure. Même aujourd'hui, alors que plusieurs décennies avaient passé, cette chanson continuait à défier l'analyse et à flamboyer de manière unique au firmament de la musique arabe…

Il revint à lui sur la voix chaude de 'Azza :

— Eh bien, c'est ma cassette qui t'a mis en pareil état ? On dirait bien que tu n'apprécies pas mes goûts !

— Au contraire, 'Azza, tu n'aurais pas pu trouver mieux… Tiens, donne-la-moi, je vais la mettre tout de suite sur la chaîne stéréo de Faouzi – ni vu ni connu…

— Ce titre, *Raqq el-habib* – « L'emprise tyrannique de l'amant » – va bien avec notre histoire : du premier jour où je t'ai vu, j'ai eu l'impression que tu m'avais mise sous ta coupe – pourtant rien n'est plus éloigné de moi, tu le sais, que l'asservissement à un homme, fût-il un amant. Je voulais aller vers toi, mais ma fierté me l'interdisait, et puis tu étais tellement insaisissable.

— Je le suis toujours : tellement que je n'arrive pas à me saisir moi-même, répondit-il dans un sourire désabusé tandis qu'il introduisait la cassette dans le lecteur. De mon côté, je me suis tout de suite senti subjugué par toi, mais je n'osais pas faire le premier pas. Je me disais : qu'est-ce qu'une fille aussi resplendissante va faire d'un type usé par ses multiples existences et même pas fichu de se raccrocher à une seule ?

— Mais Nassi, ça fait partie de ton charme! Les types qui savent exactement qui ils sont et ce qu'ils veulent, c'est pas ça qui manque autour de moi. Ils prolifèrent particulièrement dans le milieu universitaire – étudiants brillants, professeurs charismatiques, jeunes loups nihilistes qui croient révolutionner la société.

Il se gorgea un moment de la vision de son corps épanoui, avant de reprendre :

— En fait, je te voyais comme un personnage de roman ou de film. Moi qui peine à me souvenir du moindre nom, plusieurs me venaient à l'esprit chaque fois que je pensais à toi... Mais celle dont tu te rapproches le plus, c'est Warda...

— Warda?

— L'héroïne d'un roman dont, tu t'en doutes, l'auteur m'échappe, mais sache que c'était une militante, une femme libre, une rebelle... Comme toi.

Il crut déceler dans ses yeux un regard mystérieux, mais ne s'y attarda pas, car déjà les réminiscences du roman l'envahissaient... La fascination du narrateur pour Warda, la sœur de son ami, sa jalousie aussi à l'égard de tous ceux qui lui tournaient autour.

Je faisais mine de m'intéresser aux discussions politiques et intellectuelles avec lui, mais une seule chose nous importait vraiment : sa sœur. C'était peut-être la première fille en compagnie de laquelle nous pouvions avoir autant de liberté et d'intimité. J'étais rempli de joie à chaque fois que je la voyais, de désespoir quand je ne la trouvais pas. De son côté, elle nous acceptait volontiers et nous invitait toujours à revenir. Nous étions d'ailleurs rarement seuls : on rencontrait chez eux toutes sortes d'étudiants arabes qui ne cachaient pas leur intérêt pour elle.

Allons, il pouvait bien se l'avouer, lui aussi était jaloux de tous ces gens qu'il imaginait graviter autour de 'Azza; peu d'hommes devaient être capables de résister à sa beauté sauvage, à son brio, à sa voix douce et chaude...

Durant ces moments, tous mes sens étaient à l'affût de ses gestes et de ses émotions, guettant la moindre indication d'une relation particulière entre elle et un de ses hôtes, analysant ce regard mystérieux qu'elle avait, tantôt interrogateur, tantôt moqueur, tantôt défiant, quand sa tête s'enflammait et qu'elle était contrariée, par la chaleur du petit radiateur ou par les regards qui ne la lâchaient pas, mais il suffisait que nos regards se croisent pour que le sang me monte au visage et que je détourne les yeux. Tard le soir, je regagnais ma chambre, emportant son image avec moi en me mettant au lit ; je l'oubliais alors pour me plonger dans un déluge de fièvre érotique où elle n'avait aucune place.

— Mais Nassi, je ne veux pas être Warda, ni personne d'autre d'ailleurs ! Je veux juste être 'Azza. Je me rends compte qu'au fond ce n'est pas d'amnésie que tu souffres, celle-ci n'est que le symptôme de ton mal véritable.

— Et ce serait quoi, mon mal véritable ?

— Je crois que c'est délibérément que tu t'es coupé de ton passé. Tu vis ta vie comme un roman ou un film, en refusant la dictature du réel et toutes ses contraintes – les noms, les lieux, les dates, que sais-je encore !

— Mais pourquoi « délibérément » ?

— Je sais que tu ne l'as pas décidé consciemment, mais ça ne veut pas dire que tu peux t'en laver les mains. J'imagine que la tournure qu'avait prise ton existence ne te satisfaisait pas, alors plutôt que de prendre le problème à bras le corps, tu as décidé de t'en abstraire, de prendre la fuite. Je te comprends, tu sais – cette tentation de fuir, qui de nous ne l'a jamais ressentie ?

« Mais moi, vois-tu, j'ai choisi de me battre dans la vraie vie. Il n'y a qu'ainsi qu'on peut lutter pied à pied avec les fléaux qui nous menacent, pas en s'évadant dans le rêve... C'est un combat difficile, et bien souvent je suis tentée de jeter l'éponge, mais je m'accroche. Chaque jour, je suis confrontée à des gens qui me trouvent trop ceci, pas assez cela.

— Trop comment ? Et pas assez comment ?

— Oh, tu n'as pas idée de ce que j'entends. Trop extravertie, pas assez discrète, trop autoritaire, pas assez diplomate, trop indépendante, pas assez affable. En clair, ils aimeraient bien que je sois plus douce et effacée, que je reste à ma place, que je fasse moins d'étincelles. Bref que je me coule sans discuter dans l'écrin de soie qu'ils ont préparé à mon intention. Parfois, ces remarques viennent des hommes, mais eux ne sont pas les plus difficiles à affronter... D'ailleurs, tu peux compter sur moi, avec eux je sais comment m'y prendre : j'ai développé un véritable guide de survie de la combattante en milieu masculin.

« Non, le pire, ce sont les femmes. Il y en a que la vue de mes cheveux flottant au vent rend folles. Quelquefois elles m'entreprennent ouvertement sur le sujet : « ... Une fille si bien sous tous rapports, commettre un si grand péché, alors qu'y remédier serait si facile... » Mais je connais leur argumentaire par cœur, et je sais comment leur répondre. Je leur explique qu'elles doivent, au minimum, sérieusement réviser leurs priorités. En tant que citoyennes, en tant qu'actrices de la vie économique, en tant que femmes tout simplement, nous avons encore d'innombrables droits à conquérir, d'innombrables devoirs à respecter. Dans la liste des priorités, se couvrir les cheveux, si tant est que ce soit une prescription religieuse – ce dont personnellement je doute fort –, ne vient qu'au trois millième rang !

« Alors, c'est vrai, chaque jour est un nouveau combat, et nous perdons quotidiennement plusieurs batailles, mais il nous arrive aussi d'en gagner. La lutte sera longue, car elle se joue sur le terrain des mentalités, mais je suis persuadée que nous finirons par gagner. Bon, mais assez parlé de moi ! Toi, qu'est-ce que tu comptes faire ? As-tu déjà pris ta décision ?

— Je ne sais pas, mais depuis que tu es venue, je serais bien tenté de demeurer un fantôme...

— Ah non, répliqua 'Azza en riant, ne rêve pas ! Ma proposition ne tient que pour cette nuit, et elle n'est pas reconductible. Je suis l'ange qui vient te visiter en cette nuit qui est ta « nuit du destin ». Tu vas devoir décider si tu ouvres ton passeport ou non et, quelle que soit ta décision, le monde sur lequel nous nous réveillerons demain sera différent... Si tu en redemandes encore après ça, il te faudra dans tous les cas me reconquérir.

— Ce dont je suis certain, c'est que je ne veux plus continuer à fuir. Tu m'as ouvert les yeux, tu sais ; peut-être est-ce en me coltinant la réalité que je retrouverai mes esprits.

— J'en suis persuadée, Nassi. Quant au fait de recouvrer ou non ton identité, c'est une autre histoire qui ne regarde que toi et toi seul… En attendant, la nuit nous appartient, et je vais faire en sorte que cette nuit-là, tu ne l'oublies pas.

Dans la quasi-pénombre, il la vit défaire sa queue-de-cheval.

— Nassi, tourne-toi, s'il te plaît…

— Mais je ne vois déjà presque rien !

— Peut-être mais, psychologiquement, j'ai besoin que tu te tournes.

— Et moi, j'ai besoin que tu te sentes bien psychologiquement. Mais juste une question : tu es bien sûre d'être prête pour ça ? Pour ma part, j'en meurs d'envie, mais je ne voudrais pas que tu le regrettes et que tu m'en veuilles plus tard de ne pas t'avoir dissuadée…

— Je n'ai jamais été aussi sûre de moi.

— Bon, dans ce cas, attends – il se dirigea vers le lit et s'y allongea de tout son long, avant de se tourner sur le flanc, face vers la fenêtre.

Il entendit derrière lui le tissu soyeux de la chemise de nuit glisser le long du corps onduleux de 'Azza. Ce devait encore être son imagination qui lui jouait des tours ; tout à l'heure, il allait se réveiller en sursaut et découvrir que tout cela n'avait été qu'un beau rêve. Pourtant…

C'était bien le sinueux relief d'un corps féminin dénudé qu'il sentit se plaquer contre son dos. Elle l'avait enlacé par-derrière et ses mains menues étaient venues s'apposer sur son torse, faisant monter au bas de son ventre une excitation douloureuse.

— J'ai encore une dernière chose à te dire avant que tu te retournes…

Il ferma les yeux, s'abandonnant au contact délicieux…

— Ce que je t'offre aujourd'hui, murmura-t-elle à son oreille tout en couvrant sa nuque de baisers brûlants, je n'en ai fait don à personne avant toi. C'est une décision mûrement réfléchie que je suis décidée à assumer jusqu'au bout. Aux prétendants qui seront assez fous pour vouloir unir leur vie à la mienne, je raconterai l'histoire telle qu'elle s'est passée, je leur avouerai que je me suis offerte à un homme qui n'avait pas de nom, et ce sera à prendre ou à laisser. Que tu décides ou non de recouvrer ton identité, sache que je ne dévoilerai à personne le nom de mon amant d'une nuit. Mais… il y a tout de même une condition.

— Une condition ?

— Oui, une seule : que tu fasses preuve de douceur, car j'ai beau jouer les pasionarias, je suis tout de même… morte de peur.

— 'Azza, je n'ai jamais rencontré quelqu'un comme toi… Tu veux que je te dise ? Warda elle-même ne t'arrive pas à la cheville !

Comme elle éclatait d'un rire cristallin, il se retourna enfin. Un nuage qui voilait légèrement la pleine lune choisit justement ce moment pour s'écarter, si bien qu'il eut l'occasion, avant de l'attirer doucement à lui, d'apercevoir furtivement les deux yeux de la jeune fille, qui scintillaient de tous leurs feux, et son corps souple et cuivré auquel la sensualité semblait conférer une chaleur infinie…

Il se réveilla en sursaut alors que pointaient déjà les premières lueurs du jour. Instinctivement, il tâtonna en direction de l'autre moitié du grand lit mais sa main ne rencontra que du vide. Il ouvrit enfin les yeux et parcourut la chambre du regard. 'Azza était partie, non sans laisser dans l'atmosphère comme une légère rémanence de l'entêtant parfum dont elle s'était parée la veille. Encore ne pouvait-il en être sûr : la fenêtre était restée entrouverte et le petit courant d'air frais qui parcourait la chambre en avait sûrement dissipé la plus grande partie, si bien que les particules en suspension dans l'espace étaient à peine décelables.

Le doute l'étreignit : et si tout cela n'avait été que le produit de son imagination enfiévrée ?! Était-il possible qu'elle n'eût laissé aucune trace de son passage ? Il fallait qu'il en ait le cœur net…

Il huma l'autre oreiller, où le parfum était peut-être un tout petit peu plus perceptible, mais là encore, impossible de savoir s'il était véritablement là ou s'il n'y avait que le souvenir de l'empreinte olfactive qu'il avait laissée dans son rêve, assez prégnante pour impressionner durablement son odorat. Il inspecta attentivement le matelas ; rien non plus, si ce n'est que les draps étaient froissés – mais ça ne voulait rien dire, il avait toujours eu un sommeil agité. Pourtant, il devait bien y avoir…

Comme il s'interrogeait sur cette énigme, il se souvint que, peu après leur première étreinte, 'Azza s'était excusée un instant ; enveloppée dans le peignoir trop large pour elle qu'elle lui avait emprunté, elle était sortie précipitamment de la chambre avant de revenir quelques instants plus tard, munie d'un grand drap de bain qu'elle avait étalé sur le lit.

Tout de même, il devait bien y avoir moyen de vérifier si sa visite avait bien eu lieu ou s'il n'avait fait que la rêver. Bien sûr, il pourrait toujours la sonder du regard tout à l'heure, au petit-déjeuner, voire évoquer leur nuit quand ils se croiseraient seul à seule, mais il était sûr qu'elle ne laisserait rien paraître. Les paroles qu'elles avaient prononcées la veille étaient encore gravées dans son esprit : « … Il te faudra dans tous les cas me reconquérir. »

Il s'en souvenait d'autant mieux qu'elle avait dit ça au moment précis où la diva achevait le deuxième couplet de sa chanson :

J'ai désormais toutes les peines à dormir
Tant je crains de voir dans mon sommeil
De quoi décevoir les attentes de mon cœur.
Je suis restée toute la nuit à le guetter,
À imaginer les mots que je lui disais
Tout en scrutant son ombre assise près de moi.

Ce couplet était l'un de ses préférés de cette… Nom de Dieu, comment avait-il pu être assez bête pour ne pas… ? La cassette ! Bondissant sur ses pieds, il se précipita vers la chaîne stéréo avant d'appuyer, d'un doigt fébrile, sur le bouton qui commandait l'ouverture du lecteur. Le compartiment amovible s'écarta lentement de la façade de l'appareil, dans un bruit amorti de traction…

Vide.

La cassette, si elle avait jamais été là, avait disparu.

Si elle avait jamais été là… Il doutait de plus en plus de la réalité de cette visite. Évidemment, 'Azza avait fort bien pu reprendre la cassette avec toutes ses affaires tandis qu'il était assoupi, avant de se glisser hors de la chambre. Mais il se pouvait également qu'elle ne fût jamais venue. D'ailleurs, n'avait-elle pas elle-même admis, lors de son apparition nocturne, le caractère surnaturel de sa visite : « Je suis l'ange qui vient te visiter en cette nuit qui est ta "nuit du destin" » ?

XV

Il avait essayé de se rendormir mais la chambre était trop chargée du souvenir de cette nuit enflammée pour qu'il parvînt à trouver le repos. Et puis, il n'avait toujours pas arrêté sa décision. S'il voulait y parvenir avant le petit-déjeuner, il fallait qu'il sorte.

Il prit une douche rapide et s'habilla, puis descendit sur la pointe des pieds, traversant le hall en silence pour ne pas réveiller 'Amm Ibrahim.

Ses pas le conduisirent naturellement vers les rives du Nil… Ce fleuve majestueux lui avait toujours été de bon conseil autrefois. La plupart des décisions importantes qui devaient infléchir son avenir, il les avait prises ici.

Les couleurs du paysage étaient modifiées par la lumière du petit matin. Un léger rougeoiement teintait la crête des immeubles bordant le fleuve ; ses eaux paisibles étaient agitées par la fraîche brise matinale, qui provoquait à leur surface des ondes parcourues de tourbillons.

Il déclina l'offre d'un patron de felouque qui se proposait de l'emmener faire un tour au large et descendit jusqu'à la berge. Après avoir passé un moment à contempler les reflets scintillants, il inspecta les alentours pour s'assurer que nul ne lui prêtait attention. Fort heureusement, il n'y avait presque personne à cette heure, et les bateliers étaient occupés à prendre leur petit-déjeuner ensemble en plaisantant bruyamment.

Il plongea dans l'eau encore très froide puis, après avoir pris une longue inspiration, se laissa doucement glisser par le fond. Aussitôt, le souvenir des baignades d'autrefois lui revint en mémoire. Avantagé par un cœur qui battait plus lentement que la moyenne, il l'avait toujours emporté facilement sur ses camarades au jeu de celui qui tiendrait le plus longtemps en apnée.

Le film des trois dernières semaines repassait dans sa tête en vitesse accélérée. S'il était toujours aussi atteint que lorsqu'il avait repris connaissance, il avait cependant accompli, grâce à ses compagnons, de notables progrès dans l'analyse de son mal.

La première intuition était venue de Sélim : si c'était d'amnésie des noms propres qu'il souffrait, celle-ci était plutôt sélective, puisque tout ce qui relevait de la fiction y échappait. Il n'avait ainsi aucun mal à nommer telle ou telle héroïne de roman ou de film, alors qu'il était tout à fait incapable de se remémorer le prénom... de sa mère.

Hier, 'Azza avait complété le diagnostic : si la fiction avait pris une telle place dans sa vie, c'est sans doute qu'inconsciemment il avait développé une phobie de la réalité. Voulant fuir une existence qui ne lui convenait plus, il s'était réfugié dans un monde virtuel où les personnages vivaient leur vie sans se demander, à chaque page ou dans chaque plan, qui ils étaient, quelle composante de leur personnalité devait s'imposer ou au contraire céder la place et s'ils avaient raison d'agir comme ils agissaient. Ils respiraient, s'amusaient, luttaient, haïssaient ou aimaient, et voilà tout.

Il en était maintenant persuadé : s'il consentait enfin à s'accepter et à prendre la réalité comme elle venait, son mal refluerait de lui-même et il parviendrait à se réapproprier son passé, ainsi que tous les noms qui le balisaient. La réserve d'air dont il avait rempli ses poumons n'allait pas tarder à s'épuiser, mais il s'était promis de rester sous l'eau aussi longtemps qu'il n'aurait pas résolu son dilemme...

Bien sûr, le plus simple était d'ouvrir l'enveloppe : ainsi, il récupérerait son nom et tout ce qui avait constitué sa vie jusque-là. Plus, il recouvrerait ses droits de citoyen et ne serait plus obligé de vivre dans la terreur du moindre contrôle policier. Mais, à mieux y réfléchir, cette solution de facilité n'allait-elle pas l'inciter à réitérer les mêmes erreurs, à retomber dans le piège de cette existence de déraciné qu'il avait précisément cherché à fuir, au point d'en perdre la mémoire ?

D'en perdre la mémoire... au moment exact où il se faisait cette réflexion, il lui revint soudainement qu'il avait déjà vécu dans le passé un incident similaire. Un incident qu'il s'était employé à refouler pour ne pas en supporter les terrifiantes implications. L'incident du poème...

... pour qu'une terre inconnue hante quelque fille
avec laquelle je partirai vers quelque mer

où elle me livrera sur ses genoux
la clef de tous les champs.

C'est là qu'il s'était arrêté, une dizaine d'années plus tôt, absolument incapable de se remémorer la suite noyée dans une tache de lumière aveuglante.

la clef de tous les champs...
la clef de tous les champs...
la clef de tous les champs...

Sans savoir pourquoi, il avait le sentiment que, s'il parvenait à exhumer ce fragment occulté, celui-ci lui fournirait la clef... de sa délivrance. Tandis qu'il commençait à manquer d'air, il mobilisa toute la concentration dont il était capable, se forçant à chasser de son esprit tout ce qui l'encombrait pour n'y laisser que le poème.

la clef de tous les champs...

Contre toute attente, les mots soudain jaillirent...

il me suffit d'une année
rien qu'une autre année
pour que je vive toute ma vie
d'une seule traite
en un seul baiser
en un seul coup de feu
qui abolira mes questions
et l'énigme de la confusion des temps

Mais oui ! Ce chaînon manquant, qui lui avait si cruellement fait défaut quelques années plus tôt, annonçait à la fois le mal qui allait le frapper et le remède qu'il lui faudrait mettre en œuvre.

Le mal, c'était précisément cette « énigme de la confusion des temps », c'est elle qui était à l'origine de son affection. La confusion des temps entre enfance et âge adulte, entre ce qu'il avait réellement vécu et ce qu'il avait seulement rêvé, entre les périodes qu'il avait passées ici et celles qu'il avait vécues là-bas

– un ballottement continuel qui avait fini par lui faire perdre la tête…

Quant au remède, il se trouvait lui aussi dans le poème : il lui suffirait « d'une année, rien qu'une autre année », pour vivre toute sa vie « d'une seule traite. En un seul baiser. En un seul coup de feu… »

Il avait un besoin vital de cette année supplémentaire. Du reste, n'était-ce pas pure folie que d'avoir voulu résoudre en quelques secondes l'équation dont dépendait son salut ? Durant l'année à venir, il se donnerait le temps de vivre sa vie, au milieu des siens…

Ceux dont un autre poète avait écrit :

Les gens dans mon pays sont rapaces comme des faucons,
Leur chant rappelle l'hiver agitant la crête des arbres
Et leur rire crépite comme les braises dans un feu de paille.
Ils cherchent à graver leur empreinte dans la poussière,
Ils tuent, ils volent, ils boivent, ils ressassent,
Mais ils sont des êtres humains,
Et généreux dès lors qu'ils possèdent deux poignées de pièces,
Et ils croient à la fatalité.

Il renouerait progressivement avec eux pour mieux se retrouver lui-même.

Il s'affronterait à la réalité plutôt que de la fuir.

Surtout… il s'emploierait à reconquérir – ou à conquérir ? – 'Azza.

À l'issue de cette période, il serait enfin en mesure de trancher le dilemme : soit il choisirait d'ouvrir l'enveloppe, en sachant qu'il aurait alors les plus grandes peines à résister à l'attraction vénéneuse de la vie qui l'attendait en Europe, soit cette année aurait été suffisamment concluante pour qu'il rompe définitivement avec ses attaches passées et se décide à sauter le pas. À franchir le point de non-retour…

Cette perspective lui insuffla un sursaut d'énergie au moment où, les poumons en feu, il allait défaillir. Il donna un vigoureux coup de pied dans la couche de joncs et de lichens qui tapissait le lit du fleuve afin de remonter à la surface.

NOTES

Le personnage principal s'étant trouvé, par la force des choses, dans l'incapacité de repérer les fragments qui lui revenaient en mémoire, nous avons choisi d'indiquer ci-dessous les principales références.

PREMIÈRE PARTIE

p. 34
Extrait d'un poème intitulé *Les rudes tâches domestiques*, dû au poète égyptien 'Alaa Khaled ; version française publiée parmi un choix de ses poèmes (traduction Khaled Osman) dans le numéro 12 (« Le Caire / Vancouver ») de la revue *meet* éditée par la Maison des écrivains étrangers et des traducteurs, Saint-Nazaire, 2008.

pp. 49-50
Extraits de poèmes respectivement intitulés *Mariage*, *Nixon* et *Valéry Giscard d'Estaing*, dus au poète égyptien de langue dialectale Ahmad Fouad Negm (qui formait, avec le chanteur et joueur de *'oud* aveugle Cheikh Imam, un duo très renommé dans les milieux contestataires) et parus dans le recueil *Vive les gens de mon pays*, Dar Ibn Khaldoun, Beyrouth, 1981 (inédits en français, tentative de traduction par nos soins).

p. 56
Le film évoqué ici s'intitule *Terrorisme et kebab*, long métrage réalisé en 1993 par le cinéaste égyptien Cherif 'Arafa sur un scénario de Wahid Hamed.

p. 65
Extrait du poème *Le dieu abandonne Antoine*, dû au poète grec d'Alexandrie Constantin Cavafis ; version française parue aux éditions Gallimard, collection « Poésie », 2003 (traduit du grec par Dominique Grandmont) ; nous avons préféré cette version à celle, antérieure, de Marguerite Yourcenar et Constantin Dimaras (Gallimard, 1958), dont le style, aussi admirable soit-il, nous paraît moins conforme à l'esprit de Cavafis.

p. 73
Extrait du *Livre des illuminations*, roman de l'écrivain égyptien Gamal Ghitany, version française parue en 2005 aux éditions du Seuil (présenté, traduit de l'arabe et annoté par Khaled Osman).

DEUXIÈME PARTIE

pp. 85-86
Extrait du *Livre des illuminations*, *op. cit.*

p. 121
Le film évoqué ici, intitulé *Traversées*, a été réalisé en 1982 par le cinéaste tunisien Mahmoud Ben Mahmoud, sur un scénario écrit avec Philippe Lejuste. La lettre citée p. 122, lue en voix off dans le film, est celle que le protagoniste arabe Youssef Quraichi adresse à son ambassadeur (traduction par nos soins).

pp. 137-139
Le roman évoqué ici s'intitule *Saison de la migration vers le Nord*, il est dû à l'écrivain soudanais Tayeb Salih ; version française parue en 1972 aux éditions Sindbad, collection « La Bibliothèque arabe » (traduit par 'Abdelwahab Meddeb et Fadi Noun). Les vers figurant p. 138 sont extraits d'un poème intitulé *Antwerp*, rédigé en 1916 par le poète anglais Ford Madox Ford. (Bien qu'une version française en figure dans le corps du roman, nous en avons tenté ici une autre traduction.)

p. 148
Extrait du roman de Gamal Ghitany *Les Délires de la ville*, version française parue en 1999 aux éditions Actes Sud, collection « Sindbad » (traduit de l'arabe par Khaled Osman).

p. 150
Le film évoqué ici, intitulé *La Ville*, a été réalisé en 1999 par le cinéaste égyptien Yousry Nasrallah.

pp. 163-164
Extrait du *Livre des illuminations*, *op. cit.*

TROISIÈME PARTIE

p. 178
Extrait du poème *À ma mère*, dû au poète palestinien Mahmoud Darwich ; version française parue en 2000 dans le recueil *La Terre nous est étroite* aux éditions Gallimard, collection « Poésie » (choix de poèmes par l'auteur, traduit de l'arabe par Elias Sanbar).

p. 180-181
Extraits d'un poème de Samih al-Qassem intitulé *Evgueni Evtouchenko*, figurant dans ses « Œuvres complètes » parues en 1973 aux éditions Dar el-'Awda, Beyrouth (inédit en français, tentative de traduction par nos soins). Le poète palestinien y reprenait quelques vers de *Babi Yar*, le poème d'Evtouchenko paru en 1961 dans la *Literatournaïa Gaziéta* et rapidement traduit dans le monde entier.

p. 184
Extrait du *Livre des illuminations*, *op. cit.*

p. 216
Le film évoqué ici, intitulé *Alexandrie pourquoi ?*, a été écrit et réalisé en 1978 par le cinéaste égyptien Youssef Chahine.

p. 222
Coran, *Al-'alaq*, XCVI, 1-2. Pour *'alaq*, on trouve également « adhérence », ou « lien ».

pp. 222-223
Coran, *Celles qui galopent*, C, 1-11, sourate donnée ici dans son intégralité.

p. 229
Extrait tiré du recueil *Des hommes dans le soleil*, de l'écrivain palestinien Ghassan Kanafani (également évoqué p. 177). Version française parue en 1977 aux éditions Sindbad (présenté et traduit de l'arabe par Michel Seurat).

pp. 235-236
Extraits de *Récits de notre quartier*, de Naguib Mahfouz, version française parue en 1985 aux éditions Sindbad (traduit de l'arabe par Khaled Osman).

p. 243
La chanson *Raqq el-habib* évoquée ici, et dont le deuxième couplet figure p. 249 tentative de traduction par nos soins), a été chantée pour la première fois en 1944 par Oum Kalsoum, sur des paroles du poète Ahmad Rami. La musique est due à Muhammad al-Qasabgui qui fut, jusqu'à sa mort, le soliste de *'oud* attitré de la diva.

pp. 244-245
Extraits de *Warda*, roman de l'écrivain égyptien Sonallah Ibrahim, version française parue en 2002 aux éditions Actes Sud, collection « Mondes arabes » (traduit de l'arabe par Richard Jacquemond).

pp. 251-252
Le poème dont des extraits figurent ici ainsi qu'au premier chapitre du roman, pp. 7-8, intitulé *Rien qu'une autre année*, est dû au poète palestinien Mahmoud Darwich ; version française dans l'anthologie poétique du même nom parue en 1983 aux Éditions de Minuit (traduit de l'arabe par Abdellatif Laâbi).

p. 253
Extrait du poème *Al-nâs fî bilâdi* (« Les gens dans mon pays »), qui a donné son titre au premier recueil publié en 1957 par le poète égyptien Salah 'Abdelsabour, aux éditions Dar El Shorouk (inédit en français, tentative de traduction par nos soins).

La couverture est imprimée sur un papier de création de pure cellulose Stucco Tintoretto,
la fausse couverture sur Sirio pearl, tous deux fournis par les papeteries Fedrigoni et garantis
sans chlore, au pH neutre et issus de forêts écologiquement gérées.
Le papier intérieur est issu de forêts écologiquement gérées.

L'imprimerie Darantiere est labellisée Imprim'vert.

Achevé d'imprimer
sur les presses de Darantiere à Quétigny
Dépôt légal août 2011
N° d'impression : 11-0914
Imprimé en France